Sur l'auteur

Richard Russo est né en 1949 aux États-Unis. Son enfance dans une cité ouvrière l'a profondément marqué. Après avoir longtemps enseigné la littérature à l'université, il se consacre désormais à l'écriture de scénarios et de romans dans sa maison du Maine. Après *Un homme presque parfait*, adapté au cinéma avec Paul Newman et Melanie Griffith, et *Un rôle qui me convient*, *Le Déclin de l'empire Whiting*, immense succès aux États-Unis auprès du public comme de la critique, a été récompensé par le prestigieux prix Pulitzer en 2002 et élu roman de l'année par le magazine *Time*. Son premier roman, *Mohawk*, vient de paraître en français aux éditions de la Table Ronde, en 2011.

10
18

12, AVENUE D'ITALIE. PARIS XIIIe

RICHARD RUSSO

LES SORTILÈGES DU CAP COD

Traduit de l'anglais (États-Unis)
par Céline Leroy

10/18
QUAI VOLTAIRE

Du même auteur
aux Éditions 10/18

UN RÔLE QUI ME CONVIENT, n° 3055
UN HOMME PRESQUE PARFAIT, n° 3446
LE DÉCLIN DE L'EMPIRE WHITING, n° 3633
LE PHARE DE MONHEGAN, n° 3893
QUATRE SAISONS À MOHAWK, n° 3984
LE PONT DES SOUPIRS, n° 4299

Dessin de Caroline de Leusse.

Titre original :
That Old Cape Magic

ISBN 978-2-264-05349-7

Pour Barbara, toujours.

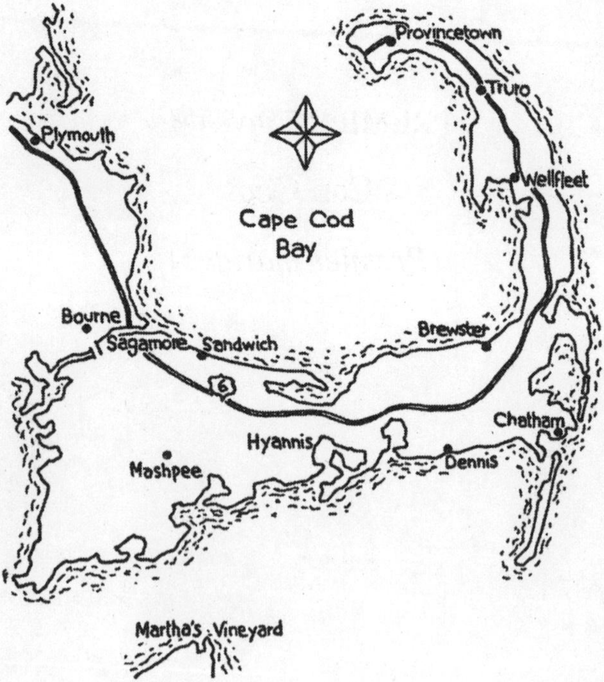
Provincetown
Truro
Plymouth
Wellfleet
Cape Cod
Bay
Bourne
Brewster
Sagamore
Sandwich
6
Chatham
Hyannis
Mashpee
Dennis
Martha's Vineyard

PREMIÈRE PARTIE

Cap Cod

(Premier mariage)

I

Là où il fait bon vivre

Le réveil trônant sur la table de nuit de sa chambre d'hôtel n'affichait que 5:17, et pourtant Jack Griffin, tout à coup parfaitement réveillé, comprit qu'il n'arriverait pas à se rendormir. Il s'était laissé gagner trop tôt par le sommeil. Accompagnant l'insomnie, une sensation de malaise le submergeait : ce qu'il n'avait pas voulu admettre, la veille, face aux autres comme à lui-même devenait une évidence dans l'obscurité solitaire qui précédait l'aube. Il aurait dû ravaler sa fierté et attendre Joy un jour de plus.

La tradition exigeait qu'ils fuient le campus dès que Griffin aurait donné son dernier cours. En général, ils filaient sur le Sentier de la Liberté (ainsi qu'il surnommait l'autoroute I-95), descendaient jusqu'à New York et s'offraient un bon hôtel. Lui passait la journée à noter le petit tas de mémoires de ses étudiants pendant que Joy flânait dans les boutiques et, le soir, ils rattrapaient leur retard en cinéma et allaient au restaurant. Ces escapades lui rappelaient toujours leurs premières années de mariage, à Los Angeles. Elles leur coûtaient une petite fortune, mais dépenser l'argent qu'ils ne possédaient pas vraiment donnait bon espoir à Griffin de trouver le moyen d'en gagner plus – une méthode qui avait fonctionné à L.A. –, et lui permettait de venir à bout de sa corvée de copies.

Cette année-là, le mariage de Kelsey prévu au cap Cod avait tout fait capoter en beauté, même si Griffin avait proposé de remplacer New York, trop mal situé, par Boston. Mais Joy, persuadée que l'invitation au mariage la dispensait de leur rituel, aggrava la situation en prenant des rendez-vous le lendemain du dernier cours de Griffin. « Vas-y, toi, dit-elle quand il se montra contrarié par le tour que prenaient les choses. Offre-toi une soirée de célibataire et je te rejoindrai au cap. » Il avait froncé les sourcils. Ne fallait-il pas être au moins deux pour une vraie soirée de célibataires ? Joy entendait-elle l'expression au singulier ; un homme seul célébrant sa propre masculinité ? L'avait-elle toujours envisagée ainsi, au singulier ? La relation que Joy entretenait avec la langue anglaise n'était pas sans heurts. Elle confondait souvent les formules imagées, et il n'était pas rare qu'elle ait « d'autres chats sur la planche ». Du pain sur la planche ? D'autres chats à fouetter ? Ses sœurs, Jane et June, étaient encore pires, et quand vous aviez le malheur de les corriger, les trois femmes vous foudroyaient d'un seul et même regard. Si elles avaient eu une devise familiale, ç'aurait été : *Tu sais très bien ce que je veux dire*.

Quoi qu'il en soit, Joy semblait tout sauf sincère lorsqu'elle lui suggéra de partir sans elle, ce qui poussa Griffin à tenter un coup de poker. « Très bien, déclara-t-il, si tu insistes », escomptant qu'elle répondrait : *Oh et puis tant pis, si tu y tiens vraiment, je vais reporter mes rendez-vous.* Mais elle ne l'avait pas dit, pas même en le voyant préparer son sac, et à cet instant, il découvrit une vérité que d'autres hommes connaissent sans doute : quand on boucle son sac devant une femme, on est cuit, on est condamné à partir – et à partir *avec* le sac.

Pour ne rien arranger, Joy, qui préférait regarder les films en DVD plutôt qu'au cinéma comme il se doit, lui en avait déroulé une liste qu'il avait interdiction de voir sans elle, et bien sûr, c'était les seuls dignes d'intérêt. Il passa une heure à compulser le guide gastronomique fourni par l'hôtel, sans parvenir à choisir un restaurant, ni même à décider quel type de cuisine le tentait. Avec Joy, ce genre de choix ne lui posait jamais de problème, mais pour une raison qui lui échappait, lorsqu'il était le seul à se faire plaisir, il était incapable de trancher. Il mettait ces hésitations sur le compte de trente-quatre années de mariage, persuadé qu'une partie du processus décisionnel consistait à anticiper les désirs de sa femme. Admettons. Il n'empêche qu'il se surprenait de plus en plus souvent à rester planté au beau milieu d'une pièce, la posture caractéristique de son père. Griffin finit par appeler le *room service* puis regarda un téléfilm insipide, très semblable à ceux qu'avec Tommy, son vieux complice, il avait été réduit à écrire durant leurs deux dernières années à L.A., avant qu'il n'obtienne ce poste d'enseignant sur la côte Est et ne décide de retourner s'y installer avec Joy et leur fille, Laura. Il s'endormit avant la première salve de spots publicitaires, certain de pouvoir prédire non seulement la fin du film mais aussi la moitié de ses dialogues.

Afin de ne pas ressasser davantage les erreurs de la veille, il entama la journée en appelant la réception pour qu'on lui amène sa voiture. Vingt minutes plus tard, douché, habillé, il régla la note. Tout Boston rentrait impeccablement dans le rectangle de son rétroviseur, et lorsque la silhouette du Sagamore, un des deux ponts qui enjambaient le canal du cap Cod, surgit au loin, le ciel avait pris une teinte argentée à l'est, et les tergiversations qui avaient étreint Griffin commencèrent à se dissiper en même temps que les bancs de brouillard qu'il traversait depuis qu'il avait quitté la ville. Le Sagamore se cambrait dramatiquement en son milieu, comme pour aider le soleil à se hisser au-dessus de l'horizon, et bien que l'air fût beaucoup trop frais, Griffin se rangea sur le bas-côté pour baisser la capote, pris d'un sentiment de liberté inédit depuis son départ du Connecticut. Il y avait quelque chose de vaguement excitant à ne pas être là où sa femme l'imaginait. Elle aimait bien savoir ce que trafiquaient les autres en général ; pas seulement lui. Le cerveau encore engourdi de sommeil, Joy appelait Laura presque tous les matins pour demander : « Alors, qu'est-ce que tu as prévu, aujourd'hui ? » Elle téléphonait aussi à ses deux sœurs plusieurs fois par semaine, savait que June irait chez le coiffeur le lendemain, ou que Jane avait pris trois kilos et qu'elle commençait un régime. Elle savait même dans quel nouveau coup ses abrutis de frères jumeaux, Jared et Jason, étaient allés se fourrer. Aux yeux de Griffin, qui était enfant unique, ce comportement n'était pas seulement incompréhensible, il frôlait la perversité.

Filant sur la Route 6, il se rendit compte qu'il fredonnait l'air de *That Old Black Magic*, la chanson que ses parents chantaient ironiquement – tous deux étaient profs d'anglais à l'université, et rien ou presque n'échappait à leurs sarcasmes – chaque fois qu'ils traversaient le Sagamore, remplaçant *Black* par *Cape*. Le cap. Pendant son enfance, ils passaient immanquablement une partie de l'été au cap Cod. Il pouvait déterminer l'état des finances de ses parents selon l'endroit où ils séjournaient et l'époque à laquelle ils partaient. Une année particulièrement prospère, ils avaient loué une petite maison à Chatham pour tout le mois d'août. Une autre fois, quand les salaires de la fac avaient été gelés, ils n'avaient pu se payer qu'un séjour à Sandwich en juin. Ses parents étaient moins unis par les liens du mariage que par le sentiment d'amertume commun d'être exilés onze mois de l'année dans « ce Midwest de merde », une expression qu'ils crachaient plus qu'ils ne la disaient. Ils avaient effectué de beaux parcours universitaires, même si, pour des produits de l'Ivy League, leurs carrières auraient pu être plus brillantes. Tous deux avaient grandi dans la Rust Belt, cette région industrielle qui s'étend dans l'ouest de l'État de New York ; sa mère dans les faubourgs de Rochester, son père à Buffalo, rejetons de cols blancs de la classe moyenne. C'est à Cornell, où ils étaient boursiers, qu'ils s'étaient rencontrés et avaient noué des amitiés avec des jeunes gens qui les invitaient à Wellesley ou Westchester pour les vacances et leur proposaient de passer l'été dans les Hamptons ou au cap Cod. Ils avaient raconté à leurs parents qu'ils pourraient y gagner plus d'argent, ce qui était vrai, mais servait surtout de prétexte pour ne pas retourner dans leurs foyers déprimants. À Yale, où ils avaient fait leur doctorat, ils avaient caressé l'idée d'obtenir des postes de recherche dans l'Ivy League, en tout cas jusqu'à ce que le marché des universitaires se déplace dans le Sud et qu'ils soient obligés de prendre ce qui restait (le choix étant d'autant plus restreint pour un couple), à savoir une énorme université d'État dans l'Indiana.

Trahis. Ils se sentaient trahis. Pourquoi se donner la peine de trimer à Cornell, à Yale, si la seule récompense était de finir dans l'Indiana ? Mais ils avaient bien été obligés de s'incliner et de s'accommoder au mieux de cette mauvaise passe. Ils se plongèrent donc dans l'enseignement, la recherche, et les comités administratifs pour étayer au maximum leur CV afin d'être prêts lorsque le vent académique tournerait. Ils craignaient que les bateaux de Princeton et Dartmouth aient définitivement largué les amarres, mais ça leur laisserait encore une chance d'attraper ceux de Swarthmore ou Vassar, des refuges sûrs à défaut d'être palpitants. On leur devait bien ça. Avant d'être promus et titularisés (ou « emmurés pour l'éternité », selon leur formule) dans ce Midwest de merde, chacun avait reçu des propositions – elle pour Amherst, lui pour Bowdoin – mais jamais rien au même endroit. Ils étaient donc restés ancrés à leur job et à leur mariage, terrifiés, ainsi que le soupçonnait Griffin à présent, que l'un, libéré de ses chaînes, parvienne à s'échapper en accédant au genre de poste (une chaire !) qui achèverait de rendre l'autre malheureux. Afin que ces tristes circonstances soient plus tolérables, ils couchaient à droite à gauche et faisaient semblant d'être profondément blessés quand ces liaisons apparaissaient au grand jour. Son père était un véritable coureur de jupons, tandis que sa mère refusait simplement d'être à la traîne dans ce domaine comme dans les autres.

Bien sûr, cette analyse était celle d'un adulte. Enfant, alors qu'il était malgré lui le témoin des myriades de disputes et de récriminations de ses parents, Griffin s'imaginait qu'ils restaient ensemble à cause de lui. C'était sa mère qui avait fini par lui enlever cette drôle d'idée de la tête. Au beau milieu de son propre mariage avec Joy. Mais à l'époque, ses parents avaient enfin divorcé – apparemment, même le mépris n'est pas éternel – et sa mère avait gagné de justesse la course au remariage. D'humeur œcuménique, elle s'était aventurée hors du département d'anglais pour jeter son dévolu sur un philosophe appelé Bart, qu'elle avait rapidement renommé Bartleby. Elle avait attendu d'avoir un coup dans le nez pendant le vin d'honneur pour rassurer son fils : « Mon Dieu, non, ça n'avait rien à voir avec toi. C'est aux sortilèges du cap Cod qu'on doit d'être restés ensemble si longtemps, *That Old Cape Magic*. Tu te souviens qu'on le chantait chaque fois qu'on traversait le Sagamore ? » Puis elle se tourna vers Bartleby. « Un mois de rêve, tous les étés. Soleil, sable, mer, gin. Suivis de onze mois de calvaire. » S'adressant de nouveau à Griffin, elle ajouta : « Mais ça vaut pour la plupart des mariages, tu verras. » Ce « tu verras », comprit-il, sous-entendait que son mariage n'échapperait pas à la règle. Une fraction de seconde, il crut que Bartleby allait proposer un commentaire, mais après un soupir très éloquent, ce dernier préféra ne pas.

Griffin s'apprêtait à protester quand son père réapparut, accompagné de Claudia, son ancienne étudiante et nouvelle épouse. Ils s'étaient brièvement éclipsés après la cérémonie, pour se disputer ou faire l'amour, Griffin l'ignorait. « Je te préviens que s'il achète à cette gamine une maison au cap – mais *n'importe où* au cap – je l'assassine. » Cette grisante perspective éclaira le visage de sa mère. « Tu pourrais même m'être utile, pour une fois », lança-t-elle à Bartleby avant de préciser à l'intention de Griffin : « Ton beau-père collectionne les romans policiers où le crime est commis dans des pièces fermées de l'intérieur. Empoisonnement au curare, ce genre de chose. Tu pourrais bien nous concocter quelque chose, non ? Tu n'auras qu'à faire en sorte que tout le monde me voie dans le salon quand la grosse vache s'effondrera et rendra l'âme dans d'atroces souffrances. » Elle savait parfaitement, bien sûr, que son ex-mari n'avait pas de quoi offrir un seul mètre carré au cap à Claudia (plus gironde que grosse). Elle s'était appliquée à le mettre sur la paille lors du divorce, mais l'éventualité qu'il se soit refait – un billet gagnant au loto, qui sait ? – l'inquiétait encore.

Pour Griffin, qui avait maintenant cinquante-sept ans – à peu près l'âge de ses parents lorsqu'il avait épousé Joy –, les noms de localités du cap avaient gardé toute leur magie : Falmouth, Woods Hole, Barnstable, Dennis, Orleans, Harwich. Ces toponymes le ramenaient à son enfance, au siège arrière de la voiture familiale, où il avait passé une bonne partie de sa jeunesse, sans ceinture, les bras posés sur les sièges avant, à tendre l'oreille pour attraper des bribes de ce qu'ils se disaient sans jamais essayer de l'inclure dans leurs conversations. Non pas qu'elles l'aient intéressé tant que ça, mais il était conscient que se prenaient là des décisions ayant des conséquences directes sur sa vie, et, s'il les interceptait assez tôt, peut-être aurait-il l'opportunité de donner son avis. Malheureusement, le simple fait que son menton soit posé sur l'appuie-tête semblait l'exclure d'emblée. Dans l'ensemble, les informations qu'il glanait ne valaient pas tant d'efforts. « Wellfleet, disait par exemple sa mère, le nez dans un atlas routier. Pourquoi est-ce qu'on n'a jamais essayé Wellfleet ? » L'année où Griffin entra en seconde, celle de leur dernier séjour au cap, ils avaient déjà ratissé toutes les locations saisonnières de la région. Chaque été, au moment de rendre les clés à l'agence, on leur demandait s'ils envisageaient de revenir l'année suivante. Ils répondaient toujours par la négative, et Griffin commençait à douter que cet endroit rêvé existe pour de bon. Il finit par conclure que le chercher leur suffisait peut-être.

Tandis qu'il se promenait sur la plage, sans surveillance, débordant de cette énergie et de ce sentiment de liberté propres à la jeunesse, ses parents passaient les après-midi ensoleillés allongés sur le sable et se livraient à leurs « plaisirs coupables », la lecture de livres dont ils n'auraient jamais avoué à leurs collègues avoir seulement entendu parler. Ils étaient là en vacances pour oublier, claironnaient-ils, non seulement le Midwest de merde, mais aussi les canons littéraires qu'ils avaient juré de toujours défendre. Les goûts de sa mère la portaient vers les thrillers les plus sombres et dérangeants, ou vers les romans d'espionnage cyniques. « Alors ça, disait-elle en refermant le livre, pleine de satisfaction, c'était franchement tordu ! » Son père faisait alterner la pornographie littéraire et P.G. Wodehouse, se délectant autant des deux, comme si *Le Festin nu* était le pendant de *Jeeves dans la coulisse*.

La seule lecture qu'ils avaient en commun – et qu'ils étudiaient même avec autant d'assiduité que les annonces de postes vacants dans le listing annuel de l'Association de lettres modernes – était le catalogue des agences immobilières. Comme chacun voulait être le premier à le regarder, ils en prenaient toujours deux exemplaires dès leur arrivée et écrivaient leur nom sur la couverture pour savoir lequel était à qui et pouvoir désigner le coupable au cas où. La maison au cap était un des deux volets de leur projet à long terme pour fuir le Midwest de merde. D'abord, ils devaient se dégoter un vrai travail dans l'Est où ils loueraient un appartement convenable. Cela leur permettrait d'économiser de l'argent pour acheter une maison au cap où ils passeraient leurs étés, leurs vacances et les occasionnels week-ends prolongés avant de s'y installer définitivement pour leur retraite – qu'ils prendraient avec un peu d'avance s'ils se débrouillaient bien –, à lire et écrire des chroniques et, pourquoi pas, s'essayer au roman.

En général, il ne leur fallait pas plus d'une journée pour passer en revue les centaines d'offres et les classer dans une de leurs deux catégories – Pas-les-moyens et On-me-la-donnerait-que-je-n'en-voudrais-pas –, avant de refermer les brochures avec dégoût en constatant que les prix avaient augmenté depuis l'année précédente. Malgré tout, dès le lendemain, son père remisait Jeeves pour examiner une fois de plus les annonces. « Page 27 », lançait-il, et la mère de Griffin abandonnait Ripley pour fourrager dans son sac de plage et en sortir son propre catalogue. « Bon, ne t'emballe pas », ajoutait-il ; ou : « Il faudrait que les choses se goupillent bien – autrement dit qu'ils obtiennent une grosse augmentation ou un contrat pour un ouvrage universitaire –, mais sinon… » Puis il expliquait pourquoi une partie des annonces rejetées la veille était finalement à reconsidérer. Une fois le mois bien entamé, profitant d'un jour de pluie, ils allaient jusqu'à visiter une ou deux maisons situées tout en bas de la liste Pas-les-moyens, mais un simple coup d'œil suffisait aux agents immobiliers pour se rendre compte que les parents de Griffin étaient des tocards. La maison de leurs rêves existait dans un avenir qu'ils étaient les seuls à envisager. Son père se plaisait à observer que pour des gens dont le métier était de gérer les fantasmes des autres, les agents immobiliers formaient une clique étonnamment peu romantique, comme les croupiers de Las Vegas.

Le retour au Midwest de merde était toujours brutal. Ses parents s'adressaient à peine la parole durant le trajet, comme s'ils se rappelaient soudain les infidélités de l'année passée ou songeaient déjà à leur prochaine proie. Le sexe, chez les parents de Griffin, passait bien après l'immobilier sur l'échelle des passions.

Griffin avait décidé d'emprunter la Route 6 jusqu'à Provincetown où il prendrait un petit déjeuner tardif, puis il remonterait vers le cap par l'impérissable 28. Il se demandait si elle était toujours bordée de brocantes comme dans son enfance. Son père, fervent démocrate et collectionneur avide de babioles politiques, s'y arrêtait systématiquement pour voir s'il ne pouvait pas dénicher un badge de campagne de Wendell Willkie dont le propriétaire ignorait la valeur. Les artefacts républicains faisaient partie de ses plaisirs coupables. « Tous les plaisirs de ton père sont coupables, prétendait sa femme, et ce n'est pas sans raison. » Bien sûr, en prenant la 28, il mettrait deux fois plus de temps, mais Griffin n'était pas pressé. Joy n'arriverait que dans la soirée, tard sans doute, et plus il se présenterait tôt au Bed & Breakfast où elle avait réservé à l'occasion du mariage de Kelsey, plus il se sentirait obligé d'ouvrir le coffre de sa décapotable où se trouvait, en plus de son sac de voyage et de sa mallette pleine à craquer de copies, l'urne contenant les cendres de son père, qu'il s'était promis de disperser pendant le weekend. Il n'était pas certain que la loi autorise à disposer des restes calcinés d'un universitaire du Midwest dans les eaux territoriales du Massachusetts et il aurait préféré que Joy soit à ses côtés pour le soutenir moralement (et faire le guet). Cela dit, si entretemps il tombait sur un coin désert et serein, il agirait peut-être seul. Qui sait s'il n'en profiterait pas pour balancer les devoirs de ses étudiants ? L'idée lui arracha un sourire.

Le Pilgrim Monument se profilait à l'horizon lorsque son téléphone portable vibra dans le porte-gobelet. Il se rangea pour pouvoir répondre. Au cours des neuf derniers mois, depuis la mort de son père, donc, il avait eu plusieurs accrochages (rien de grave, mais ça lui avait coûté cher), aussi lui parut-il plus prudent de s'arrêter pour prendre l'appel, même si le bas-côté était plus étroit qu'il ne l'avait cru. Un camion le dépassa dans un rugissement, le frôlant de près, mais aucune autre voiture ne se présentait. Il vaudrait mieux ne pas s'éterniser.

Vu l'heure, il pensa que l'appel venait de Joy, mais non. « Où es-tu ? » voulut savoir sa mère. Depuis quelque temps, elle ne prenait même plus la peine de dire bonjour ni de se présenter. À ses yeux, il était censé savoir qui appelait, ce qui était le plus souvent le cas grâce à ce ton d'exaspération perpétuelle et cette absence de préambule.

« Maman, dit-il, peu enclin à lui indiquer où il se trouvait. Je pensais justement à toi. » Une mouette solitaire, s'imaginant peut-être qu'il s'était arrêté pour manger quelque chose avec du fromage dedans, se mit à tournoyer au-dessus de lui et laissa échapper un cri aigu. « À toi et à papa, pour être exact.

— Ah, dit-elle. Celui-là.

— Je n'ai pas le droit de penser à papa ?

— Pense à qui tu veux. Est-ce que je me suis déjà mêlée de tes pensées ? Ton père et moi n'étions sans doute pas d'accord sur grand-chose, mais nous respections ton intimité intellectuelle et sentimentale. »

Griffin soupira. Le moindre commentaire, même le plus anodin, faisait désormais partir sa mère au quart de tour, et une fois qu'elle était lancée, mieux valait la laisser terminer. Griffin aurait appelé ça du désintérêt plus que du respect, mais il s'abstint de relever.

« Moi aussi j'ai des pensées, figure-toi », continua-t-elle, suggérant, s'il avait bien compris, que lui non plus ne voudrait pas savoir lesquelles. « Elles sont riches et nombreuses. Je ne comprends pas pourquoi ton père devrait occuper les tiennes, mais puisque c'est le cas, je ne voudrais surtout pas interférer. »

La mouette tournoyante poussa un autre cri, encore plus strident, et Griffin couvrit un bref instant le micro du téléphone avec sa main. « Tu appelais pour quelque chose, maman ? »

Mais elle avait dû entendre le stupide oiseau puisqu'elle dit, d'une voix accusatrice : « Tu es au cap ?

— Oui, maman, avoua-t-il. On est invités à un mariage ici, demain. Pourquoi, j'aurais dû te prévenir ? Demander la permission ?

— Où ça ? Dans quel coin ?

— Près de Falmouth », eut-il le plaisir de répliquer : pour elle, seuls les ignares allaient dans le Nord. Autant séjourner à Buzzard Bay, faire du kart, jouer au golf miniature, se gaver de soupe de palourde épaissie à la farine et se balader avec une casquette des Red Sox vissée sur le crâne.

« Le mariage, ironisa-t-elle après avoir enregistré ce qu'il lui avait dit. Quelle folie.

— Maman, tu t'es mariée deux fois. »

À la mort de Bartleby, quelques années plus tôt, elle avait espéré qu'il lui aurait laissé une petite somme, au moins de quoi acheter une bicoque dans les Dennis, par exemple. Mais un fidéicommis irrévocable avait permis aux enfants de Bartleby de conserver tout l'héritage et leur avidité de rapaces n'eut pas de limite. « Tu as fait un enfer des dernières années de notre père », avait eu le culot de lui dire l'un d'eux. « As-tu déjà entendu pareille ineptie ? avait-elle demandé à son fils. Connaissaient-ils seulement le bonhomme ? Comment pouvaient-ils imaginer qu'il était capable d'être heureux ? Y a-t-il au monde un seul philosophe qui ne soit pas morose et dépressif ? »

« C'est le mariage de Kelsey. Kelsey de Los Angeles, tu te souviens ?

— Pourquoi voudrais-tu que je connaisse vos amis de Californie ? » La question n'était pas innocente. Elle avait beau refuser de l'admettre, sa mère lui en voulait encore d'avoir vécu tant d'années sur la côte Ouest, hors de sa sphère d'influence. Et elle avait toujours considéré qu'en se consacrant à l'écriture de scénarios il commettait une trahison, un gâchis de ses dons génétiques.

« Ce n'est pas une de *nos* amies, c'est une amie de Laura. » Après tout, se dit-il, il se pouvait très bien qu'elle ne l'ait jamais rencontrée. Griffin avait toujours eu pour règle de ne pas infliger ses parents à sa femme et à sa fille, qui n'avait vraiment connu sa grand-mère que lorsqu'ils s'étaient installés sur la côte Est.

« Comment c'est ?

— Quoi donc ?

— Le cap. Tu viens de me dire que tu étais au cap, et je te demande comment c'est.

— Comme ç'a toujours été, j'imagine. » Il n'était pas prêt à lui avouer que son cœur s'était mis à battre la chamade au moment de franchir le Sagamore et qu'il aimait toujours un endroit qu'elle et son ex-mari honni avaient aimé aussi.

« Il paraît que la région est envahie de monde aujourd'hui. Nous avons eu les meilleures années. Toi, moi, et l'homme qui occupe tes pensées.

— Bon, tu m'appelais pourquoi, maman ?

— Comme tu voudras, change de sujet. J'ai besoin que tu m'apportes des livres, je t'enverrai les titres par e-mail. J'imagine que tu viendras bien me voir à un moment donné ? À moins que j'en aie fini avec toi ?

— Tu es sûre que je pourrai les trouver ? Est-ce qu'ils sont toujours disponibles, au moins, ou est-ce que je vais devoir chercher en pure perte ? » Depuis le décès de Bartleby, Griffin tenait le rôle de l'homme de la vie de sa mère, et rien ne semblait lui faire plus plaisir que de lui assigner des tâches impossibles, surtout d'ordre universitaire, qu'il aurait accomplies facilement s'il avait mené sa vie selon la voie qu'elle lui avait tracée au lieu de n'en faire qu'à sa tête.

« Ce n'est pas parce que tu n'es pas capable de mettre la main dessus que ces ouvrages ne sont plus en circulation. Tu appartiens à une génération qui ignore tout des bases de la recherche et qui ne sait même pas se servir d'un catalogue papier.

— Ces catalogues n'existent plus », rétorqua-t-il pour le simple plaisir de l'entendre tressaillir.

Plaisir qu'elle lui refusa. « Tu crois que la recherche se résume à taper un mot dans Google et appuyer sur la touche Envoi. »

Il fallait reconnaître qu'elle n'avait pas tort. Du temps où il était scénariste, Griffin s'était toujours déchargé de la partie recherches sur Tommy qui, s'il se laissait facilement distraire, était curieux de nature. Confronté à sa propre ignorance, Griffin préférait avancer dans un récit créé de toutes pièces tandis que son partenaire, non sans raison, aimait s'assurer que l'histoire tenait debout grâce à une solide base factuelle. « Je te rappelle que quand les caméras tourneront, elles seront braquées sur des objets tangibles du monde réel. » À quoi Griffin rétorquait que les caméras ne tourneraient jamais si eux-mêmes ne se sortaient pas des détails d'arrière-plan.

« Tout ce dont j'ai besoin se trouve à Sterling. J'y ai encore mes entrées, tu sais. »

Il était fort possible, Griffin le soupçonnait, qu'il s'agît là de la vraie raison de son appel : lui rappeler qui elle était, qui elle avait été, et qu'elle avait encore ses entrées à la bibliothèque de Yale. Elle n'avait peut-être pas du tout besoin de ces livres.

« Il me faut également certains articles de revues. Des photocopies feront l'affaire. La bibliothèque propose ce service, mais ça te coûtera moins cher de le faire toi-même. Je ne suis pas Crésus, comme tu le sais. »

Il le savait même mieux qu'elle. Sa retraite ainsi que la complémentaire de l'université couvraient une bonne part des frais de la maison de retraite médicalisée, et Griffin payait la différence.

« Tu pourras les prendre en venant. Cette visite imminente est bien prévue pour juin ? » Manifestement, il n'avait pas trop le choix.

« Je peux dégager un ou deux jours à la fin du mois, s'il le faut.

— Pas avant ?

— Je n'ai pas encore rendu leurs notes à mes étudiants. Le coffre de ma voiture est rempli de dossiers. » *Sans parler des cendres de papa*, faillit-il ajouter.

« Parce que tu les lis vraiment ?

— Tu ne le faisais pas ?

— De notre temps, les dossiers n'existaient pas. Il y avait des examens. Nos étudiants rédigeaient des dissertations avec notes de bas de page. Nous donnions de vrais cours avec un vrai contenu. » En d'autres termes, ils braquaient leurs caméras métaphoriques sur du concret. « Lectures obligatoires. On appelait ça la rigueur. »

Une voiture le dépassa en klaxonnant, et l'effet Doppler fut assez puissant pour faire sursauter Griffin. « Tu crois que je suis assez qualifié pour faire tes photocopies ? Et si je me trompais ?

— Bon et sinon, à quoi pensais-tu exactement… concernant ton père et moi ? »

Pendant une seconde, il envisagea de lui dire qu'il avait peur de devenir comme son père, ce que ses accès d'indécision, sans parler des accrochages en voiture, semblaient annoncer. Mais suggérer qu'il ressemblait plus à son père qu'à elle la ferait enrager et prolongerait la conversation. « Je croyais que tu ne voulais pas être indiscrète, maman ? Ce n'est pas ce que tu viens de dire ? Ton discours sur le fait que mes pensées ne regardent que moi ?

— Bien sûr. Mais tu me rendrais service si tu te débrouillais pour penser à nous séparément.

— Je me rappelais à quel point vous étiez heureux tous les deux chaque fois qu'on traversait le Sagamore et que vous chantiez *That Old Cape Magic.* » *Et combien vous étiez malheureux sur le chemin du retour*, pensa-t-il.

« Comme si le bonheur se résumait à un lieu. »

Mais cette petite balade sur les sentiers du souvenir n'intéressait pas sa mère. « En parlant de lieux sinistres, j'aimerais que tu examines attentivement celui où je vis, la prochaine fois que tu viendras. » C'était sa troisième maison de retraite en trois ans. La première était rattachée à l'université et abritait précisément les gens auxquels elle voulait échapper. La deuxième était un repaire de fermières du Midwest de merde qui lisaient Agatha Christie et ne comprenaient pas pourquoi Mme Griffin faisait la fine bouche quand elles lui fourraient un Miss Marple dans les mains en disant : « Celui-là est fumant, il va vous plaire ! »

« Vraiment, j'insiste pour que tu le regardes bien. Ce n'est certainement pas ce qu'on avait imaginé.

— Qu'est-ce qu'on avait imaginé, maman ?

— Agréable, que ce serait un endroit agréable. »

Puis la ligne fut coupée, sa mère avait raccroché. Toute la conversation n'était rien d'autre, il le savait d'expérience, qu'un tir d'avertissement. Or, sa mère était pleine d'égards à sa manière. Elle ne le harcelait jamais durant le dernier mois du semestre. Ayant été universitaire toute sa vie, elle savait comment se déroulaient ces ultimes semaines et le laissait respirer. Mais une fois la date limite franchie, tout lui était permis. Le fait qu'elle appelle ce jour-là suggérait qu'elle était retournée sur le site de la fac et avait découvert que les cours étaient terminés. Il n'aurait jamais dû lui offrir un ordinateur portable pour son anniversaire, mais dans la maison de retraite précédente, on l'avait accusée de monopoliser la machine de la salle commune. Et de monopoliser l'attention des quelques vieux messieurs qui résidaient là, une incrimination qu'elle rejetait d'un revers de la main. « Regarde-les, persiflait-elle. Tout le Viagra du Canada n'y suffirait pas. » Comme pour couper court aux impitoyables interrogations sur le sujet, elle reconnaissait par là que le sexe avait plus de place dans les maisons de retraite qu'on ne pouvait le croire. Beaucoup plus.

Elle avait peut-être vraiment besoin de livres qui se trouvaient à Sterling, après tout. À quatre-vingt-cinq ans, malgré une santé déclinante, elle avait encore l'esprit vif et prétendait faire des recherches sur l'une des Brontë (« Les livres, tu te souviens ? Ces objets reliés ? Avec tout un tas de pages à l'intérieur ? Et des mots imprimés qui vont d'une marge à l'autre ? »). Mais il se dit qu'il devrait vérifier s'il ne pouvait pas trouver ces titres à la bibliothèque de sa propre fac.

Après qu'un autre semi-remorque l'eut dépassé dans un bruit assourdissant, une odeur infecte parvint à ses narines, et il se demanda ce que pouvait bien transporter ce camion. Ce n'est qu'au moment de tourner la clé dans le contact qu'il vit la grosse coulure blanche et visqueuse sur la manche de sa chemise. La mouette lui avait chié dessus !

Sa mère avait fait de lui une cible immobile : le résultat était là.

II

Une pente savonneuse

L'année où ses parents avaient divorcé, chacun regrettant de n'avoir pas coupé le cordon plus tôt et affirmant qu'ils s'étaient rendus malheureux pendant trop longtemps, Griffin avait intégré une école de cinéma sur la côte Ouest, et se disait que c'était sûrement mieux ainsi. Mais ni l'un ni l'autre ne s'était épanoui dans son second mariage, et leurs carrières aussi en avaient pâti. Ensemble, du moins en votant ensemble, ils avaient représenté un poids que le département d'anglais ne pouvait pas négliger lors des prises de décision. Une fois séparés, comme ils votaient souvent l'un contre l'autre, on pouvait les ignorer sans encombre, et leurs pires ennemis eurent tout loisir de leur tirer dans les pattes. Au début, sa mère ne sembla pas trop mal s'en sortir. Elle qui claironnait son mépris pour les jeunes théoriciens de la littérature et autres critiques culturels lorsqu'elle était mariée devint pour un temps leur coqueluche en s'érigeant spécialiste de la question du genre. Patricia Highsmith, un de ses « plaisirs coupables », ayant acquis de la respectabilité, sa mère publia plusieurs articles sur elle et sur deux ou trois autres romanciers gays qui parurent dans de bonnes revues. Les colloques sur le genre représentaient alors le summum du chic, et elle présida un certain nombre de conférences au cours desquelles elle laissait entendre à son public nombreux et majoritairement lesbien qu'en matière de sexualité elle avait toujours été très ouverte, dans la théorie autant que dans la pratique. Peut-être cela était-il vrai. Bartleby, qui s'était engagé dans le mariage en préférant ne pas discuter et qui l'avait quitté en préférant ne pas parler du tout, restait philosophe lorsqu'on lui rapportait ces sous-entendus. Griffin avait d'abord cru que sa mère exagérait cette histoire de mutisme total, mais, alors qu'il leur rendait une visite éclair quelques mois avant la mort prématurée de son beau-père (qui préférait aussi ne pas aller chez le médecin), ils étaient sortis dîner et l'homme n'avait pas ouvert la bouche de toute la soirée. Il ne semblait pas de mauvaise humeur et il lui arrivait de sourire d'un air contrit à une phrase prononcée par sa femme ou par Griffin, mais le seul moment où il parut sur le point de prendre la parole fut quand il avala de travers un morceau de viande et que son visage commença à avoir la couleur d'un grain de raisin jusqu'à ce qu'un serveur s'aperçût de sa détresse et réalisât sans plus attendre la manipulation de Heimlich.

La reconversion de sa mère, un coup audacieux qui paya les premiers temps, se solda finalement par un échec. Quand l'université, à son initiative, créa le Centre d'études sur le genre, elle s'attendait naturellement à en être nommée directrice. On préféra recruter un enseignant transsexuel qui, comble de l'ironie, venait de l'Utah. Ce fut la goutte d'eau qui fit déborder le vase. Après cela, elle se contenta de donner ses cours, cessa d'assister aux réunions et refusa de se mêler de la gestion du département. Griffin la soupçonnait d'espérer secrètement que ses collègues la presseraient bientôt de revenir à une vie universitaire plus active, mais il n'en fut rien. Même le décès de Bartleby ne provoqua pas de vague de sympathie à son égard. Si elle continuait de publier, de présider des tables rondes et de postuler dans différents départements d'anglais, son dossier comprenait plusieurs lettres insinuant que, en dépit de ses qualités d'enseignante et de son statut de chercheuse reconnue, elle avait un don pour semer la discorde. Une fouteuse de merde, en somme.

Après bien des atermoiements, Griffin avait accepté d'assister au dîner organisé par l'université pour le départ à la retraite de sa mère. (Joy avait proposé de venir, mais il avait tenu à lui épargner cette épreuve.) Le hasard voulut qu'une exceptionnelle moisson de professeurs parte à la retraite cette année-là et chacun d'eux eut l'opportunité de faire partager aux autres les réflexions inspirées par ses nombreuses années au service de l'université. Griffin fut particulièrement déconcerté de voir que sa mère serait la dernière à prendre la parole. Il songea que les organisateurs gardaient peut-être le meilleur (les professeurs les plus distingués, donc) pour la fin. Toutefois, il était plus vraisemblable qu'ils aient partagé ses propres inquiétudes quant à ce qu'elle pourrait dire, et l'avaient mise en bout de course afin de limiter les dégâts. Quand son tour arriva enfin de se diriger vers l'estrade, quelques applaudissements polis s'élevèrent. Le fait qu'elle portât un tailleur cher et bien coupé ne servit qu'à exacerber les appréhensions. « Contrairement à mes collègues, déclara-t-elle dans le micro dont elle fut la seule à reconnaître l'utilité, je serai brève et franche. J'aurais sincèrement aimé avoir un mot gentil concernant cette institution et ceux qui y travaillent. Mais la vérité que personne n'ose exprimer est qu'il s'agit d'une université de seconde zone, à l'instar d'une bonne partie de ses étudiants et de ses enseignants. » Puis elle regagna sa chaise et tapota la main de Griffin comme pour ajouter : *Là, c'est fini, ce n'était quand même pas si terrible ?* Au lieu de cela, dans le silence abasourdi, elle murmura : « C'est étrange. Pour la première fois depuis dix ans, j'aurais aimé que ton père soit là. Lui aurait apprécié. »

Le père de Griffin s'en était encore plus mal tiré après le divorce. Lui aussi avait tenté de faire peau neuve en s'orientant vers le nouveau département d'Études américaines. L'histoire et la politique l'avaient toujours autant intéressé que la littérature, et l'université était disposée à céder certaines de ses heures aux Études américaines si ses collègues d'anglais n'y voyaient pas d'inconvénient (ce n'était certainement pas le cas). Son nouveau bureau se trouvait un étage plus bas, dans le bâtiment des lettres classiques et modernes, et Claudia, une doctorante massive, avait proposé de l'aider à déménager ses soixante-dix et quelques cartons de livres et de revues. Cette tâche exigeait de se plier en deux et la jeune femme ne portait pas de soutien-gorge. Il lui prêta soudain plus d'attention qu'il ne l'avait fait jusque-là et ses collègues ne manquèrent pas de plaisanter sur ce nouvel empressement, devinant très bien quelle partie du père de Griffin descendait vers les Études américaines et quelle autre restait en anglais. Griffin était presque certain que son père ne tenait pas vraiment à se remarier et ne l'aurait pas fait si l'université n'interdisait les relations extraconjugales entre étudiants et professeurs. Ce qui était absurde. Après tout, Claudia n'était pas en première année. Elle avait vingt-neuf ans, c'était une adulte (y compris selon les normes des universités américaines) qui n'avait aucun besoin de la protection d'une institution, même si plusieurs de ses enseignants masculins se demandaient qui les protégerait d'elle. Ce dont Claudia avait besoin, aux dires d'une majorité dans le département, c'était d'une aide, et d'une aide solide, pour obtenir son diplôme. Elle était passée de justesse lors de sa seconde et dernière tentative aux examens de master grâce à l'abstention d'un des jurés, après quoi il lui avait fallu toute une année pour trouver un sujet de thèse acceptable, et encore, elle avait dû être accompagnée (par le père de Griffin), à chaque étape de ce long parcours, comme une génisse lors d'un concours agricole. Griffin lui trouvait en effet de nombreuses qualités bovines. Elle faisait une tête de plus que son père, avait les hanches larges et de gros seins qui semblaient toujours en mouvement sous les amples chemisiers qu'elle affectionnait.

Bref, cet éminent professeur se réveilla donc un matin en s'apercevant que si son ex-femme s'était métamorphosée en spécialiste aventureuse de la question du genre, lui-même s'était transformé en imbécile. *Le Festin nu*, pour citer son ex-épouse, avait fini par remporter la partie et mettre Jeeves à la porte. Ce qui explique sans doute pourquoi, lorsqu'un vieil ami de fac devenu doyen de l'université du Massachusetts l'avait appelé pour lui proposer de remplacer un professeur en congé maladie pendant un an, il s'était empressé d'accepter. La mère de Griffin fut folle de rage quand elle apprit la nouvelle. Amherst, tenez-vous bien, était à deux heures du cap à tout casser. La grosse vache et son ex-mari pourraient passer des week-ends là-bas, ou même à Martha's Vineyard, ou à Nantucket, pendant qu'elle serait coincée dans le Midwest de merde avec un muet pour toute compagnie. Elle finit par admettre qu'elle ne pouvait rien changer à cette foutue situation, mais ce n'était pas faute, d'après le père de Griffin, d'en avoir vraiment cherché le moyen.

Claudia et son père s'absentèrent donc un an et attendirent la dernière seconde, à savoir le week-end de la fête du Travail, début septembre, pour rentrer. Griffin, alors entre deux scénarios, avait pris un avion pour aller passer quelques jours dans l'Indiana. Il n'avait pas vu son père depuis son départ pour Amherst et découvrit un homme qui semblait sortir d'un séjour prolongé en sanatorium. On lui aurait donné dix ans de plus. Bien qu'ayant toujours été mince avec un torse concave, il était désormais maigre comme un clou, avait les joues creusées et perdait ses cheveux. Sans doute pour compenser, il s'était laissé pousser les quelques mèches qui lui restaient sur les côtés et à l'arrière du crâne, ce qui lui donnait l'air d'un fossoyeur tout droit sorti d'un roman de Dickens. À l'inverse, Claudia était encore plus plantureuse. Lors de cette courte visite, elle trouva de nombreuses occasions de coller ses bourrelets contre lui, reposant sa poitrine sans soutien-gorge contre son bras ou, s'il se trouvait assis, contre l'arrière de sa tête, attitude que son père ne paraissait pas remarquer.

Ce dernier déclara qu'il avait une grande nouvelle à annoncer. Claudia avait terminé sa thèse, et pour célébrer ça, ils s'étaient mariés. Il afficha un sourire courageux tout au long de son récit, un sourire aux antipodes de l'air bovin de Claudia. Son père expliqua que le mariage devait néanmoins rester secret jusqu'à ce qu'elle ait passé sa soutenance et reçu son diplôme. Un raisonnement qui échappait à Griffin, mais cela ne le regardait pas, aussi accepta-t-il de se taire, surtout devant sa mère. D'où sa surprise quand, les rejoignant, elle et Bart, pour déjeuner à la cantine des profs, elle lui demanda de but en blanc : « Alors, ton père t'a dit qu'il s'était marié ? »

En fait, elle était très informée. Non, le père de Griffin n'était pas malade même si elle reconnaissait qu'il avait une mine épouvantable. Son problème, déclara-t-elle, c'est qu'il était épuisé, et pour cause ! En plus de donner ses propres cours, il avait passé l'année non seulement à faire des recherches pour la thèse de Claudia mais, « tiens-toi bien », à la rédiger. Quand Griffin lui demanda comment elle pouvait le savoir, puisque ni son père ni Claudia n'étaient susceptibles d'avoir confié une chose pareille à qui que ce soit, elle lui lança un regard lourd de sous-entendus. « Et tu ne sais pas encore la meilleure. Elle n'est même pas restée sur place avec ton père. » Au moment où sa mère lâcha cette bombe, Griffin coula un regard vers Bartleby. Bien qu'à cette époque il n'eût pas encore sombré totalement dans le mutisme, il se contenta de hausser les épaules comme pour dire : *Pas la peine de me regarder, je ne fais que passer.*

Claudia, reprit sa mère, était bien partie à Amherst avec son père ; jusque-là, tout était vrai. Mais elle n'avait pas tenu longtemps. La minuscule maison qu'ils avaient louée était presque à trente kilomètres de l'université, et puisqu'ils n'avaient qu'une voiture, Claudia n'avait le choix qu'entre l'accompagner sur le campus et rester en rade au fin fond de la cambrousse jusqu'à son retour. « Travaille à ta thèse », lui avait suggéré le père de Griffin. Au fond, il n'était pas impossible qu'il ait loué précisément cette maison pour l'obliger à boucler son doctorat. Elle aurait répondu, d'un air outré épais comme de la mélasse : *Toute la journée ?*

La mi-octobre avait été marquée par une vague de froid, et, après plusieurs jours d'un crachin glacial, Claudia avait annoncé un matin qu'elle partait voir une amie à Atlanta. Elle avait ajouté que même sa chatte était congelée, à quoi il avait répondu qu'il ne risquait pas de s'en rendre compte par lui-même. Ne pourraient-ils pas en discuter dans la soirée, à son retour de la fac ? Mais quand il était rentré, elle avait déjà déguerpi.

La mère de Griffin avoua ne pas très bien savoir à quel moment son ex-mari avait découvert que l'amie en question était *un* ami et que par-dessus le marché, cet ami n'était pas (Claudia non plus, donc) à Atlanta mais à Charleston. Claudia avait apparemment voulu le semer – ce qui fit glousser Griffin mère – comme s'il descendait d'une longue lignée de flics durs à cuire ou de détectives privés et qu'il était le genre de type à prendre les gens en chasse et à n'avoir de répit que quand il les avait débusqués. En réalité, il s'était contenté d'émettre un profond soupir et de dire : *Bon alors comme ça... elle est partie.*

Que Claudia eût prévu de déserter le nid pour un bon bout de temps ne faisait aucun doute puisque au lieu d'emporter le strict nécessaire pour une petite virée, elle avait vidé sa garde-robe. De fait, elle avait pris toutes ses affaires, à l'exception des notes pour sa thèse, rassemblées avec l'aide du père de Griffin. Elle avait laissé ce matériau en un tas impressionnant au centre de la table de la salle à manger. Il y avait aussi un plan indigent qu'il parcourut brièvement avant de le rouler en boule. Chez un autre homme, ce geste aurait pu signifier qu'il en avait fini avec elle, qu'il avait ouvert les yeux à la fois sur la confusion de sa pensée et la clarté de son message. Malheureusement, la seule chose que le père de Griffin réussit à voir fut un angle d'attaque plus intéressant pour la thèse de sa fiancée. Il s'arma donc d'un bloc de papier et se mit à tracer les grandes lignes de ce projet comme s'il s'était agi du sien. Ainsi, raisonna-t-il, lorsqu'elle rentrerait dans une semaine ou deux (il n'avait encore tiré aucune conclusion de la penderie vide), elle aurait l'heureuse surprise d'avoir pris de l'avance au lieu d'être à la traîne. La note d'intention confuse et délayée s'était transformée en une solide base de travail sous la forme d'un plan détaillé, divisé en parties abordables, elles-mêmes découpées en petits morceaux qui ne requerraient qu'un peu de mastication, une série de chiques que même la bovine Claudia serait capable de mâcher. Certes, il aurait fallu qu'elle le fasse elle-même, et après ? Ce serait leur secret. Elle lui serait tellement reconnaissante que sa chatte congelée en fondrait d'amour.

Aux dires de la mère de Griffin, voici donc comment le cauchemar avait commencé : comme un exercice intellectuel d'évitement. Ce premier soir, quand il était rentré à la maison pour découvrir qu'elle avait fugué, et qu'il avait substitué son propre plan à celui de Claudia, il se serait senti mortifié si quelqu'un avait sous-entendu qu'il puisse écrire sa thèse à sa place. Mais une semaine s'écoula, puis une autre, Claudia ne donnait pas signe de vie, les notes étaient toujours sur la table (il les avait juste repoussées pour faire de la place lorsqu'il mangeait ses plats tout préparés), et il détestait l'idée qu'elle prenne de plus en plus de retard. Toujours d'après sa mère, Claudia avait évidemment tout calculé. Elle était peut-être bête à manger du foin, mais elle ne manquait pas de perspicacité. Au fond, une femme avait-elle vraiment besoin d'intelligence pour qu'un homme ne voie pas plus loin que le bout de sa queue ? Toute personne un tant soit peu digne aurait balancé ses notes au feu ou les aurait au moins remisées au fond d'un placard. Non, Griffin père les avait laissées là comme pour se fustiger – lui plutôt qu'elle – jusqu'au jour où, tandis qu'il dévorait un mu shu de porc à même l'emballage, il se dit : *Et si j'écrivais une petite intro ? Où est le mal ?*

Car il était complice depuis le début, fût-ce inconsciemment. N'avait-il pas fait en sorte que la thèse de Claudia porte sur un sujet qui l'intéressait lui aussi ? N'avait-il pas deviné qu'il devrait lui tenir la main jusqu'à la dernière page de la conclusion ? Quelle différence, si c'était lui qui la rédigeait ? N'était-ce pas simplement une question d'efficacité ? « Ne me dis pas que je ne sais pas comment fonctionne ton père, sa façon de raisonner », avait prévenu sa mère lorsque Griffin avait protesté. Elle ne comprenait que trop bien. Une fois engagé sur cette pente savonneuse, il était perdu. En écrivant l'introduction, il se replongea dans les textes sources et, tout excité, rédigea de longues fiches pour préparer le corps de la thèse, le développement, les principaux arguments. Jusqu'à ce jour, lors des vacances, où il glissa une feuille de papier vierge dans sa machine à écrire IBM Selectric et tapa les mots : *Chapitre premier*.

Il se produisit alors un fait intéressant. Après avoir attendu le retour de Claudia, il s'était mis à espérer qu'elle ne revienne pas trop vite. Il avait toujours pensé que cette affaire serait une – comment dire ? – collaboration dans le meilleur sens du terme. Bien sûr, elle se serait chargée de la rédaction, mais il aurait été présent pour partager ses notes et ses idées, pour s'assurer qu'elle ne perde pas le fil. Et au fond, la majorité des thèses ne se faisaient-elles pas ainsi, en collaboration ? Sinon, à quoi bon avoir un directeur de thèse ? Mais désormais, il se disait : *Oh et puis merde !* Il avançait, se couchait tard et négligeait même, il faut bien le reconnaître, ses devoirs d'enseignant. Il avait trouvé son rythme de travail et le retour de Claudia n'aurait servi qu'à lui mettre des bâtons dans les roues. Il songeait à lui rendre une visite surprise à Atlanta durant les vacances de printemps. Mais le moment venu, il décida de travailler (ce qui n'était pas plus mal, affirmait la mère de Griffin, puisque Claudia n'était pas à Atlanta et ne l'avait jamais été), se disant que si tout se déroulait comme prévu, il aurait terminé le premier jet avant la fin du semestre, une période souvent critique. Claudia pourrait l'aider à revoir l'ensemble, ce qui lui permettrait par la même occasion de se familiariser avec les conclusions qu'il tirait et sa méthodologie, car après tout, ce serait à elle de les défendre à la soutenance (même s'il serait là pour lui tendre la perche le cas échéant).

Tout se serait bien passé s'il n'avait pas attrapé une mauvaise grippe au mois d'avril. Un jour, il se réveilla grelottant, roulé en boule sur le carrelage de la salle de bains, incapable de se souvenir comment il avait atterri là, même si l'état des toilettes indiquait clairement pourquoi il avait eu besoin d'y aller. Avait-il eu une hallucination ou Claudia avait-elle bien appelé la veille pour demander comment avançait la thèse ? Avait-elle ri quand il avait répondu qu'elle était presque achevée ?

La grippe finit par le lâcher, il ne recouvra jamais toutes ses forces ni le poids perdu à force de vomir et de sauter des repas, mais peu importe. Il avait terminé ! N'avait-il pas de quoi être fier ? Ce n'est qu'au retour de Claudia, vers la fin août, alors qu'il s'était fait à l'idée qu'elle était partie pour de bon, que l'énormité de la chose lui était tombée dessus comme une enclume. Il ne pensait pas tant à la malhonnêteté du procédé qu'au fait que cela aurait pu être *son livre*. C'était probablement ce qu'il avait écrit de meilleur. N'importe quelles bonnes presses universitaires auraient été heureuses de le publier. Peut-être que cela aurait même pu intéresser un grand éditeur généraliste. Pour une fois, il aurait pu voir la couleur de l'argent, ce qui l'aurait changé des espèces de bons bidon que les universités imprimaient et qui n'étaient encaissables qu'auprès de l'intendance de la fac. Mais un problème majeur subsistait. Comment affirmer que cette thèse était la sienne alors qu'elle était censée être le fruit du travail de Claudia ? Il pouvait toujours arguer qu'elle n'en avait pas écrit une ligne, et tous ceux qui avaient eu affaire à elle l'auraient cru, mais il passerait auprès des autres pour un voleur d'idée. Car il avait attesté le fait que le sujet de thèse était bien une idée de Claudia lorsque deux de ses collègues et lui avaient approuvé la proposition.

« Maman, avait protesté Griffin à ce stade de l'histoire, tu ne peux pas savoir tout ça. Et ne me dis pas que tu le tiens de papa. Jamais il n'avouerait ce genre de choses, surtout pas à toi. » Griffin venait de passer vingt-quatre heures avec son père, et ce dernier n'avait rien laissé entendre de la sorte, même pas à demi-mot.

Une autre femme aurait pu prendre avantage de ce « surtout pas à toi », mais sa mère n'en avait même pas ralenti son débit. « Mets-la en sourdine, reprit-elle sur un ton jubilatoire. Le meilleur est encore à venir. Claudia le faisait chanter. Enfin, pas au sens conventionnel. Au sens émotionnel. » Depuis leur retour de Amherst, elle avait pris l'habitude de se demander tout haut ce que penseraient les collègues de son mari s'ils apprenaient ce qu'il avait fait. Avait-il toujours été aussi malhonnête ou était-ce nouveau ? S'agissait-il d'un délit assez grave pour entraîner un renvoi ? Le scandale ferait-il la une du *Bulletin officiel des universités* ?

Griffin ne put se retenir de rétorquer : « Mais c'est absurde, comme menace ! Elle ne peut pas l'exposer sans s'exposer elle-même.

— Exact, dit-elle. Ton père n'en est pas moins terrifié.

— Je n'ai rien remarqué.

— Tu peux me croire.

— Maman, ton histoire ne tient pas debout. N'importe quel atelier d'écriture pour étudiants débutants te la démonterait. » Bon, d'accord, peut-être pas complètement. Tout cela était plus tiré par les cheveux et incohérent qu'inconcevable, et Griffin croyait savoir pourquoi. Le monde universitaire était minuscule, et sa mère avait un réseau d'amis qui s'étendait sur tout le territoire. Elle avait dû tenter de suivre les activités de son ex-mari dans le Massachusetts à l'aide d'une demi-douzaine d'espions. Elle avait glané des bouts d'information par-ci par-là et les avait assemblés au mieux pour en tirer ses propres conclusions et faire croire, comme toujours, qu'elle était au courant de tout.

Elle n'apprécia pas que son fils insinue le contraire. « Les ateliers d'écriture, mon œil, persifla-t-elle. Si c'est ça ton critère !

— D'accord, concéda Griffin. Je ne dis pas que tu mens. Je dis simplement... »

Mais elle le coupa d'un geste de la main.

« Tu veux savoir la meilleure ou pas ?

— Ce n'était pas le chantage, la meilleure ? Il y a autre chose ? »

Elle haussa un sourcil pour un maximum d'effet.

« Écoute-moi ça : durant toute l'année passée à Amherst... »

Il attendit jusqu'à ce qu'il fût clair qu'elle ne poursuivrait pas son récit sans qu'il l'y invite. Il devait lui montrer qu'il souhaitait savoir le fin mot de l'histoire, ce qui malheureusement était le cas.

« Quoi, maman ? Toute l'année à Amherst, quoi ?

— Durant toute l'année qu'il a passée à Amherst, lâcha-t-elle triomphalement, il n'a jamais trouvé le temps de mettre les pieds au cap. Pas une seule fois. »

Rétrospectivement, sa mère avait eu raison sur au moins un point. Elle avait donné au mariage de son ex-mari un an avant de s'effondrer. Pas une année entière, avait-elle insisté, une année universitaire. Et ses prédictions s'étaient révélées exactes. Au mois de mai suivant, Claudia avait plié bagage pour de bon, et le père de Griffin avait accepté un poste de directeur de département dans une université d'État de l'Illinois. « Il est sur la pente descendante, avait rapporté sa mère. Au fond du trou, même. » Plus tard, il avait été nommé doyen d'une petite fac chrétienne de l'Oklahoma, où il avait travaillé jusqu'à ce que sa santé l'oblige à prendre sa retraite.

Et à présent, pensa tristement Griffin, il était dans le coffre de sa voiture.

III

La Convention de Truro

Quand Griffin arriva à Provincetown, le temps s'était réchauffé, et il s'arrêta à une terrasse de café. Il feuilleta un des catalogues d'agences immobilières qu'il avait remarqués dans l'entrée en attendant qu'on lui serve ses œufs. Il lui suffit d'un coup d'œil pour voir que les maisons qui n'atteignaient pas des prix vertigineux étaicnt à ranger dans la case « taudis ». Pas-les-moyens/ On-me-la-donnerait... Les bonnes vieilles catégories parentales avaient encore de l'avenir. Il s'interrogea. S'il n'avait pas abandonné son métier de scénariste pour déménager sur la côte Est et devenir prof, Joy et lui auraient-ils eu les moyens ? Difficile à dire. Il avait bien mieux gagné sa vie à Los Angeles, mais ils avaient aussi vécu sur un plus grand pied. D'ailleurs, c'était un des mystères du mariage de ses parents : quoi qu'ils fissent (ou ne fissent pas), cela semblait n'avoir jamais d'impact sur l'économie domestique. À la fin du catalogue, un encart publicitaire pour une résidence médicalisée, près de Hyannis, le fit frissonner. Sa mère savait qu'il était au cap. Leur conversation avait-elle réveillé sa vieille passion pour cet endroit ? Il l'imaginait très bien en train de chercher sur Google les maisons de retraite de la région (à part ça, Google n'était pas un outil de recherche…). Il se pouvait très bien qu'à l'instant même elle soit en train de regarder depuis l'Indiana la même image que lui à Provincetown. Ce scénario effroyable était tellement plausible que quand son portable sonna, il s'étonna que l'appel vienne de Joy et non de sa mère.

« Où es-tu ? demanda sa femme, sur un ton presque aussi énervé que celui de sa mère un peu plus tôt, même s'il fallait reconnaître qu'elle au moins avait dit bonjour avant de vérifier s'il s'était conformé à ses attentes et s'il avait pris le chemin des écoliers.

— Provincetown, l'informa-t-il. Je me suis réveillé tôt.

— Si tu continues à avoir des insomnies, j'aimerais que tu ailles voir le médecin. »

Sa voix témoignait d'une inquiétude sincère, et Griffin lui en fut reconnaissant. C'est vrai qu'il ne dormait pas bien depuis quelque temps, se réveillait en pleine nuit sans raison particulière, incapable de se rendormir. Sûrement le stress de fin de semestre. Il faisait un rêve récurrent à ce sujet : il arrivait en classe et trouvait un mot sur la porte expliquant que le cours se déroulait dans un autre bâtiment à l'autre extrémité du campus. Lorsqu'il arrivait sur place, le petit manège recommençait. Il avait beau se dépêcher, ses étudiants lui échappaient toujours au bout d'un couloir interminable. Le cauchemar disparaîtrait probablement une fois les copies rendues.

« Devine avec qui je prends le petit déj ? demanda-t-il, pressé de changer de sujet.

— Avec qui ?

— *Al Fresco !* » C'était une vieille blague que son cerveau venait de ressortir, stimulé par l'atmosphère du cap et parce qu'il mangeait dehors. Ses parents s'assuraient toujours que leur location d'été comprenait soit un patio soit une terrasse pour qu'ils puissent prendre le petit déjeuner et lire le journal « *al fresco* » (au frais en espagnol), sourds aux exhortations de Griffin qui voulait aller à la plage le plus tôt possible. À L.A., Joy et lui évoquaient parfois le fameux Al Fresco, mais la blague n'était pas si drôle et elle était passée de mode.

Toutefois, Griffin fut blessé quand sa femme répondit : « Al comment ?

— Je ne sais pas toi, mais de mon côté, la journée a mal commencé.

— Je sais, dit Joy d'une voix fatiguée, elle a téléphoné ici aussi. C'est normal, le semestre est officiellement terminé. »

Griffin avait repoussé autant que possible la présentation de Joy à ses parents, arguant qu'ils étaient engagés dans un divorce particulièrement acrimonieux. « Mais je vais bien les rencontrer un jour ? avait-elle demandé, déjà dubitative. Enfin, ce sont tes parents. » Alors il avait suggéré : « On pourrait attendre le jour du mariage ? » Elle avait ri, pensant qu'il plaisantait. Avec les années, elle s'était plutôt bien entendue avec son beau-père, même s'il semblait ne jamais la reconnaître, y compris lorsqu'elle se tenait aux côtés de son fils. Séparés par mille six cents kilomètres, ils se voyaient rarement, bien sûr, mais quand cela arrivait, le père de Griffin paraissait trop ravi et charmé pour que cela soit naturel.

« C'est moi qui délire, dit Joy lors de leur deuxième visite, ou est-ce qu'il m'a complètement oubliée ? » Griffin lui conseilla de ne pas en prendre ombrage. Au bout d'un semestre, son père ne connaissait toujours pas le nom de ses étudiants, hormis celui des deux ou trois plus jolies filles.

Avec sa mère, ce fut une autre histoire. Elle restait polie, mais elle n'avait jamais caché combien le choix de Griffin la décevait. « Où a-t-elle fait sa thèse ? » fut la première chose qu'elle voulut savoir quand Griffin lui annonça qu'il était fiancé. À ses yeux, il n'y avait pas de meilleur baromètre pour déterminer la valeur d'une personne. De plus, poser cette question incitait généralement ses interlocuteurs à la lui retourner. Elle pouvait alors répondre qu'elle avait fait son doctorat à Yale, et s'ils ne posaient pas la question, elle le disait quand même. Dans le cas de Joy, elle s'attendait à UCLA ou Southern Cal. Griffin avait prévu l'interrogatoire et il avait beau se répéter qu'il n'y avait pas lieu d'être gêné, il ne pouvait s'empêcher de l'être. Il avait pris une profonde inspiration et avait expliqué que Joy avait commencé à travailler tout de suite après sa licence, qu'elle avait trouvé un emploi intéressant dans lequel elle s'épanouissait. « Très bien, mais quel genre d'*individu* ne fait pas de troisième cycle ? » Sa mère avait légèrement insisté sur le mot *individu* comme pour suggérer qu'une telle personne ne pouvait appartenir à aucun des deux sexes, à moins qu'elle soit des deux. La pauvre Joy avait passé la première décennie de leur mariage à essayer de plaire à sa belle-mère, la deuxième à essayer de comprendre pourquoi ça ne marchait pas et la troisième à prétendre que c'était sans importance. Et depuis peu, elle envisageait de prendre un numéro sur liste rouge.

Pendant leur lune de miel, Joy avait fait à Griffin un compliment involontaire en lui demandant s'il n'avait pas été adopté. À l'époque, il ne ressemblait pas à ses parents, mais depuis une vingtaine d'années, les choses avaient changé. Il avait perdu ses cheveux aux mêmes endroits que son père, et son nez, autrefois délicat, avait commencé à dominer son visage. Il s'était plus ou moins maintenu en forme en courant et en jouant au tennis, et il ne pesait pas beaucoup plus qu'à l'âge où il s'était marié, mais son poids s'était imperceptiblement redistribué et il avait le torse très creusé (là aussi comme son père), à croire qu'un cheval lui avait donné un coup de sabot dans la poitrine. À l'exception du petit grain de beauté au milieu du sourcil gauche qui était apparu quand il avait trente ans, sa mère lui avait plutôt transmis certains traits de caractère, ce qui n'était pas moins inquiétant, et Joy avait depuis longtemps admis qu'il n'y avait aucune chance pour que Griffin ait été adopté. « On croirait entendre ta mère », se plaisait-elle à remarquer chaque fois qu'il se montrait désobligeant ou méprisant, surtout à l'égard d'un des membres de sa famille à elle.

« Elle veut que j'aille la voir, lui dit Griffin.

— Ça m'aurait étonnée.

— Elle n'aime pas la nouvelle maison de retraite.

— Ça m'aurait étonnée.

— Elle va tous nous enterrer.

— Je ne crois pas, mais elle va essayer. »

La première chose qu'il avait faite en arrivant au restaurant avait été d'aller aux toilettes nettoyer sa manche de chemise. Il avait cru venir à bout de la tache, mais l'odeur persistait. « Quand elle a appelé, je me suis garé et une mouette en a profité pour me chier dessus. »

Mais cela n'intéressait déjà plus Joy, comme c'était souvent le cas alors que Griffin pensait arriver au moment le plus pertinent de l'histoire. « Tu as téléphoné à ta fille ? »

Ta fille, au lieu de *notre* fille, signifiait qu'aux yeux de Joy il esquivait son devoir parental. « Elle arrive cet après-midi, c'est ça ?

— Elle est au cap depuis hier. Elle est témoin au mariage de Kelsey, tu te souviens ? »

En effet, en y réfléchissant, il s'en souvenait. « Je le ferai en arrivant au Bed & Breakfast, promit-il.

— Très bien. Elle a besoin d'être rassurée.

— À quel sujet ?

— Elle ne comprend pas pourquoi nous ne venons pas ensemble. Explique-le-lui, d'accord ? Comme ça elle pourra me l'expliquer après. »

Griffin soupira. Il avait réussi à détourner Joy de son but premier en se plaignant de sa mère, mais ils étaient revenus au point de départ. Mieux valait régler cette affaire une bonne fois pour toutes et s'excuser. « J'aurais dû t'attendre », admit-il. Après un silence, il ajouta : « Ça n'avait pas de sens d'être à Boston sans toi. » Mais Joy ne réagit pas à ce *mea culpa*. « Je voulais te contrarier et au final, je me suis puni tout seul… Tu m'entends ?

— Je t'entends.

— J'espère que tu ne t'attends pas à ce que je me rabaisse davantage, parce que j'ai atteint ma limite.

— Non. Ça devrait suffire. »

Le temps que Griffin parvienne au cap et se présente au Bed & Breakfast, il était presque midi. Il monta son sac de voyage et son cartable dans la chambre, ne laissant que les cendres de son père dans le coffre de la voiture. Il était passé devant quelques endroits calmes et isolés, mais le vent lui avait fait craindre qu'une rafale souffle au moment où il ouvrirait l'urne et lui renvoie son père à la figure. De plus, il se sentirait moins gêné de prononcer quelques mots à sa mémoire s'il avait quelqu'un à ses côtés pour les entendre, et il avait décidé d'attendre Joy.

Son père était mort d'une embolie massive au mois de septembre précédent, dans des circonstances pour le moins curieuses. Il avait été trouvé dans sa voiture, sur une aire de l'autoroute à péage du Massachusetts. Comme tant d'autres, celle-ci possédait un gigantesque parking et la voiture était garée juste à la lisière, à l'écart des autres véhicules. Il était difficile de savoir combien de temps il avait fallu pour que quelqu'un le remarque, affalé sur le siège passager, la tête appuyée contre la vitre. Sans le filet de sang séché sous sa narine gauche, on aurait pu croire qu'il faisait la sieste. Mais pourquoi n'était-il pas au volant ? La boîte à gants était ouverte. Avait-il fouillé dedans, cherché quelque chose ? L'atlas routier se trouvait sur la banquette arrière, ouvert à la page Massachusetts, avec le numéro de Griffin gribouillé tout en haut. Les clés étaient encore sur le contact et le moteur avait apparemment tourné jusqu'à vider le réservoir d'essence.

« J'imagine qu'il venait vous voir, dit le jeune flic quand Griffin se présenta pour identifier le corps.

— Possible.

— Il ne vous en avait rien dit ? Vous ne l'attendiez pas ? »

Griffin répondit que non, que ça faisait six mois qu'ils ne s'étaient pas vus et presque autant qu'ils ne s'étaient pas parlé au téléphone.

« C'est normal ? »

Griffin n'était pas sûr de comprendre où voulait en venir le type. Normal pour eux, ou normal pour d'autres pères et fils ?

« Je veux dire : vous ne vous entendiez pas bien ? » précisa le flic. Il semblait moins soupçonneux qu'attristé par l'éventualité qu'avec le temps sa relation avec son propre père puisse se dégrader de la sorte.

« Si, si, on s'entendait bien.

— C'est que… je ne sais pas. D'après vous, pourquoi est-ce qu'il était à la place du passager ?

— Je n'en ai aucune idée », mentit Griffin. Il n'y avait pas trente-six solutions. Il était assis là parce que quelqu'un d'autre était au volant. Toute sa vie, il avait pris des jolies filles en stop, une habitude qui faisait enrager sa mère. « Il vaut mieux que ce soit moi qui m'arrête, se défendait-il avec maladresse. Qui sait si le type suivant n'est pas un pervers. » (Alors elle roulait des yeux. « C'est ça… le type suivant. ») L'autre explication possible était qu'il avait convaincu une de ses étudiantes de faire le trajet avec lui. S'il était à la retraite depuis un an, l'université l'autorisait à diriger un séminaire chaque automne. Combien de fois n'avait-il pas avoué à Griffin que les jeunes femmes fréquentant les établissements chrétiens avaient une approche très laïque de la vie et de l'amour, pour peu que les choses se fassent discrètement. Les garçons de leur âge n'avaient ni expérience ni discrétion. C'était justement une femme, vraisemblablement jeune, comme le flic l'apprit à Griffin, qui avait appelé la police de l'État pour signaler la présence d'un homme affalé dans une voiture sur le parking de l'aire d'autoroute.

Pendant qu'il défaisait ses bagages, accrochant son costume dans la penderie et rangeant son nécessaire de rasage dans la minuscule salle de bains, Griffin se fustigea d'avoir attendu si longtemps pour disperser les cendres de son père. Il aurait dû venir au cap spécialement pour ça à l'automne dernier. Son père avait laissé un testament, mais aucune instruction quant au lieu où il souhaitait passer l'éternité. Pourtant, après avoir quitté l'aire de repos, Griffin était arrivé à une conclusion qui semblait évidente. Son père ne venait pas lui rendre une visite surprise, autrement, il aurait emprunté la sortie précédente. Non, il roulait vers le cap Cod. Quand Griffin avait appelé sa mère pour l'informer du décès, il avait avancé cette théorie. « Il y avait des affaires d'été dans sa valise, et deux gros tubes de crème solaire. »

Elle n'avait pas réagi tout de suite, si bien que Griffin avait cru qu'elle prenait sur elle. « J'aurais pu le lui dire, qu'il n'y arriverait jamais » furent les seules paroles qu'elle prononça avant de raccrocher.

Un balcon faisait le tour du bâtiment du Bed & Breakfast, ce qui incita Griffin à s'installer là pour commencer à corriger les copies de ses étudiants. Il s'assit dans un fauteuil à bascule, au soleil, et tenta de se remémorer ce fameux sonnet de Shakespeare sur la mort. « Ne redoute plus la chaleur du soleil...[1] » était tout ce qu'il était parvenu à retrouver quand son portable se mit à vibrer. Joy le rappelait.

« J'ai oublié de te demander, dit-elle. Est-ce que Sid a pu te joindre ?

1. *Cymbeline*, William Shakespeare, traduction d'Émile Montégut, Hachette, 1867-1873. (*N.d.T.*)

— Non », répondit-il en se redressant. À presque quatre-vingt-dix ans, Sid, son agent à L.A., était encore une légende dans le milieu du cinéma, même si la liste de ses clients se réduisait comme une peau de chagrin. Griffin espérait qu'il avait du travail à lui proposer. L'état de ses revenus l'inquiétait depuis quelque temps. Joy, qui tenait les comptes et réglait les factures, affirmait que tout allait bien, mais si Laura prévoyait de se fiancer bientôt (peut-être même dès ce week-end) ainsi qu'elle le leur avait annoncé, il y aurait un mariage à payer. Une petite réécriture de scénario pour un studio tomberait à pic pour parer à cette éventualité. « Quand est-ce qu'il a appelé ?

— Hier soir. Il fallait savoir si tu avais rendu tes notes. On aurait dit qu'il voulait que tu sautes dans un avion toutes affaires cessantes et que tu te fasses larguer directement sur le parking d'Universal. »

Depuis leur installation dans le Connecticut, Joy ne supportait plus Sid, dont elle considérait la présence assidue – bien que ses visites fussent sporadiques – dans leur vie comme une affection chronique qui finirait par avoir raison d'eux. De plus, Sid faisait partie de ces Angelenos qui ne prennent jamais en compte le décalage horaire quand ils appellent. En général, quatre heures de l'après-midi – sept heures du soir chez Griffin et Joy, qui venaient de passer à table – était le moment de la journée où il sortait la bouteille qu'il gardait dans le tiroir de son bureau, se servait un verre et commençait à passer ses coups de fil. Joy, d'après Griffin, n'aurait pas été aussi exaspérée s'il les avait appelés pour du travail, mais la plupart du temps, il voulait surtout discuter des grandes heures de Hollywood – Bogart, Mitchum, Lancaster et Holden – jusqu'à ce que la nostalgie se transforme en colère de voir que la ville était à présent infestée par une bande de « petites salopes », ainsi qu'il désignait la nouvelle génération de jeunes stars masculines, ces jolis garçons qui prétendaient jouer les gros durs dans des films d'action et qui ne trompaient personne. « Même Renée Zellweger les enverrait dans les cordes en combat régulier, aimait-il répéter. Tu as bien fait de partir quand il était encore temps, gamin. Qui a besoin d'assister à un tel spectacle ? »

D'après Joy, la vraie question était : *Qui a besoin de Sid ?* Pourquoi ne comprenait-il pas qu'ils étaient passés à autre chose ?

À la fin de chaque conversation, Griffin rappelait systématiquement à Sid qu'il continuait de payer sa cotisation à la guilde des auteurs et que si un bon plan se présentait, surtout durant l'été… Mais Sid l'interrompait toujours par un : « Mon conseil ? » comme s'il venait de lui proposer quelque chose. « Ne t'abaisse pas à ça. Tu as un travail respectable et responsable, à présent. » En général, Joy avait terminé de manger et chargeait le lave-vaisselle quand Griffin parvenait enfin à raccrocher.

Mais cette fois, les circonstances paraissaient différentes et Griffin sentit l'adrénaline monter, il se mit à réfléchir à toute vitesse, retrouvant comme un vieux réflexe son esprit futé et calculateur du temps de L.A. L'excitation de Sid suggérait qu'il s'agissait d'un long-métrage dont la production était peut-être déjà en cours, avec un scénario de merde. Le rêve, non ? Un acteur de premier plan avait sans doute été embauché à la dernière minute, et pour s'adapter à l'emploi du temps de cet abruti, ils avaient accepté d'avancer le tournage. Résultat, ils faisaient appel à Griffin qui travaillait plus vite que son ombre.

Il lui fallut environ une seconde chrono pour échafauder ce scénario et une de plus pour en repérer les nombreuses incohérences. La plus flagrante était que personne à Los Angeles ne pouvait se souvenir s'il était rapide ou pas car soyons clairs, personne ne se souvenait de lui tout court. Cette séquence d'événements n'en était pas moins divertissante, un peu comme d'imaginer qu'une femme superbe et inaccessible tombe amoureuse de vous. Ce sont des choses qui arrivent et d'ailleurs, ça lui était déjà arrivé. À l'époque de leur rencontre, tous les hommes qu'il connaissait étaient amoureux de Joy, qui n'était pas seulement belle mais aussi franche, une qualité rare dans ce monde, encore plus dans le sud de la Californie.

Bon, imaginons que Griffin ait vu juste. Sid lui avait dégoté un projet. Un long-métrage. Tout s'enchaînerait très vite. Le scénario pourri serait entre ses mains le soir même. Sid négocierait le contrat pendant le week-end, et lundi, Griffin sauterait dans un avion, direction Los Angeles. Ou n'importe quel autre lieu de tournage. Il bosserait sur son portable. Les nuits seraient courtes. La bouffe, chinoise (ou plutôt thaïe, selon les goûts actuels) et livrée sur place. Réveillé tôt. Grassement payé. Comme au bon vieux temps.

« Universal, tu dis ? » Était-ce bien ça ? Qui connaissait-il à Universal ?

« Non, c'était juste un exemple.

— Mais c'est pour un boulot ?

— Je n'en sais rien, Jack, s'impatienta Joy. Ça en avait l'air. Tu verras bien quand tu l'auras au bout du fil.

— Mais il t'a dit quoi, exactement ?

— Nous n'avons pas parlé, il a laissé un message sur le répondeur. Je lui en ai laissé un à mon tour pour lui dire de t'appeler sur ton mobile.

— Alors pourquoi il ne l'a pas fait ? » C'était une question rhétorique : Sid avait une liste de noms devant lui et avait déjà rayé celui de Griffin. Cette explication plus que plausible lui serra le cœur, mais il restait une interrogation : pourquoi avoir cherché à le contacter par tous les moyens s'il était déjà sur une autre piste ?

« C'est à moi que tu poses la question ?

— Non, je réfléchis tout haut.

— Tu as téléphoné à Laura ?

— Joy… Je vais le faire, d'accord ? Et tout de suite, même. »

Il raccrocha, fit défiler la liste de ses contacts, s'arrêta à Laura un instant, puis continua jusqu'à Sid. Il avait failli effacer son numéro une demi-douzaine de fois depuis l'année précédente, mais il se félicita de ne pas l'avoir fait. Au bout de quatre sonneries, il tomba sur la boîte vocale. Étrange. Même avec trois heures de décalage, il aurait dû être à son bureau, lui ou au moins Darlice, son assistante depuis la nuit des temps. Les affaires allaient-elles mal au point qu'il ait dû la licencier ? Autrefois, le carnet d'adresses de Sid était le *Who's Who* du gratin hollywoodien, mais Tommy disait que tous ses clients importants l'avaient quitté un à un. De là à imaginer que Sid puisse se passer de standardiste ? Impossible. Puis Griffin se dit que Tommy était peut-être au courant de ce qu'il avait sur le feu. Son ancien partenaire d'écriture se vantait toujours d'être au parfum de tout. Il était tenté de lui passer un coup de fil, mais chaque fois qu'il le faisait, Tommy commençait par lui demander s'il avait renoncé à « filer droit ». Pour lui, le métier de scénariste s'apparentait au vol, et il avait prévenu Griffin que s'installer dans le Connecticut serait comme la fuite de Butch Cassidy en Bolivie. Griffin avait rétorqué qu'il pouvait tout aussi bien écrire depuis la Nouvelle-Angleterre et communiquer son travail par e-mail. Cette réponse avait fait rire Tommy. « Réfléchis, Butch ! Ça tombe bien, c'est ton domaine. »

Avant qu'il ne parvienne à une décision, son portable sonna de nouveau. L'écran affichait le nom de sa mère. Qu'est-ce qu'elle voulait, encore ? se demanda-t-il, et il laissa la boîte vocale répondre à sa place. Un toit protégeait la terrasse, mais Griffin se pencha tout de même pour scruter le ciel.

Laura décrocha à la première sonnerie ; elle avait une voix encore ensommeillée alors qu'il était près de une heure de l'après-midi. « Attends deux secondes, lança-t-elle, et Griffin l'entendit dire à son petit ami Andy de se rendormir. Voilà. Je suis sur le balcon. On est tous restés debout pour voir le lever de soleil. Et on l'a légèrement arrosé.

— Vas-y doucement, quand même », conseilla-t-il, en le regrettant aussitôt.

Pourquoi diable n'aurait-elle pas le droit de se lâcher un peu ? Elle et ses amis n'avaient qu'une vingtaine d'années, un âge où l'on peut encore à la fois s'amuser et travailler dur. Il se passerait au moins une décennie ou deux avant qu'ils soient réveillés à l'aube pour une tout autre raison que celle de voir poindre les premiers rayons du soleil. « Comment va Andy ?

— Super, formidable », répondit-elle comme si aucun mot n'avait été créé pour étayer ces *super* et *formidable*. Puis elle prit soudain un ton sérieux. « C'est quoi, le problème, avec maman ? »

Laura avait passé presque toute son adolescence dans la terreur que Joy et lui se séparent. La plupart de ses amis avaient été traumatisés par le divorce de leurs parents si bien qu'elle ne voyait pas pourquoi elle échapperait à ce sort. Griffin et Joy se disputaient rarement, mais quand ça arrivait, ils devaient ensuite s'empresser de rassurer leur fille. Lui répéter qu'ils l'aimaient tous les deux par-dessus tout. Cela n'avait aucun effet. Non, ce qu'elle voulait savoir, c'était combien ils s'aimaient l'un l'autre. À vingt-six ans, cette angoisse n'avait pas disparu. L'année précédente, elle avait avoué à Joy qu'elle faisait encore un cauchemar dans lequel l'un d'eux l'appelait pour la prévenir qu'ils se séparaient.

« Tout va bien, ma chérie. Ta mère a été retenue par des réunions. »

Laura garda le silence, et il s'attendait à ce qu'elle poursuive l'interrogatoire, mais au lieu de ça, elle demanda : « Le séjour à Truro après le mariage n'est pas remis en cause ?

— Qu'est-ce que j'irais faire à Truro ?

— Une escapade en tête à tête.

— Mais avec qui ? » Peut-être était-ce parce qu'elle venait d'appeler, il crut que Laura parlait de sa mère à lui.

« À ton avis ? Maman et toi. Tu vois quelqu'un d'autre ? »

Griffin la rassura.

« Elle m'a dit que vous en aviez discuté. »

Il se remémora les conversations de la semaine écoulée, et pour être honnête, dans le lot, il y avait eu bien des malentendus. Truro lui disait vaguement quelque chose, même si le souvenir était trop évanescent pour qu'il arrive à le retrouver. « C'est possible, concéda-t-il. Mais je risque de devoir aller à Los Angeles juste après le mariage. Sid a peut-être un job pour moi.

— Ah, Sid, répéta-t-elle. Cet homme m'effraie toujours autant. Tu te rappelles que quand j'étais petite, il faisait le chien et aboyait après moi ? »

Griffin gloussa. Il n'y avait pas pensé depuis des années : Sid, à quatre pattes, les yeux à hauteur de ceux d'une Laura tétanisée, aboyant et grognant même après que Griffin eut pris sa fille dans ses bras pour la détourner de lui comme s'il s'était agi d'un vrai chien. Et Sid, en bon élève de l'Actors Studio, continuait son numéro et refusait de se relever.

« Pourquoi une personne adulte voudrait faire ça à un gamin ? demanda-t-elle, cette énigme de l'enfance n'ayant manifestement pas été résolue avec l'âge.

— Je crois qu'il n'y avait pas d'autres enfants dans son entourage. Je ne sais pas lequel de vous deux avait le plus peur. » Ses propres parents lui avaient sorti exactement ce même poncif au sujet des vrais chiens.

Les explications n'intéressaient pas Laura, dont les souvenirs étaient encore vifs. « Je t'ai raconté la fois, après notre déménagement, où il a appelé un soir où vous étiez à une fête et où il s'est mis à aboyer au téléphone ? Je devais avoir quinze ans et il a quand même réussi à me foutre une sacrée trouille. »

Laura rit à son tour, ce qui troubla Griffin jusqu'à ce qu'il comprenne qu'Andy avait rejoint sa fille sur le balcon et produisait quelques aboiements de son cru. « Bon, je sens qu'il est temps de te laisser, dit-il.

— Et si tu dînais avec nous, ce soir ? On se retrouve tous dans un bar à tapas de Hyannis.

— Quelle heure ?

— Neuf heures.

— Je serai sûrement couché et il se pourrait même que je dorme. »

Il plaisantait, espérant à moitié qu'elle dise : « Allez, papa… » et insiste pour qu'il les rejoigne, mais de toute évidence elle l'avait pris au sérieux et pensait peut-être qu'un homme de son âge devait forcément être au lit à neuf heures du soir. « Comme tu voudras, mais on te voit demain matin ? Maman et toi venez au mariage ensemble, au moins ? » Elle faisait de l'humour, il en était presque sûr.

« À moins qu'elle ne rencontre quelqu'un en chemin.

— Au revoir, papa. »

En raccrochant, l'histoire de Truro lui revint en mémoire. Pour se faire pardonner cette fin de semestre ratée, Joy avait suggéré une petite échappée après le mariage, un jour ou deux dans l'hôtel où ils avaient passé leur lune de miel, s'il existait toujours. Ce serait romantique, avait-elle dit, glissant ses doigts entre ceux de Griffin. Autrefois, ce simple geste aurait donné lieu à des caresses plus audacieuses. Depuis quelque temps, il signifiait qu'elle envisagerait peut-être la chose dans une ou deux semaines si toutes les conditions étaient réunies, si Griffin s'y prenait bien et s'il ne faisait pas tout foirer entre-temps. Ce qui l'avait mis d'assez mauvaise humeur pour le pousser à partir à Boston sans elle.

Avec l'après-midi, la température s'était adoucie, et, comme il avait passé une mauvaise nuit, Griffin piqua du nez à peine le premier dossier ouvert sur ses genoux. La brise le réveilla une heure plus tard tandis que les feuilles volantes du devoir s'éparpillaient sur le balcon. Plusieurs étaient plaquées contre la rambarde, et une s'était glissée entre les balustres pour s'empaler sur un rosier. Quand Griffin les eut récupérées et remises dans l'ordre, il s'aperçut qu'il manquait encore trois pages. Il en trouva une quelques maisons plus loin, collée sur un poteau téléphonique comme un avis de recherche d'animal domestique. Les deux autres devaient être en route pour Nantucket. Seigneur ! pensa-t-il, ma ressemblance avec mon père ne s'arrête pas au physique. Ce dernier était réputé pour perdre le travail des étudiants par piles entières. « Si tu ne veux pas lire ces devoirs, ne les donne pas à faire », lui répétait sa femme dès qu'un tas de copies disparaissait sans laisser de traces, obligeant les étudiants à lui en fournir un double. « Je n'avais rien prévu ce week-end, exprès pour les corriger », disait-il, feignant (elle en était certaine) la déception.

Bien sûr, la mère de Griffin haïssait tout autant cette activité. Qui aimait corriger des copies ? Mais elle le faisait avec méticulosité, offrait des suggestions dans les marges, tant sur le fond que sur la forme, posait des questions pleines de sous-entendus, souvent insultantes (*Vous avez passé combien de temps là-dessus ?*) auxquelles elle répondait elle-même (*Pas longtemps, j'espère, vu le résultat*). Son mari protestait en disant qu'une telle application n'était possible que parce qu'elle avait trois fois moins d'étudiants que lui. Seuls les plus courageux et les plus ambitieux assistaient aux cours qu'elle donnait, ce qui, d'après elle, était la preuve de sa rigueur. D'après lui, cela prouvait seulement qu'elle était une vraie teigne.

Son père prétendait donc que ses propres cours étant plus nombreux et ouverts, cette attention aux détails, par ailleurs louable, devenait impossible. En bas de chaque copie, il écrivait une note en grand ainsi qu'un commentaire général du style « bien » ou « peut mieux faire », sauf si c'était celle d'une jolie étudiante, auquel cas il lui suggérait de passer le voir à son bureau. Une majorité de ses étudiants masculins étant des sportifs, il avait avec eux une sorte d'accord tacite. Il gonflait leurs notes et en échange, il avait la paix. Tous aimaient son attitude affable et un peu tête en l'air durant les cours, son goût pour les mauvaises blagues ou le fait qu'il se tienne au courant des ragots du campus, ce que les autres enseignants considéraient indigne d'eux. De son côté, il éprouvait de l'affection pour ses étudiants, même si, à la fin du semestre, il aurait été incapable d'en désigner un seul lors d'une séance d'identification de suspects au poste de police, où, d'après sa femme, ils avaient tous leur place. À l'inverse, elle connaissait suffisamment les siens pour les détester en tant qu'individus, que ce soit pour leur paresse intellectuelle, leur tenue négligée, leurs instincts conformistes ou leur éducation religieuse. La plupart le lui rendaient bien, même si quelques-uns lui écrivaient à la fin de leurs études pour la remercier de la discipline qu'elle leur avait imposée. Elle lisait toujours ces petits mots à son mari en soulignant combien leur rédaction était impeccable comparée aux cartes débiles (commençant souvent par *Yo, Prof Griff*) qu'il recevait parfois de ses anciens athlètes.

Griffin, qui entamait sa deuxième décennie dans l'enseignement, craignait d'avoir hérité les pires attributs de chacun de ses parents. Il était apprécié, comme son père, mais les cours de scénario avaient toujours du succès. Son expérience dans le cinéma, le fait que certains des scénarios écrits avec Tommy aient été adaptés à l'écran, et que, quand on le poussait un peu, il raconte des anecdotes cyniques sur Hollywood, plaisait à ses étudiants. Il était beaucoup plus attaché à chacun d'eux qu'il ne s'y serait attendu. À l'exception des boursiers, ces gamins étaient issus d'un monde de privilèges ; il apprit vite que cela signifiait juste qu'ils avaient accès à la musique, à la littérature, qu'on leur payait des leçons de piano et des voyages pour mieux aiguiser leur personnalité. Dans l'ensemble, ils partageaient les vues libérales de leurs parents. Tout allait donc pour le mieux, mais Griffin avait un tempérament plus proche de celui de sa mère qu'il ne voulait bien se l'avouer. Il offrait à ses étudiants plus d'explications et de conseils que ces derniers n'en demandaient, et une vaste majorité d'entre eux n'y prêtaient pas attention, puisqu'ils s'empressaient de répéter les mêmes erreurs. Depuis quelque temps, il se demandait si l'indolence de son père ne leur serait pas plus bénéfique. Un simple « peut mieux faire » pourrait pousser l'étudiant à réfléchir sur les possibles améliorations à apporter, tandis que les analyses détaillées noircissant les marges de ses copies semblaient les traverser comme un courant d'air. Ce scénario auquel il manquait deux pages (emportées par un courant d'air précoce) illustrait bien le problème. Griffin aurait pu parier que la narration ne serait aucunement affectée par leur disparition. Il lui faudrait une bonne demi-heure pour l'expliquer à son étudiant, et cela ne servirait probablement qu'à sa propre édification.

Cette perspective était tellement décourageante, surtout par un si bel après-midi, qu'il enfourna la liasse de copies dans son cartable. Il composa de nouveau le numéro de Sid et tomba sur la messagerie. Il se demanda à quel point Joy serait déçue s'il n'avait pas le temps d'aller à Truro avant de prendre l'avion pour L.A. Sans doute pas trop, décida-t-il. Il était touché qu'elle considère l'idée romantique, mais, en y réfléchissant bien, Truro avait plus de chances d'attiser leur récent conflit que de l'apaiser. C'était au sujet de l'endroit où ils passeraient leur lune de miel qu'ils avaient connu leur premier vrai désaccord. Elle penchait pour les côtes du Maine où elle allait en vacances quand elle était petite. Chaque été, la famille louait la même vieille baraque à moitié en ruines non loin de l'endroit où sa propre mère avait grandi. Les huisseries laissaient passer les courants d'air, la charpente craquait, et le parquet était tellement voilé que si un pion des petits chevaux tombait de la table de la cuisine, on courait après jusque dans le salon pour le récupérer. Mais ils y étaient habitués, et il y avait assez de place pour loger les parents, les cinq enfants et les éventuels visiteurs du week-end. Joy se souvenait des dîners en famille et des excursions le soir vers un parc d'attractions de la région, des parties de Monopoly et des tournois de Cluedo qui duraient la journée entière quand il pleuvait. Même après la mutation de son père dans l'Ouest, ils retournaient passer le mois de juillet dans le Maine, malgré les plages de galets et l'eau trop froide pour s'y baigner. Joy était allée jusqu'à suggérer de louer cette même maison pour leur lune de miel. Ce qui appelait la Grande Question numéro un : pourquoi Griffin l'avait-il convaincue d'aller au cap à la place ? Puisque l'opportunité lui était donnée de suivre les traces d'un mariage heureux – celui des parents de Joy l'avait été, sans l'ombre d'un doute –, pourquoi choisir l'exemple misérable donné par ses propres parents ?

Cela étant, ils avaient quand même été heureux à Truro. Ce n'était pas comme s'il l'avait traînée de force. Ils en avaient discuté, s'étaient mis d'accord, et tout s'était bien déroulé. Ils avaient consacré leur séjour à faire l'amour et à planifier leur avenir avec excitation. C'est là, tandis qu'ils marchaient main dans la main au milieu des dunes de Truro, que Joy avait évoqué pour la première fois la maison qu'elle rêvait d'avoir un jour avec lui. Elle ressemblait à un croisement entre la demeure où elle avait grandi à Syracuse et celle du Maine : vieille, inconfortable, élégante, pleine de caractère ; une maison qui aurait une histoire et, pourquoi pas, un ou deux fantômes. Apprendre que Joy croyait aux fantômes était une des découvertes les plus attendrissantes de Griffin pendant cette lune de miel. Elle croyait dur comme fer que la maison de Syracuse était hantée. Toute la famille – y compris Jared et Jason, ses deux plus jeunes frères – avait senti la présence du fantôme ; tout le monde était d'accord sur le fait que c'était une femme. Seul son père avait semblé immunisé, mais il ne comptait pas, avait expliqué Joy, puisqu'il ne remarquait jamais rien.

L'incroyable clarté avec laquelle elle envisageait non seulement la maison de ses rêves, mais leur avenir à tous les deux une fois de retour sur la côte Est était contagieuse. Griffin n'avait aucune raison de s'opposer à quoi que ce soit. Ce ne serait pas mal de quitter un jour Los Angeles pour une vie plus saine, au calme, loin des autoroutes encombrées et du vacarme ambiant qui passait là-bas pour de la culture. Il lui affirma même qu'il ne prévoyait pas d'écrire des scénarios toute sa vie. Il aimait son travail, mais les textes que Tommy et lui écrivaient n'étaient pas de la littérature. Depuis quelque temps, il pensait justement s'essayer à quelque chose de plus sérieux, un roman ou un recueil de nouvelles. Toutefois cette activité n'étant pas très lucrative, ils devraient se serrer la ceinture et il lui faudrait sans doute enseigner. Il continua dans cette veine un moment puis se rendit compte qu'il mentait. Il ne pensait pas du tout se lancer dans la fiction « depuis quelque temps » ; en fait, cela ne lui était venu à l'esprit qu'à l'instant où il s'était entendu prononcer ces mots. Il fut encore plus étonné de s'entendre proposer une vie pas si éloignée de celle de ses parents. Qu'est-ce qu'il lui prenait ? Même s'ils ne considéraient pas cela comme un travail sérieux, pourquoi abandonner l'écriture scénaristique pour laquelle il était doué ? Qui savait s'il était capable d'écrire un seul mot valable en dehors de ce cadre ? Peu importe, se disait-il. Il rêvait plus qu'il ne mentait, et où était le mal ? Joy n'en faisait-elle pas autant ? Il voulait simplement qu'elle sache qu'en dépit des apparences il avait du potentiel, qu'elle ne devait pas avoir peur de se lasser de lui car évidemment, il finirait par grandir, par évoluer. Et elle aussi.

Mais Joy avait pris ces divagations pour une promesse. « La maison sera celle d'un professeur, alors ! » s'était-elle exclamée, toute guillerette, quand il avait parlé de donner des cours. Ce statut impliquait une vaste bibliothèque avec des étagères remplies de livres du sol au plafond, des fauteuils confortables pour lire, un gros dictionnaire sur un lutrin, une chaîne stéréo diffusant de la musique douce pour méditer. Il n'y aurait pas de pièce familiale, du moins pas comme chez les parents de Joy, avec son espace dédié aux « loisirs », un meuble en faux acajou ployant sous un bric-à-brac rapporté de diverses croisières ou acheté dans les magasins de souvenirs des parcs nationaux. L'absence totale de livres dans leur maison était la première chose que Griffin avait remarquée, ce qui avait vexé, voire blessé Joy, même si elle s'en était vite remise. Ça l'avait rassuré, à Truro, de constater qu'il y avait de la place pour lui dans la maison rêvée de Joy, qu'elle voulait que ce soit la leur et pas seulement la sienne, une extension naturelle de ce qu'ils étaient, de leur mariage, et, un jour, de leur famille. Il se réjouissait de savoir aussi que dans la grande arène des valeurs, elle s'était rangée de son côté plutôt que de celui de ses parents.

Ça n'était pas que Griffin ne les appréciait pas, mais ils n'avaient pas grand-chose en commun. Harve était en retraite anticipée, et lui et sa femme avaient récemment quitté Orange County pour s'installer dans un de ces domaines sécurisés de la banlieue de Sacramento, où ils occupaient leurs journées oisives en jouant au golf, au tennis ou au bridge, ou en rendant visite à Jane et June – qui avaient choisi (de leur plein gré, aussi incroyable que cela puisse paraître) de vivre à proximité – et à leurs enfants. Jill (que Harve appelait Jilly-Billy) n'avait jamais eu envie de travailler. Depuis que Joy et lui avaient annoncé leurs fiançailles, ses beaux-parents les harcelaient pour qu'ils viennent plus souvent, répétant que même Jared et Jason, les jumeaux soldats, venaient les voir davantage. Ils n'avaient pas l'air de comprendre que Sacramento n'était pas un faubourg de L.A., que Griffin avait des délais serrés et qu'écrire était un boulot comme un autre. Ce que Harve n'arrivait pas à comprendre surtout était l'aversion de Griffin pour le golf, le sport des rois d'après lui. « La parole est à la défense », répondait Griffin, en pure perte. Son beau-père restait persuadé que Griffin adorerait ce sport s'il voulait bien s'en donner la peine. Après leur mariage, le premier gros cadeau que Joy avait fait à Griffin (suivant le conseil de son père, comme il l'apprit plus tard) était une série de clubs très coûteux. Joy avait expliqué que cela leur permettrait de mieux se connaître et, peut-être, de se découvrir des intérêts communs. Griffin accomplit son devoir pendant un temps en acceptant de prendre des cours, mais sans conviction, incapable de retenir ce que Harve appelait « la putain de règle numéro un du golf », à savoir : garder la tête baissée au moment du swing. « C'est moi qui me charge de regarder où va la balle », aboyait-il chaque fois que Griffin la faisait sauter du tee. « Mets-toi bien ça dans le crâne pendant ton swing : *Si je lève les yeux, tout ce que je verrai c'est un tir raté.* » Malheureusement, les rares fois où Griffin avait réussi à suivre le conseil de son beau-père, quand il relevait la tête, c'était pour le découvrir ses deux grosses paluches en visière sur le front, les yeux plissés, en train de dire : « Où est-ce qu'elle a bien pu passer, bon sang ? »

Cependant, ces gens n'avaient pas mauvais fond et, au moins, ils faisaient leur possible pour nouer des liens. À l'inverse de ses propres parents, ceux de Joy étaient très impressionnés qu'il travaille dans le cinéma, même s'ils avaient du mal à saisir précisément ce qui avait besoin d'être écrit avant le tournage. Une fois, ils étaient allés voir tous les quatre un film qu'il avait écrit avec Tommy. Harve, qui était dur de la feuille, était assis à côté de Griffin, et il hurlait des questions sans prêter attention à sa femme qui s'efforçait de le faire taire. À chaque bonne réplique d'un personnage, Harve demandait : « Et ça, c'est toi qui l'as trouvé ? » comme s'il avait toujours cru que les acteurs fournissaient leurs propres dialogues, de la même façon qu'un charpentier est censé apporter son marteau sur un chantier. Griffin répondait que oui, Tommy ou lui était l'auteur de cette réplique. « Et ce bateau, là ? » demandait Harve quand à l'arrière-plan, un hors-bord démarrait en traînant une skieuse, « tu ne l'as pas écrit, ça ? Qu'est-ce que ça fout là ? ». En d'autres termes : comment un vrai bateau pouvait-il apparaître de manière inopinée dans ce que Griffin insistait pour décrire comme un produit de l'imagination ?

Ses parents à lui savaient au moins qu'un script était indispensable pour faire un film. Mais selon leur schéma de pensée, cela ne méritait pas le nom d'écriture ; un point de vue étrange, d'après lui, de la part de gens qui rédigeaient de la théorie critique. Une fois, il avait commis l'erreur de leur dire combien Tommy et lui allaient être payés pour une réécriture expresse d'un film d'horreur. Ils s'étaient alors lancés dans un long discours sur la perte des valeurs en Amérique, où les infirmiers en soins intensifs gagnaient moins que les bouchers de supermarché. Griffin était d'accord avec eux sur ce point, mais ses parents semblaient aussi insinuer que les sommes exorbitantes que Tommy et lui percevaient pour écrire de mauvais films étaient la chose qui empêchait les érudits d'être honnêtement payés pour leurs articles jargonneux et leurs livres publiés par des presses universitaires. D'où la Grande Question numéro deux : pourquoi en voulait-il plus à Harve et Jill qui tentaient de comprendre comment il gagnait sa vie qu'à ses parents qui, pour autant qu'il le sache, n'avaient pas vu un seul des films auxquels il avait collaboré ? Le désintérêt obstiné fondé sur une pseudo-moralité était-il plus admirable que la bêtise crasse ?

La Convention de Truro. C'est ainsi que, durant des années, Griffin évoquait d'un petit air moqueur l'avenir que Joy et lui avaient planifié au cours de leur lune de miel. À cette époque, profondément amoureux et ivres de sexe, ils semblaient d'accord sur tout comme s'ils allaient passer le reste de leur vie à finir les phrases de l'autre. Mais il n'avait pas été question que d'amour et de sexe. Ils s'étaient vraiment mis d'accord. Tous deux voulaient fonder une famille – peut-être pas dans l'immédiat, mais un jour. Et quand ils auraient une famille, ils auraient besoin d'une maison, alors pourquoi pas celle dont rêvait Joy ? Si Griffin s'était surpris en proposant d'investir son talent dans un métier plus digne et plus concret, quel mal y avait-il ? Peut-être cela ressemblait-il à un mensonge au début, mais plus il y pensait, plus il se demandait si le mensonge n'était pas le reflet d'un élément plus profond, une vérité inconsciente. Au fond, il s'était lancé dans le cinéma en partie pour faire un pied de nez à ses parents et à leurs prétentions insupportables. Mais lui ? Que voulait-il vraiment ? Après avoir annoncé à Joy qu'il aurait peut-être envie d'écrire un roman un jour, il s'était aperçu que c'était vrai. Du coup, revenir s'installer sur la côte Est prenait tout son sens. Pourquoi rester à L.A. quand on ne travaille plus dans l'industrie du cinéma ?

D'accord, ce pacte aurait peut-être dû être « la Convention du Maine ». Il avait peut-être assez rapidement usé de ses dons rhétoriques pour prendre le dessus au lieu de se montrer plus généreux ou attentif aux désirs de sa femme. Certes, le temps est une pomme de discorde, et Joy s'était révélée un modèle de patience. Mais en réexaminant le pacte d'origine, ainsi qu'il l'avait fait dernièrement, il paraissait flagrant qu'elle n'avait pas trop à se plaindre. N'avait-elle pas obtenu tout ce qu'elle désirait ? Ils avaient eu Laura. Il avait arrêté le cinéma. Ils avaient emménagé sur la côte Est. Elle avait eu sa maison.

Toutefois, il fallait reconnaître qu'il restait un point de désaccord entre eux, un détail que la Convention de Truro n'avait pas réglé. Concernant leurs familles respectives, Griffin avait espéré imposer un principe simple et équitable : les éviter comme la peste. Avoir aussi peu affaire à Harve, Jill, William et Mary, qu'il était décemment possible. Lui était tout prêt à faire le premier geste allant dans ce sens. Il n'avait nullement l'intention d'imposer ses parents à Joy ou, le moment venu, à leurs enfants. Un soupçon de réciprocité était-il trop demander ?

Ce qu'il n'avait pas compris à Truro était pourtant d'une simplicité biblique : Joy aimait sa famille. Elle avait beau ne pas partager ses opinions politiques ni ses valeurs, elle l'aimait. À chaque visite à Sacramento, qui faisait l'objet d'âpres négociations, elle se glissait sans effort dans les habitudes familiales. Dès leur arrivée, Joy intégrait le ballet complexe dans lequel évoluaient sa mère et ses sœurs entre la cuisine et la salle à manger, un enfant toujours dans les pattes, et chassait Griffin au salon, où il devait rester devant la télé à regarder des programmes sportifs dont il se contrefoutait avec Harve et les deux abrutis de jumeaux. Sans parler de ces vieux tubes ringards (Joy elle-même les raillait de retour à L.A.) que la famille affectionnait et qu'il fallait fredonner en chœur dès qu'ils passaient à la radio.

Le statut de marines de Jared et Jason ou la grande gueule de Harve avaient tout d'abord empêché Griffin de percevoir la véritable dynamique qui couvait sous la surface de ces réunions de famille : de fait, les femmes en définissaient le mouvement et prenaient toutes les décisions. En tant que militaires, les jumeaux assuraient le respect de l'ordre, mais dans la vie civile, ils étaient conditionnés pour recevoir des instructions ; il en allait de même pour leur père. Sitôt la table débarrassée, la vaisselle lavée et rangée, les redoutables plateaux de jeux faisaient leur apparition – Monopoly, Cluedo et Destins ; le Scrabble était banni sous prétexte que Griffin gagnait toujours – et que le match soit terminé ou pas, ils étaient rappelés à table. Comme tous les hommes, ils se mettaient à râler en demandant pourquoi on ne les laissait jamais en paix, mais ils n'envisageaient pas une seconde de décliner l'invitation, sous laquelle ils avaient reconnu un ordre. Rassemblés autour de ces plateaux de jeux miteux qui tenaient grâce au scotch, ils se remémoraient l'histoire familiale, dont tout un pan était lié aux souvenirs de leurs étés passés dans le Maine, les anecdotes fusaient d'un bout à l'autre de la table à un niveau sonore tel qu'il poussait l'enfant unique qu'était Griffin vers le patio, à la recherche de calme, même s'il savait que cette réaction lui valait de passer pour un snob.

Des séjours interminables. Sur le trajet du retour, Griffin branchait la radio sur une station de jazz, et Joy et lui parlaient à peine. Ce silence n'était pas de l'animosité mais une façon de se retrouver. Le chemin était long, ce qui n'était pas plus mal. Griffin sentait que Joy troquait – à contrecœur, pensait-il parfois – un état émotionnel contre un autre, une vie contre une autre. Mais il arrivait tout de même que le silence se transforme en dispute. Lors d'un week-end de Thanksgiving chez Harve et Jill, peu après leur mariage, une fois les jeux de société épuisés, ils s'étaient lancés dans le jeu des vingt questions. Tout le monde avait séché sur le personnage de Jane, mais pendant plus d'une heure, Harve avait catégoriquement refusé de donner sa langue au chat. Finalement, à force de supplications, Jane avait déclaré qu'il s'agissait de la princesse Grace « de Monte-Cristo ».

Ce soir-là, en rentrant leur voiture dans le garage de leur immeuble de Brentwood, Joy était encore furieuse parce que Griffin, au lieu de rire de la bévue de Jane avec le reste de la famille, avait secoué la tête d'incrédulité et quitté la pièce comme si l'erreur avait été intentionnelle ou méchante et qu'on pouvait lui assigner une valeur morale. Quatre heures plus tard, alors qu'il avait coupé le moteur, et s'apprêtait à sortir de la voiture, Joy, elle, ne faisait pas mine de bouger. Quand il lui avait demandé si elle comptait y passer la nuit, elle avait rétorqué : « Je hais le jazz.

— Quel rapport ?

— Je veux que tu saches que je hais le jazz, voilà le rapport. »

Plus tard, elle avait reconnu que ce n'était pas tout à fait vrai. Elle aimait bien le jazz. Elle avait juste éprouvé le besoin de lui dire le contraire. L'envie lui était venue comme ça, expliqua-t-elle. Elle ne savait pas pourquoi.

IV

L'Été des Browning

En plus des copies de ses étudiants, la mallette de Griffin contenait une longue nouvelle inachevée intitulée *L'Été des Browning*, et rédigée avant l'avènement de l'ordinateur sur des pages jaunies et cornées. Environ deux ans après son mariage, Griffin avait tenté de concrétiser une des clauses de la Convention de Truro en s'attelant à autre chose qu'à un scénario. Il était retombé sur ces feuillets en mettant de l'ordre dans son casier, à la fac, pour faire de la place aux quelques affaires de son père qu'il voulait garder. Dans les derniers temps, son père avait occupé un meublé exigu appartenant à l'université. Griffin y trouva une profusion de revues universitaires et de livres, dont un exemplaire flambant neuf de la thèse de Claudia, publiée par un bon éditeur de presses universitaires, fièrement signée par son auteure. Il vit qu'elle avait mentionné son père dans les remerciements, au milieu de la liste des membres du comité doctoral. Le dos intact suggérait que le livre n'avait pas été ouvert, et encore moins lu. Bien sûr, il n'aurait eu aucune raison de s'y plonger s'il l'avait effectivement écrit, ainsi que l'affirmait sa mère. Dans un geste de vengeance symbolique, Griffin avait fait don de l'ouvrage ainsi que du reste de la bibliothèque paternelle, préférant garder en souvenir quelques romans de P.G. Wodehouse et de Henry Miller qu'il revoyait son père lire sur les plages du cap Cod. Il avait failli ne pas voir la douzaine de boîtes à chaussures cachées dans un recoin sombre d'un placard, remplies de badges de campagnes électorales et autres babioles amassées au fil des ans. Griffin ne voulut pas s'en séparer non plus. « Marre-toi tant que tu veux, répétait son père à sa mère chaque fois qu'ils s'arrêtaient dans une brocante. Tu riras moins quand cette collection nous rapportera assez pour envisager l'achat d'une maison. »

Ces broutilles avaient-elles encore la moindre valeur ? S'imaginant que oui, Griffin s'était promis de les faire expertiser après inventaire, mais il avait fini par remiser le tout au fond de son propre placard et avait oublié leur existence. La seule vraie surprise de Griffin avait été de découvrir dans les effets de son père deux VHS des films écrits par Tommy et lui. Il ne se souvenait pas de les lui avoir envoyées : son père les aurait-il achetées ? Un confrère les lui avait-il offertes en remarquant son nom au générique ? Quelqu'un les avait regardées, mais qui ?

L'Été des Browning avait une origine intéressante. Cette année-là, les scénaristes s'étaient une fois de plus mis en grève, et Griffin en avait profité pour rédiger cette nouvelle. « Tu déconnes », lui avait dit Tommy quand il lui avait expliqué ce qu'il faisait. Pourquoi ne pas plutôt bosser sur des synopsis, histoire d'avoir de la matière à vendre une fois la grève terminée ? C'est ce que faisaient tous les scénaristes dans ces cas-là afin d'être en position de force, pour une fois, plutôt que de devoir accepter le premier boulot de merde qui se présenterait. Griffin l'incita à commencer quelque chose de son côté, mais il savait très bien que Tommy ne lèverait pas le petit doigt. Il comptait trop sur son coscénariste pour le cadrer, et même si une idée lui traversait l'esprit, il ne savait pas par quel bout la prendre.

La nouvelle de Griffin revenait sur l'été de ses douze ans. Ses parents et lui étaient allés au cap, comme d'habitude. Il ne se rappelait pas exactement où, sinon que l'endroit était assez isolé et qu'ils n'y avaient passé que deux semaines, ce qui voulait dire que ce n'était pas une année faste. Protégée par un bosquet de pins, leur bicoque en bardeaux (On-me-la-donnerait-que-je-n'en-voudrais-pas !) s'élevait en retrait d'une grande route. Elle était entourée de huit ou dix autres maisonnettes disposées en fer à cheval avec, au centre, une aire de jeux en dur dans des teintes marron. Pour aller à la plage, il fallait traverser la route et emprunter sur près de un kilomètre un chemin tortueux longeant des propriétés qui devaient valoir des millions (Pas-les-moyens !), entre des dunes herbeuses. Une seule autre location était occupée, ce devait donc être le début de la saison, probablement la seconde quinzaine de juin puisque Griffin se souvenait qu'il faisait chaud.

« Ils sont à l'autre bout du lotissement, c'est déjà ça », avait dit son père en montrant les deux enfants jouant devant leur maison. Ses parents ne lui avaient jamais caché qu'ils détestaient les enfants. À leurs yeux, que les lieux soient organisés autour d'une balançoire rouillée et d'une cage à écureuil n'augurait décidément rien de bon. Avant même qu'ils aient fini de vider la voiture, Jack, qui était monté dans la minuscule chambre mansardée pour enfiler son maillot de bain, entendit sa mère s'exclamer : « Mon Dieu ! Ça commence. » Effectivement, la famille d'en face traversait l'aire de jeux au grand complet dans l'intention évidente d'accueillir les nouveaux venus. Griffin se précipita à leur rencontre.

C'était les Browning. La mère et le père, à peu près du même âge que les parents Griffin, enseignaient quelque part dans l'ouest du Massachusetts. Ils avaient un fils, Peter, et une petite fille. M. Browning demanda s'ils comptaient acheter la maison en désignant le panneau « À vendre » sur la balustrade. « Certainement pas ! » rétorqua le père de Jack en tressaillant. Les maisons étaient identiques, mais les Browning ne prirent pas ombrage de la remarque, même s'ils étaient copropriétaires de la leur, dirent-ils, avec deux autres couples de professeurs. Ces résidences secondaires appartenaient à des particuliers et étaient entretenues par une personne du coin durant la saison creuse, mais la plupart étaient louées pour un mois ou deux l'été. Des gens très différents venaient là, ce qui était agréable.

« Vous êtes profs, vous aussi ? demanda M. Browning en montrant l'autocollant sur le pare-brise arrière de la voiture des Griffin.

— À la fac, à vrai dire », précisa sa mère, pressée de mettre les choses au clair.

Mme Browning, une grande et belle femme au teint olivâtre, effleura le coude de son mari, puis expliqua qu'ils allaient à la plage. Leur garçon ayant à peu près le même âge, Jack voulait-il les accompagner ?

« Vas-y », répondirent en chœur ses parents.

Voilà comment tout avait commencé. À la fin de la journée, Peter et lui étaient devenus amis. Tous les jours, tandis que les parents Griffin lisaient le journal (le père de Jack allait l'acheter en ville de bon matin, ainsi que des viennoiseries, mais il oubliait immanquablement les céréales préférées de son fils, qu'il était censé rapporter) en prenant leur petit déjeuner avec Al Fresco, ils entendaient grincer la porte grillagée des Browning, puis Peter hurlait depuis l'autre côté de l'aire de jeux : « Tu peux venir ?

— Amuse-toi bien », lui disaient alors ses parents, ce qui signifiait : « Fiche-nous la paix. »

Encore que, non, ce n'était pas tout à fait vrai. En tout cas pas au début. Le deuxième jour, quand Jack fut de nouveau invité à aller à la plage en milieu de matinée, sa mère exigea qu'il reste avec eux. Ils iraient à la plage ensemble après le déjeuner. Les Browning étaient donc partis, une grosse glacière se balançant entre les adultes, la petite fille (pourquoi ne se rappelait-il pas son nom ?) sautillant devant. Peter, un grand filet rempli de serviettes et de jouets de plage colorés en bandoulière, avait un air désespéré en agitant la main pour dire au revoir. Quand Jack voulut savoir pourquoi il ne pouvait pas rejoindre son ami, sa mère rétorqua que les gens de cette espèce ne faisaient jamais rien gratuitement, et qu'elle n'avait pas l'intention d'entrer dans leur jeu.

Deux heures interminables plus tard, les Griffin émergèrent des dunes, beaucoup moins bien équipés. Jack aperçut les Browning une centaine de mètres plus loin sur la gauche. « À droite, à droite, à droite », intima son père en le poussant de force dans la direction opposée comme s'il n'avait pas remarqué que les Browning s'étaient levés pour leur faire signe. « Ils enseignent au collège », lui expliqua sa mère quand Jack voulut comprendre pourquoi ils ne se montraient pas plus amicaux. « Tu sais ce que ça veut dire ? » Il l'ignorait, mais devina qu'il était censé le savoir. Les profs du primaire n'avaient-ils pas le droit de côtoyer les profs de collège, qui ne fréquentaient pas les profs de lycée, qui eux-mêmes ne se mêlaient pas aux profs de fac ? Il décida que c'était probablement un truc dans ce goût-là.

Heureusement, ses parents changèrent d'avis au sujet des Browning dès le lendemain (par quel hasard, il l'ignorait), et il fut autorisé, et même encouragé, à les accompagner pendant qu'eux terminaient leur petit déjeuner avec Al. Ils ne décollaient jamais avant le déjeuner (ils détestaient manger sur la plage, et la peau pâle de son père supportait mal le soleil), attendant le moment où la plupart des familles avec enfants remballaient leurs affaires, ce qui leur laissait une vaste étendue de sable pour eux tout seuls. Débarrassés de Jack, ils ne traversaient pas les dunes avant le milieu de l'après-midi avec leurs serviettes, leurs livres et deux chaises pliantes. Les Browning s'installaient toujours sur la gauche, et par voie de conséquence, les Griffin se mettaient sur la droite. Jack avait honte d'eux, surtout le jour où les Browning (intentionnellement ?) changèrent leurs habitudes et se mirent de l'autre côté, si bien que les Griffin firent vite marche arrière en les voyant. Le regard qu'échangèrent les parents de Peter n'échappa pas à Jack, qui se sentit rougir.

« Tu ne les as pas encore épuisés ? » lui demanda sa mère un matin, à la fin de leur première semaine, comme si elle ne comprenait pas qu'ils le supportent si longtemps.

Si les Browning en avaient assez de Jack, ils n'en laissaient rien paraître. Ils emportaient toujours assez de sandwichs et de bouteilles de Coca-Cola dans leur glacière pour tout le monde. Grâce à Mme Browning, qui était d'origine italienne, il découvrit quelques mets exotiques : un jambon épicé avec beaucoup de gras, du salami bien sec, des champignons et des artichauts marinés, des petits piments très forts ainsi qu'une salade de macaronis à se damner qui n'avait rien à voir avec les plats du rayon traiteur qu'achetait sa mère au supermarché. Le soir, quand les Browning faisaient un barbecue, ils prévoyaient toujours des hot dogs, des hamburgers ou du poulet en plus. (Le père de Jack ne faisait jamais de barbecue, pas même en vacances, depuis l'année où une grande flamme d'allume-feu lui avait brûlé les sourcils.) Cela n'avait pas l'air de déranger les Browning que ses parents profitent de ce baby-sitting gratuit pour aller dîner en ville en tête à tête presque tous les soirs. « Il faudra nous laisser vous dépanner, un de ces jours », suggéra sa mère avec un manque de sincérité flagrant, même pour lui. « Une soirée sans enfants, ça vous fera des vacances.

— On ne conçoit pas les vacances sans les enfants », rétorqua Mme Browning. Jack regarda cette pique indirecte atteindre sa cible.

« Mais si jamais vous passez devant une cahute qui vend de la glace, ce serait gentil de nous en prendre un sac ou deux pour notre glacière, ajouta M. Browning à l'intention de M. Griffin. Ça m'épargnera un trajet le matin. » Manifestement, ils ne passèrent devant aucune cahute qui vendait de la glace. Après cet épisode, les Browning ne demandèrent plus rien.

Jack s'était déjà fait des amis auparavant, mais il n'avait jamais eu d'ami à lui tout seul, ni d'ami qu'il ait aimé à ce point. Peter était doué pour un tas de choses. Il savait faire du bodysurf, un sport que Jack aurait rêvé de pratiquer si la peur ne l'avait pas paralysé. Son père, qui se blessait facilement, craignait tellement les contre-courants qu'il refusait même de se baigner. Sa mère, elle, adorait nager et plongeait dans les rouleaux avec hardiesse pour aller pratiquer son crawl alangui dans des eaux plus calmes. Peter, mordu de la vague, montra à Jack comment se laisser porter par les plus inoffensives, puis, la confiance venant, comment éviter d'être renversé par les plus grosses. Malgré ses quelques centimètres de moins, Peter était un athlète, doué d'un bien meilleur sens de la coordination que Jack, même s'il avait la modestie de réduire ses victoires à une question de génétique. « Mon père est bon en sport », expliquait-il en haussant les épaules, comme si cela n'était pas grand-chose. « Du coup, moi aussi. » Prendre la chose par l'angle de l'hérédité contenait néanmoins une insulte voilée, et Jack était à peu près certain que Peter et M. Browning avaient dû qualifier M. Griffin de faiblard en voyant les efforts qu'il déployait ne serait-ce que pour installer sa chaise. « Ton père est un grand lecteur, à ce que je vois », remarqua M. Browning un jour, cherchant peut-être à faire un compliment réaliste. Jack s'était contenté de hocher la tête, encore une fois rouge de honte.

Au bout des deux semaines qu'ils venaient de passer ensemble, Peter et lui avaient développé une intimité comme il n'en avait jamais connu, et il se demanda si c'était à ça que ressemblait l'amour. Son attirance pour Peter n'avait rien de sexuel, même si elle lui serrait le cœur avec une insistance étrange, indécise, qui le dépassait. Quand il n'était pas avec Peter, il éprouvait le besoin de parler de lui, et, bien sûr, ses parents se fatiguaient vite du sujet, surtout quand Jack se mit à faire pression sur eux pour qu'ils reviennent au même endroit l'été suivant afin de retrouver Peter. Ayant déjà tâté le terrain auprès de lui pour apprendre comment s'opérait la rotation des propriétaires, il savait que les Browning seraient au cap en juillet. « S'il vous plaît, *s'il vous plaît* », supplia-t-il, ne pourraient-ils pas réserver la maison tout de suite ? Si le mois complet était trop cher, au moins les deux premières semaines de juillet, pour qu'ils arrivent tous ensemble, sans quoi Peter risquait de se faire un autre ami.

S'il était persuadé que son attirance pour Peter n'avait rien de sexuel, c'était parce que celle qu'il éprouvait pour sa mère l'était. Quand Mme Browning mettait un bikini, il fallait qu'il s'allonge sur le ventre pour cacher son érection. Il n'en dit pas un mot à Peter, bien sûr, n'osant même pas un compliment innocent tel que « Ta mère est très belle », ce qu'il semblait savoir de toute façon. Peter éprouvait-il ces mêmes sentiments à l'égard de sa propre mère ? Ce genre de chose était-elle possible ? M. Browning remarqua l'admiration que Jack portait à sa femme, mais au lieu de se montrer agacé, ou même fâché, il se contentait de sourire, comme s'il ne pouvait pas reprocher à ce garçon d'être renversé par les charmes de sa femme qu'il ne connaissait que trop bien. La gentillesse de cet homme rendait Jack si honteux que pendant un jour ou deux, il faisait de son mieux pour bannir toute mauvaise pensée (ainsi qu'il les qualifiait) de son esprit, mais en vain. Un après-midi, Mme Browning, allongée à plat ventre sur le sable chaud, dégrafa son soutien-gorge pour profiter pleinement du soleil, et s'endormit. Les vagues étaient parfaites ce jour-là, mais Jack avait prétendu ne pas avoir envie de faire de bodysurf parce que, en vérité, il était malade à l'idée qu'en se réveillant la mère de Peter puisse oublier un instant que le haut de son maillot n'était pas attaché et se retrouve les seins à l'air. Rien de tel n'arriva, évidemment, même si Jack eut l'impression que son ami savait ce qu'il avait en tête.

S'était-il jamais senti aussi malheureux qu'à la fin de leurs vacances au cap cette année-là ? Pas dans sa vie d'adulte, en tout cas. Il lui avait suffi d'une semaine pour tomber amoureux, aussi improbable que cela paraisse, de toute la famille Browning et les jours passés en leur compagnie étaient merveilleux, y compris ceux où il pleuvait. Pourtant, les choses changèrent lors de la seconde semaine, chaque jour avançant inexorablement vers la conclusion du séjour. L'idée de quitter le cap et de ne jamais revoir Peter ni aucun des Browning fit naître chez Jack des émotions sombres et complexes aussi puissantes que l'amour. Il y décelait du désespoir, une peur panique qui lui coupait le souffle et le laissait à bout de forces, persuadé que rien ne reviendrait jamais à la normale, ou pire, que la normalité n'était plus suffisante, et qu'il n'avait mené jusque-là qu'une vie d'affamé. Pourtant, il y avait autre chose qui l'effrayait encore plus que le désespoir : le désir de… mais de quoi ? De se faire du mal. D'aggraver sa souffrance. De s'assurer que ce qui avait été brisé ne pourrait être réparé. C'était de la « perversité », un mot qu'il n'apprendrait que des années plus tard. Il n'en connaissait alors que les effets, et c'était déjà bouleversant.

La veille du départ des Griffin, les Browning l'invitèrent pour une soirée hamburgers et crème glacée. Il y aurait aussi des cierges magiques que M. Browning avait prévus pour leur dernier jour, mais qu'il avait décidé d'allumer pour le départ du nouvel ami de la famille. Jack, alors qu'il mourait d'envie d'accepter l'invitation, avait pourtant raconté à Peter que ses parents l'emmenaient dîner au Blue Martini. C'était très cher, lui expliqua-t-il, mais on lui avait promis qu'il pourrait choisir tout ce qu'il voudrait sans regarder à la dépense, alors il était bien obligé de renoncer aux hamburgers. Le regard déçu de son ami lui procura une sorte de satisfaction amère.

Ses parents avaient bien prévu une sortie dans un restaurant chic, mais en tête à tête, et leur surprise mêlée d'agacement à la découverte de ce qu'il avait fait fut pour lui une source de plaisir supplémentaire. « Pourquoi ? demanda sa mère. C'est ta dernière soirée avec Steven. Depuis deux semaines, on n'entend que du Steven par-ci, Steven par-là.

— Peter ! la corrigea-t-il en hurlant, sans se soucier des conséquences. Il s'appelle Peter. »

Elle l'étudia un long moment. « Qu'est-ce qu'il te prend ? lança-t-elle feignant de s'étonner de ce pan de la personnalité de son fils dont elle se demandait seulement quand il surgirait. Tu sais que tu ne fais du mal qu'à toi-même. Tu le sais, au moins ? »

Bien sûr, elle bluffait. Il ne se faisait pas seulement du mal à lui-même. Il leur faisait du mal à eux aussi en ruinant leurs projets. Il faisait également du mal à Peter et aux Browning en les décevant. C'était là toute la beauté du geste, son seul intérêt : partager équitablement une perte et une déception autrement insurmontables. Une partie de lui souhaitait renoncer à cette stratégie terrifiante, étouffer ce désir vengeur, cette émotion qui allait à l'encontre du but recherché, et si sa mère avait mis un peu plus de bonne volonté à l'en persuader, elle y serait parvenue. Mais elle se contenta de lui adresser un sourire désabusé en lui déclarant : « Très bien, si c'est ce que tu veux.

— C'est ce que je veux », dit-il, sentant quelque chose se déchirer en lui parce que ce n'était pas ce qu'il voulait, mais plutôt ce dont il avait *besoin*. Plus tard, il entendit son père téléphoner au restaurant pour annuler leur réservation. À la place, ils se rendirent dans un restaurant familial de fruits de mer où ils dînèrent à une table de pique-nique défraîchie sur laquelle les plats étaient servis dans des bateaux en papier.

« Je déteste les fruits de mer frits, décréta sa mère en repoussant ses coquilles Saint-Jacques.

— Je n'en raffole pas non plus, renchérit son père avec amertume.

— On aurait dû aller au Blue Martini.

— Oui, mais quel intérêt ? »

Deux semaines plus tôt, Jack n'aurait pas compris la question, à présent si. En effet, quel intérêt de faire quoi que ce soit ? Il ne s'était jamais interrogé de la sorte auparavant. Après le dîner, tandis que le ciel s'obscurcissait, ils s'offrirent un tour en voiture, ainsi que cela leur arrivait parfois lors de leur dernière soirée au cap, s'emplissant les poumons d'air iodé, comme s'ils pouvaient l'emporter avec eux pour en respirer quelques bouffées une fois regagné leur Midwest de merde. Ils n'avaient pas échangé un mot. À leur retour, il faisait nuit noire, à l'exception de quelques cierges magiques qui dansaient devant chez les Browning. Jack s'arrêta un instant en descendant de la voiture, attendant que la voix désincarnée de Peter l'appelle pour qu'il puisse à nouveau dire non et en retirer la même satisfaction perverse, mais aucune invitation ne se fit entendre.

À l'étage, dans sa chambre miniature sous l'avant-toit, il se déshabilla dans le noir et rampa jusqu'à son lit. Par la fenêtre, il aperçut les étincelles de cinq cierges magiques traçant un texte fantôme. Pourquoi cinq cierges, puisque les Browning n'étaient que quatre ? Est-ce que quelqu'un en agitait deux en même temps ? Au cours des dernières vingt-quatre heures, de nouveaux résidents étaient arrivés. Les Browning lui avaient-ils déjà trouvé un remplaçant ? Sa gorge se serra à cette cruelle éventualité, et il tira le store. Mais même avec les yeux résolument fermés, il continuait de voir les joyeuses étincelles graver dans la nuit les contours de réjouissances partagées.

Griffin savait qu'il y avait là matière à créer une fiction intéressante, mais il s'y était trop mal pris, et, quand la grève des scénaristes s'était achevée plus tôt que prévu, il avait feint la déception de ne pas pouvoir retravailler le texte, alors qu'il était en fait soulagé. Il ne savait pas comment terminer cette histoire déjà trop longue, résoudre le conflit sur lequel il n'avait jamais pu mettre de mots. Il avait espéré pouvoir dépeindre ces moments où se mêlent un bonheur et une tristesse extrêmes, où des émotions inédites et obscures vous submergent. À la relecture, tout sonnait faux. Il voulait que les lecteurs tombent amoureux des Browning autant que lui, mais il en avait fait des personnages de sitcom, surtout Peter. Dans son histoire, les deux amis se promenaient longuement sur la plage, exactement comme Jack et Peter dans la réalité, s'éloignant de leurs parents qui n'étaient plus que des points minuscules au milieu des dunes avant de disparaître complètement, les laissant seuls au monde et satisfaits, discutant de tout et de rien sous le soleil du cap Cod. Malheureusement, Griffin avait beau chercher, il était incapable de se remémorer une seule de leurs conversations, et dès qu'il tentait d'en inventer une, elle avait l'air… eh bien, fabriquée de toutes pièces par un écrivain adulte, qui donnait tour à tour trop de foi à l'adolescence ou pas assez. Il découvrait que ses souvenirs de cet été ressemblaient à un film mal monté – de jeunes amoureux qui jouent au Frisbee dans un parc, partagent une glace qui coule, font du vélo le long d'une rivière, rient aux éclats et s'embrassent, le tout sur une musique sirupeuse noyant le moindre dialogue parce que le scénariste n'avait pas la plus petite idée de ce qu'il pourrait leur faire dire.

Il n'y avait pas que les détails de cette amitié qu'il n'arrivait pas à faire remonter à la surface. La sœur de Peter… est-ce qu'il n'y avait pas un truc bizarre avec elle ? Griffin se souvenait plus ou moins que la petite faisait des crises quand elle était trop fatiguée ou excitée, mais des crises de quoi ? d'asthme ? Ça ne semblait pas coller, et pourtant il y avait bien quelque chose. Il se souvenait d'avoir vu la gamine encore fiévreuse, pelotonnée sur les genoux de sa mère qui échangeait un regard avec son mari, un regard triste et angoissé. Il n'avait pas intégré ce détail à son histoire. Même chose pour le père de Peter. Dans la réalité, l'homme exerçait une fascination ambiguë. Il avait une très grosse tête, et, s'il n'était pas laid (le père de Griffin, pour le coup, avait plus d'allure), on imaginait mal comment il avait pu gagner le cœur d'une femme aussi sublime que la sienne. Mais il avait une sorte de grâce physique, d'assurance dans ses mouvements. Il semblait y avoir une évidence entre ses intentions et leur mise en œuvre. Jack ne pouvait l'envisager figé au milieu d'une pièce à s'interroger sur la suite des opérations, attitude typique de son père. Peter n'avait pas peur de lui, mais se montrait toujours respectueux à son égard comme s'il savait bien qu'en dépit de sa gentillesse il valait mieux ne pas le contrarier. Dans ce cas, pourquoi son personnage était-il devenu si plat dans la fiction de Griffin, se résumant au rôle du détenteur de la Sagesse, de la Vérité des adultes ?

Plus gênant encore, Griffin n'était même pas sûr de s'être dépeint correctement. Il voyait déjà défiler les observations du producteur : *Qui est ce môme ? Que veut-il ?* Ou pire, l'éternelle question : *Qu'est-ce qui fait qu'on s'y attache ?*

« Le môme est gay, c'est ça ? demanda Tommy. C'est là que tu veux en venir, non ? »

Griffin avait refusé de lui faire lire la nouvelle, mais Tommy insistait.

« Et à la fin, il se suicide ?

— Non, répondit Griffin, découragé. Pas du tout.

— On dirait que c'est la direction que tu prends, pourtant. Ou alors, le petit salopard a le cul bordé de nouilles et se tape la mère de son pote, mais franchement, on n'y croit pas trop.

— Non, c'est pas ça non plus. »

Bien sûr, il se pouvait aussi que Tommy l'ait mauvaise parce qu'il avait bossé sur cette nouvelle à la con alors qu'ils auraient pu pondre un scénario prêt à tourner. Parce que maintenant que la grève était finie, ils n'avaient plus un rond et devraient donc accepter le premier boulot de merde qui se présenterait, exactement comme Tommy l'avait prédit. En fait, l'histoire semblait surtout le décontenancer.

« Il fait vraiment pitié, ce gosse. Avec les putains de parents qu'il se traîne, le pauvre… »

Sans avoir été aussi explicite, ce qui était inutile, il avait mis le doigt sur ce qui déprimait le plus Griffin. Les parents du protagoniste étaient les seuls personnages crédibles du récit. Au départ, il ne les avait inclus qu'en tant que procédé narratif. Un enfant de cet âge n'aurait pas pu arriver là tout seul. Il lui fallait des géniteurs, n'importe lesquels auraient fait l'affaire. Au lieu de quoi, ce qu'il avait éprouvé et qu'il n'avait qu'à moitié compris à l'époque s'était déversé sur la page : ses parents fictionnels se réjouissaient qu'une autre famille adopte leur fils temporairement. Ils ne se réjouissaient pas pour lui parce qu'il s'était fait un nouvel ami, mais pour eux-mêmes. Ils pouvaient désormais prendre en toute quiétude leur petit déjeuner avec Al (oui, il s'était même servi d'Al Fresco) sur la terrasse, passer de longs après-midi à lire sur la plage sans être harcelés par leur fils, et le soir, sortir dîner dans de bons restaurants.

Curieux de relire la nouvelle après tant d'années, Griffin l'avait fourrée dans son cartable avec son tas de copies. Qui sait ? Peut-être qu'elle n'était pas aussi mauvaise que dans son souvenir. Il se pouvait même que ce séjour au cap l'aide à trouver la fin qui lui avait échappé à L.A. Si jamais Sid n'avait pas de scénario à lui proposer, il retravaillerait son texte pendant l'été. Hélas, dans la chaleur de cet après-midi indolent qui régnait sur la terrasse du Bed & Breakfast, Griffin eut toutes les peines du monde à se plonger dans son univers fictionnel. Et ce en grande partie parce que son intuition première se confirmait : l'histoire était tout simplement médiocre. Ce qui le laissait perplexe, c'était ce qui avait bien pu le pousser à l'écrire. Aurait-elle existé sans la Convention de Truro ? Il en doutait. Certaines histoires, même enfouies au plus profond de la mémoire et de l'inconscient, parviennent à se frayer un chemin jusqu'à la lumière, à réclamer l'attention de l'auteur jusqu'à ne plus lui offrir d'autre choix que de les coucher sur le papier. *L'Été des Browning* n'était pas de celles-là. Griffin avait repensé à eux alors que la menace d'une grève se précisait et qu'il cherchait un sujet de nouvelle ou de court roman. Mais pourquoi vouloir écrire à tout prix ? D'où lui venait un tel désir, tant d'empressement à remettre en question la vie qu'il menait avec Joy ? Quel mal y avait-il à être jeune et libre ? À partir pour le Mexique sur un coup de tête ? À laisser des voituriers se battre pour garer leur voiture ? C'était ça, la vie à L.A., si on en avait les moyens, ce qui était leur cas. Accuser Joy était injuste, bien sûr. Elle ne lui avait tendu aucun piège. Il s'était piégé tout seul. Dans un moment de faiblesse, aveuglé par l'amour, il s'était imaginé être une autre sorte d'écrivain. Joy s'était contentée de réagir à son enthousiasme. Elle n'avait fait que l'aimer, aimer l'homme qu'il était, celui que dans sa folie il avait cru pouvoir devenir.

Aucun d'eux n'en était peut-être responsable, mais cette exubérante Convention de Truro inspirée par leur amour avait eu pour résultat que Joy et lui n'étaient désormais plus d'aplomb. D'aplomb. L'expression arracha un sourire à Griffin. Il n'avait plus pensé à ce terme depuis des années. Un été, il avait travaillé comme aide-charpentier dans une équipe qui posait les fondations d'une route. Il avait passé tout juillet et août dans la fournaise qu'est le Midwest à cette période de l'année, à bosser avec les deux mêmes gars : Louie et Albert. Côté conversation, ils étaient plutôt du genre minimaliste. « Le niveau, y dit quoi ? » demandait Albert après une bonne heure de silence. « On était bons y a une minute », répondait Louie en plaçant son niveau sur la longrine avant de pencher la tête de côté. « À un bout de bulle près, c'est d'aplomb », disait-il à son partenaire en haussant les épaules, et Griffin comprenait que ça ferait l'affaire. « On construit pas un gratte-ciel. » Comme ils l'avaient expliqué à Griffin, un décalage d'une demi-bulle sur les fondations ne portait pas à conséquence tant qu'on ne leur collait pas trente étages par-dessus. Parce qu'une demi-bulle multipliée par trente, ça devenait une autre paire de manches. Griffin comprenait encore mieux cette équation depuis qu'il avait bouclé son foutu sac et qu'il était parti pour Boston tout seul deux jours plus tôt : à présent, il avait l'impression d'être au sommet d'un immeuble de trente étages avec une demi-bulle dans les pattes. Pourtant, la dernière fois qu'il avait vérifié, il était d'aplomb.

Même chose pour la littérature, songea Griffin, en remisant *L'Été des Browning* dans son cartable. Une fausse note coûte plus cher au début qu'à la fin, parce qu'elle mine les fondations du texte. C'était le problème de la plupart des scénarios qu'il avait à corriger. Il n'avait même pas besoin de les lire pour le savoir. Leur chute ne tiendrait pas la route à cause d'un mauvais point de départ. Malgré son manque d'enthousiasme, Griffin consacrerait ces quelques jours à se pencher sur les intrigues bancales de ses étudiants, repérerait la faille, et proposerait une solution, si tant est que ça les intéresse. Peu de chances que cela arrive. Il le savait, car lui-même n'avait pas très envie de réviser *L'Été des Browning*. Si le problème venait des fondations, d'un coin auquel il ne pouvait accéder avec les outils à portée de main, il se moquait qu'il manque une demi-bulle pour être complètement d'aplomb. Autant tout oublier et se lancer dans du neuf.

Vivement que Sid ait quelque chose à lui mettre sous la dent.

V

Meurque

Ce soir-là, Griffin alla dîner dans un grill à proximité du Bed & Breakfast. L'Olde Cape Lounge ne semblait pas avoir changé depuis les années cinquante, mais il y avait foule, et la queue des clients qui attendaient une table s'étirait jusque dans la rue. Griffin repéra toutefois un tabouret inoccupé au bar, s'installa, puis plissa les yeux pour tenter de déchiffrer le message inscrit en lettres gothiques sur la pancarte accrochée au-dessus des bouteilles :

Ven ezpas seru neheur
efesti vedan slajoi eet labon
nehu meurque l'amit iéso
itrei nesoy ezju steet bo nettai
sez tout ema uvai sepa role.

Ces mots à la fois inconnus et familiers lui rappelaient un peu *Les Contes de Canterbury* qu'il avait autrefois étudiés à la fac. Il reconnaissait « tout » et « role » qui auraient peut-être pu le mettre sur la voie, mais rien à faire. Bien que dénué de sens, « meurque » lui plaisait particulièrement. Quand elle était petite, Laura établissait de longues listes de mots qu'elle aimait ou qu'elle détestait en fonction de leur apparence et des sons qu'ils produisaient. Il se demanda dans quelle liste ce « meurque » serait apparu.

« Deux Martini et vous y verrez plus clair, conseilla le barman en remarquant que Griffin était en plein décodage.

— Vous en êtes sûr ?

— Tout à fait sûr.

— Ça marche aussi avec de la Grey Goose ?

— Je vous apporte ça tout de suite. »

Dans le miroir qui courait le long du bar, Griffin repéra un jeune Asiatique approchant la trentaine. Il portait un costume trois-pièces très bien coupé avec une belle cravate ; lui aussi semblait étudier l'écriteau. Lorsque leurs regards se croisèrent dans le miroir, le jeune homme sourit, puis hocha la tête comme pour dire *Ça y est, j'y suis ! Et vous ?* Griffin espéra que son expression, en retour, serait interprétée comme un franc *Oui, c'est bon, moi aussi !*, puis il feignit de s'intéresser à son portable jusqu'à ce qu'on le serve, peu désireux de faire la conversation avec un touriste solitaire à l'anglais sans doute balbutiant. Le téléphone vibra opportunément pour signaler la réception d'un e-mail. Joy l'informait que ses rendez-vous avaient duré plus longtemps que prévu, mais qu'elle était enfin en route et qu'elle ferait une étape pour manger quelque chose. Elle arriverait vers vingt-deux heures. De la meurque, pure et simple. En été, un vendredi soir, avec les bouchons de l'autoroute du cap ? Jamais elle ne serait là avant vingt-trois heures.

En parlant de meurque, lui-même s'était fixé deux objectifs ce jour-là – avancer dans la correction de ses copies et disperser les cendres de son père. Résultat, il n'avait fait ni l'un ni l'autre. L'histoire des cendres était celle qui le déconcertait le plus et, vent ou pas, il aurait vraiment dû s'en occuper. Pourquoi aller jusqu'au cap Cod en transportant son vieux dans son coffre et ne pas s'acquitter d'une tâche aussi simple ? Le cap lui-même et les souvenirs qu'il avait fait resurgir depuis la traversée du Sagamore n'y étaient sans doute pas pour rien. Et puis, qu'il veuille bien l'admettre ou non, l'appel de sa mère (durant lequel il s'était fait asperger de meurque d'oiseau) l'avait secoué. Mais y avait-il autre chose, un scrupule inconscient qu'il ne voulait pas regarder en face et qui le travaillait ? Une raison de refuser le repos éternel à son père ?

Pas impossible. Joy avait remarqué que le début de ses insomnies remontait à peu près au jour où son père avait été retrouvé sur l'aire d'autoroute, et pour elle, non seulement ces deux choses étaient forcément liées, mais elles étaient sans doute à l'origine de son récent « cafard », comme elle disait. Lui ne savait pas quel nom lui donner, mais certainement pas Professeur William Griffin. Il était agité, Joy n'avait pas tort sur ce point : le coup de fil de Sid l'avait rendu fébrile et l'impossibilité de joindre son vieil agent n'avait fait qu'exacerber cet état. La relecture de *L'Été des Browning* n'avait rien arrangé non plus. Soudain, il avait l'impression que son père décédé, sa mère bien vivante, son ancienne profession et son enfance réclamaient son attention à cor et à cri.

Tout ça était franchement absurde. Ses parents ne jouaient plus de rôle déterminant dans sa vie depuis les années soixante-dix. D'où sa décision d'aller étudier sur la côte Ouest, de faire une école de cinéma, de s'installer à L.A. et d'épouser une fille qui n'était docteur en rien. Imitant Huckleberry Finn, il avait saisi la première occasion pour partir explorer des terres inconnues. Toutefois, on a beau mettre trois mille kilomètres entre ses parents et soi, leur signifier clairement qu'on rejette leurs valeurs, comment se distancier de son propre patrimoine génétique ? Impossible d'arrêter de perdre ses cheveux ou d'empêcher son nez de prendre toute la place au milieu de son visage. Il y avait pire : et si, contrairement à ce qu'il pensait, il n'avait pas véritablement réussi à rejeter les valeurs de ses parents ? « Ça ne te rappelle personne ? » lui demandait-elle souvent. Joy prétendait par exemple qu'il n'envisageait pas le bonheur comme elle dans le présent, mais dans un avenir indistinct. Mais était-ce sa nature, insistait-elle, ou simplement la culture familiale ? Il avait passé sa jeunesse à déménager tous les ans au gré des maisons louées à des profs de fac en congé sabbatique. Cela expliquait pourquoi il n'avait jamais eu de véritable ami avant Peter Browning. Les Griffin ne restaient jamais assez longtemps quelque part pour lui laisser le temps de se faire des camarades. Il n'était pas rare qu'ils quittent une maison avant même d'avoir eu le temps de déballer tous les cartons. Ses parents appelaient ça la vie universitaire, comme si elle était en tout point supérieure à celle des gens qui vivaient « coincés » dans une seule maison.

Pas de doute, ses parents étaient des locataires dans l'âme. Les demeures d'enseignants titulaires étaient luxueuses, et leurs loyers bas, du moins jusqu'à ce que la rumeur se répande que les Griffin n'avaient aucun respect pour ce qui ne leur appartenait pas. Un professeur qui rentrait d'un congé sabbatique en Europe avait découvert que son service en porcelaine pour dix couverts n'en comptait plus que sept, un autre que son fauteuil Queen Anne préféré avait été remisé dans le sous-sol humide avec un pied en moins. « Quand on est partis pour Paris, il y avait un mixeur sur le plan de travail de la cuisine. » Et la mère de Griffin de répondre : « Ah, le tas de ferraille », comme si son propriétaire devait la remercier d'avoir fait un sort à cette machine diabolique. Une année, la maison d'un collègue avait failli partir en fumée quand ils avaient laissé une poêle pleine d'huile sur le gaz et tenté d'éteindre l'incendie en versant de l'eau froide dessus. Mais le pire avait été cette magnifique maison victorienne qu'on leur avait prêtée. La seule exigence de la vieille dame à qui elle appartenait était qu'ils veillent à ce que les canalisations n'éclatent pas pendant l'hiver. Si la température tombait au-dessous de zéro, leur avait-elle expliqué, il leur faudrait ouvrir le robinet de la cuisine avant d'aller se coucher. Ce scénario semblait l'obséder car, ayant appris que l'hiver était rude, elle avait appelé deux fois d'Italie pour s'assurer que tout allait bien. « Cette vieille peau ne se rend même pas compte qu'elle projette sa frigidité ! » avait dit la mère de Griffin en raccrochant. « Les canalisations, mon cul, avait ajouté son père. Elle voulait surtout nous en mettre plein la vue avec sa Toscane alors qu'on est coincés dans ce putain d'Indiana. » Cette nuit-là, des vents de l'Arctique balayèrent la région. Les canalisations avaient éclaté, et le lendemain matin, tout le rez-de-chaussée était inondé.

Au bout de quelque temps, soit les propriétaires refusaient de louer aux Griffin, soit ils réclamaient une caution astronomique et enfermaient tous les objets de valeur dans un placard. Cette dernière tactique était une erreur, car un placard fermé constituait un affront autant qu'un défi, et il se trouvait que le seul talent manuel du père de Jack était de faire sauter les cadenas de mauvaise qualité. Quand il entra au collège, ses parents en étaient réduits à louer des taudis humides, insalubres et pleins de courants d'air réservés aux associations d'étudiants et qu'ils réussissaient néanmoins à laisser en pire état que quand ils étaient arrivés. « Une maison, c'est des ennuis garantis », lui serinaient ses parents chaque fois qu'il y avait un problème, alors que même enfant, il avait compris que le problème venait d'eux et pas de la maison.

Toujours d'après ses parents, être locataires leur permettait de rester flexibles et de ne pas se retrouver avec une maison invendable dans le Midwest de merde le jour où un poste se libérerait à Swarthmore ou à Sarah Lawrence. En outre, bien sûr, l'argent économisé grâce à ladite location pourrait être investi dans l'achat d'une maison au cap Cod dès que l'occasion rêvée se présenterait. L'ennui, c'est qu'ils n'avaient jamais fait d'économies. En bons intellectuels, ils se montraient d'une nullité crasse sitôt qu'il s'agissait d'argent. Ils se lançaient dans des achats impulsifs de meubles en kit, parce que bon, « ça doit pas être sorcier », puis déchantaient rapidement. Les bibliothèques avaient toujours une étagère à l'envers, le côté rugueux sur le dessus. L'ouverture d'un tiroir en haut à droite d'un bureau entraînait celle du tiroir en bas à gauche, dans un fracas complice. Au final, ils se rabattaient sur les technologies dépassées allant des cassettes huit pistes aux enregistreurs Beta.

Cette négligence atteignait des sommets en matière d'automobile. Son père était un spécialiste des emboutissages sur les parkings d'épiceries ou de centres commerciaux. Les collisions se produisaient par surprise. Pas de signe avant-coureur, rien que l'impact, suivi par le crissement de la tôle froissée, le bris du verre, et un silence de mort jusqu'à ce que son père lance, en étudiant le rétroviseur : « Mais nom de Dieu, d'où il sort celui-là ? » Jack avait été témoin de la plupart de ces accidents et comme on lui mettait rarement sa ceinture de sécurité, il avait souffert toute son enfance de douleurs cervicales. « Vous vous rendez compte que des gamins de seize ans qui viennent à peine d'obtenir leur permis paient leur assurance moins cher que nous ? » se plaignait sa mère à leur assureur, qui répondait immanquablement : « Les gamins de seize ans ont moins d'accidents que vous. » L'agent de police à qui Griffin avait parlé sur la fameuse aire d'autoroute avait remarqué que le coffre embouti tenait à l'aide d'un câble élastique, ce qui prouvait que son père avait eu un accident récemment. Griffin avait répondu qu'il aurait été étrange que le coffre ne soit pas embouti et que de surcroît, l'accident ne devait pas être si récent. Son père était du genre à considérer le tendeur comme une solution durable, du moins aussi durable que la voiture elle-même. « Il était prof d'anglais », avait-il expliqué, comme une justification.

Durant les premières années de leur mariage, Griffin et Joy avaient mis la Convention de Truro entre parenthèses et vécu une existence presque aussi nomade que celle de ses parents, allant d'appartement en appartement, une pratique courante à L.A. tant qu'on était jeune et qu'on travaillait dans « l'industrie » du cinéma. Ils pouvaient déménager aussi bien pour se rapprocher de l'océan que pour se rapprocher de leur travail. Ou parce qu'une résidence proposait de meilleures prestations – piscine plus belle, jacuzzi, courts de tennis. Il leur était même arrivé de choisir un appartement en fonction de leur restaurant préféré. « On est tellement mieux ici », disaient-ils chaque fois en explorant leur nouvel environnement. « Pourquoi est-ce qu'on n'est pas venus là plus tôt ? » Ils avaient peu de possessions et n'en désiraient pas davantage. Des amis, comme Tommy et sa femme, Elaine, leur donnaient un coup de main à chaque déménagement, prétexte à réjouissances, et, bien sûr, ils leur rendaient la pareille. En ce temps-là, ils n'avaient ni problèmes de genoux ni douleurs lombaires. Ils semblaient consacrer un week-end sur deux à des pendaisons de crémaillère. À l'époque, Joy aimait se sentir libre et sans attaches, dépenser leur argent en restaurants et filer au Mexique quand Griffin et Tommy dégotaient une commande juteuse. Elle s'entendait bien avec Elaine, et toutes deux adoraient paresser au bord de la piscine tandis que « les garçons », installés sur un balcon devant leur machine à écrire portable, bossaient dur pour tenir les délais.

Puis Elaine et Tommy divorcèrent, et du jour au lendemain, les choses changèrent. À commencer par des détails. Par exemple, Joy avait toujours eu les cheveux longs et raides, ce qui plaisait beaucoup à Griffin, mais un jour, en rentrant à la maison, il la trouva avec une coupe courte et structurée. « Dix minutes de sèche-cheveux et c'est bon ! » avait-elle dit. Il ne comprenait même pas que cela puisse prendre autant de temps. Mais ce ne fut pas tout. Au lieu d'avoir un ou deux soutiens-gorge pour leurs visites chez ses parents, elle se mit à en bourrer son tiroir à sous-vêtements, et lorsqu'il lui demanda à quoi cela servirait, elle lui répondit qu'elle ne pouvait quand même pas passer sa vie sans, pas vrai ? Une question rhétorique, apparemment. Peu de temps après, elle lui dit : « Je ne sais pas pourquoi, mais je me suis réveillée en pensant à Truro hier matin. » Elle venait simplement de se rappeler, « sans savoir pourquoi », que leur vie ne correspondait pas à leurs projets initiaux. Bon, d'accord, ils s'étaient bien amusés, mais était-ce normal de déménager si souvent ou de faire autant d'escapades au Mexique ? (Nouvelle question rhétorique.) Elle lui rappela que, petite, sans compter la location dans le Maine, elle n'avait vécu que dans deux maisons, celle de Syracuse et celle d'Orange County après la mutation de son père. « Je crois qu'il est temps d'arrêter de vivre comme tes parents et de suivre un peu plus l'exemple des miens », avait-elle conclu.

Si cela impliquait un domaine sécurisé à Sacramento, Griffin n'était pas sûr de partager son avis. Toujours est-il que Joy avait raison, c'était bien comme ça qu'ils avaient vécu. Lui avait toujours cru que son existence était aux antipodes de celle de ses parents, lesquels voyaient les choses ainsi. Était-ce bien leur fils qui vivait sur la côte Ouest ? Qui écrivait des scénarios de téléfilms plutôt que des livres ? Et qui avait choisi une profession sans grandes vacances ? Dire qu'il n'avait même pas une seule veste potable en tweed. Bon, soit. Mais, même si leur fonctionnement nomade était une imitation inconsciente de ses parents, étaient-ils désormais obligés d'imiter consciemment les parents de Joy ? Le plus terrible était qu'il soupçonnait sa femme de très bien savoir pourquoi elle s'était rappelé la Convention de Truro. Ses beaux-parents adoraient se mêler de ce qui ne les regardait pas, et il devina qu'ils étaient derrière ces récents revirements. Les sœurs de Joy – l'une devenue obèse, l'autre pratiquante – l'avaient-elles convaincue de porter des soutiens-gorge ou d'adopter une coupe de cheveux « plus adulte » ? Cela faisait maintenant des années que Jill, à qui Joy téléphonait environ tous les deux jours, se demandait à voix haute : « Chérie, tu crois que vous allez un jour vous poser ? » Son mari, lui, préférait les métaphores sportives : « Comment tu comptes conclure le match, ça, j'aimerais bien le savoir. »

Griffin supposa que le vrai sujet, c'était les enfants. Les sœurs de Joy avaient conçu juste après leur mariage (ou, d'après ses calculs, un ou deux mois avant dans le cas de Jane) tandis qu'eux approchaient de la trentaine sans avoir mis au point de calendrier de procréation. Cependant, il n'y avait peut-être pas que ça. « On devient adulte quand on prend un emprunt au-dessus de ses moyens, aimait à répéter Harve. C'est là qu'on découvre si on préfère monter à la volée ou cavaler en fond de court. »

Harve pouvait bien ratiociner et philosopher tant qu'il voulait, dans le domaine immobilier, la Convention de Truro allait dans le sens de Griffin. Certes, Joy n'avait pas oublié la maison de ses rêves. Loin s'en fallait. Mais cette maison n'existait pas, du moins pas dans le sud de la Californie, et quand bien même elle existerait, ils ne pourraient pas se l'offrir vu les prix exorbitants pratiqués dans la région de

L.A. Il aurait juré que Joy et lui étaient sur la même longueur d'onde, mais la question de la maison avait fini par resurgir de manière tout à fait déconcertante. Justement, raisonna Joy, ces prix scandaleux devaient les inciter à acheter quelque chose au plus vite, même si c'était un pavillon merdique (On-me-la-donnerait...) dans un lotissement de la Vallée. Harve approuvait, ce dont Griffin se foutait comme d'une guigne. Plus ils tarderaient à entrer sur le terrain, moins ils auraient d'occasions de toucher le ballon (manquait plus que ça : une métaphore footballistique !). S'ils avaient mis de l'argent de côté, ajouta Joy, les choses auraient été plus simples, mais là aussi, ils avaient suivi le modèle de la famille Griffin en *pensant* à faire des économies au lieu d'économiser pour de bon. L'argent n'a pas d'odeur, dit-on, mais eux n'avaient même pas le temps de le vérifier, vu la vitesse à laquelle il leur filait entre les doigts. Ses parents, avait dit Joy, voulaient les aider, ils y tenaient. (Ils en avaient donc discuté entre eux ? Quand ça ?) « Mais puisqu'ils y tiennent, répéta Joy, exaspérée, quand Griffin opposa son veto. Ils ont prêté de l'argent à mes deux sœurs et ils ont envie de faire pareil pour nous. Ils ne comprennent pas notre réticence. »

Ses parents à lui comprenaient très bien. Sa mère était catégorique : emprunter de l'argent à Jill et Harve était une mauvaise idée. « Bon Dieu ! Imagine-toi être redevable à des gens de leur espèce.

— Tu es dure, maman, tu ne les as vus qu'une fois », lui reprocha-t-il, tout en s'étonnant de constater qu'il prenait toujours la défense de ses beaux-parents face à ses parents, une réaction qu'en d'autres circonstances il parvenait à contrôler. À vrai dire, il avait déjà imaginé clairement ce que signifierait devoir de l'argent à la famille de Joy. Dans la pratique, cela voulait dire que de Thanksgiving au Quatre-Juillet en passant par Noël et Pâques, aucune invitation ne saurait plus être déclinée. Et le remboursement du prêt n'effacerait jamais ces obligations. Quant au côté symbolique de la chose, c'était le pire, car accepter leur argent reviendrait à avouer qu'ils en avaient besoin, et Harve pourrait ensuite se targuer éternellement de leur avoir « donné un coup de pouce ». Griffin était presque sûr qu'il gagnait mieux sa vie que son beau-père, mais en acceptant ce prêt, il lui céderait sur le terrain de la haute morale économique. Harve pourrait se prévaloir d'une espèce de morale fiscale, et Griffin incarnerait le panier percé qui a besoin d'aide. Cette façon d'envisager les motivations de sa belle-famille était mesquine au point, d'ailleurs, qu'il ne présentait pas les choses sous ce jour à sa mère. « Ils veulent bien faire », lui expliquait-il avec hypocrisie, mais elle pensait que c'était déjà trop d'honneur. « Des péquenauds incultes » était tout ce qu'elle avait retenu de leur seule et unique rencontre. « Fiers de leur ignorance.

— C'est que vous n'avez pas les mêmes champs de compétences.

— Tu m'as bien dit qu'ils étaient membres d'un country club et qu'ils vivaient dans un de ces domaines sécurisés ? »

La mère de Griffin était en très grande forme. Si on relevait une de ses vacheries, elle rebondissait sur une autre. Vouloir lui rabattre son caquet revenait à tenter d'enfermer un chat dans un sac : il restait toujours une patte dehors et on n'en sortait jamais indemne.

« Appelle ton père, avait-elle conseillé. Lui et moi ne sommes peut-être pas d'accord sur grand-chose, mais je suis sûre qu'il refuserait l'argent d'un joueur de golf. Bartleby te dirait la même chose, s'il voulait se donner la peine d'ouvrir la bouche. »

En fait, Griffin avait appris que son père s'était mis au golf, par suite de sa rupture avec Claudia. Son médecin de l'époque, lui-même joueur passionné, lui avait dit que c'était un bon moyen de se détendre – au grand étonnement de Griffin, sur qui ce sport avait l'effet inverse, même si Harve en était sans doute la cause, plus que l'activité en soi.

Au lieu de leur prêter elle-même de l'argent – mais Griffin avait-il vraiment imaginé qu'elle ferait une chose pareille ? –, sa mère lui expliqua en long en large et en travers pourquoi il serait sage de rejeter l'offre de Harve. « Révise ton Thoreau. Simplicité, simplicité, simplicité.

— C'est bien beau, maman, mais ce qui intéresse Joy, c'est l'emplacement, encore l'emplacement, toujours l'emplacement.

— Alors, économise. Quand tu auras assez d'argent pour le crédit d'un ranch miteux de trois pièces en Californie, tu auras de quoi t'acheter une maison sur la côte Est, et peut-être même au cap. Je pourrais venir vous voir. Vous m'avez manqué. »

Voilà un aveu bien surprenant, qui incita Griffin à tester sur-le-champ la sincérité de sa mère. « Tu pourrais déjà venir nous voir à L.A.

— Ça peut attendre. »

Économiser et attendre. Voilà ce qu'ils avaient décidé, au moins pour quelque temps. Doux Jésus, avait-il pensé. Allait-il vraiment suivre un conseil maternel ? Mais dans ce cas particulier, était-il si insensé de choisir de se serrer la ceinture et de revenir à la réalité ? Cela ne correspondait pas non plus à la réalité de Thoreau. Aucune loi ne vous obligeait par exemple à écrire les scénarios de films sur les balcons d'hôtels mexicains hors de prix (même si, d'après Tommy, il aurait dû y avoir une législation là-dessus). S'ils devaient réduire leurs dépenses (Harve avait raison : ils dépensaient trop pour pas grand-chose), Griffin gagnait encore largement de quoi leur permettre de vivre. Joy, qui avait un temps partiel dans l'administration de l'UCLA, ne touchait pas une fortune, mais s'ils déposaient son salaire sur un compte-épargne (et considéraient cet argent comme tabou), dans deux ou trois ans, ils disposeraient d'une somme rondelette. Et si elle n'était pas suffisante, ils pourraient toujours recourir à l'emprunt beau-parental. Peut-être qu'à ce moment-là Griffin serait à même de mettre un terme à ses activités de scénariste, un métier de jeune homme, reconnaissons-le, qu'il pratiquait déjà depuis plus longtemps que ce qui avait été prévu à Truro.

S'il n'y avait pas eu Tommy, qui aurait été largué sans lui et qui avait besoin de temps pour se remettre sur pied après la débâcle de son mariage, il aurait plaqué cette vie de fou depuis longtemps. Ils avaient de plus en plus de mal à obtenir des contrats pour des longs-métrages et Griffin détestait que ces contrats paraissent plus importants que le travail qui en découlait. Il était intarissable sur le sujet. La pulsion créatrice, le « jus », était concentrée dans les premières étapes du processus. À la négociation, le scénariste était surexcité, le producteur aussi et le jeune délégué du studio n'en pouvait carrément plus. Pourquoi ? Parce que personne n'avait jamais fait de film comme ça jusque-là. Ce n'était pas bizarre, c'était unique, putain ! Mieux que ça : c'était inouï.

Écrivez-moi ce script, disait le prod, parce que cette idée, c'est de l'or en barre. Impossible que ça foire, ou presque. Deux ans, un nouveau producteur et quinze versions (dont trois seulement avaient été payées) basées sur quinze séries de notes de prod contradictoires plus tard, tout ce qu'on obtenait, avec de la chance et si le projet n'avait pas été modifié du tout au tout, était une merde standardisée sans aucune raison valable d'être tournée, ce qui était la meilleure raison de croire qu'elle le serait, comme aimait le faire remarquer Tommy. Qu'ils aillent se faire foutre, pensait Griffin. Encore un ou deux ans de ce régime, et il enverrait tout balader.

Joy accepta de patienter, mais pour marquer le coup, elle exprima clairement quelques objections quant au programme de Griffin (ou de sa mère ?) d'économiser et de réduire leurs dépenses en attendant le bon moment. D'une part, cela allait à l'encontre de la nature humaine en général, et de la leur en particulier. D'après elle (ou d'après Harve ?), le meilleur moyen d'économiser pour avoir une maison sur la côte Est était d'en acheter une en Californie. Cela leur éviterait d'épargner (un talent qu'ils ne possédaient pas), puisque la maison s'en chargerait pour eux. Elle prendrait de la valeur, et quand le jour viendrait de vendre, le profit qu'ils en tireraient servirait d'apport pour le crédit de la nouvelle maison. D'autre part, Griffin avait beau se plaindre de l'industrie du cinéma et prétendre qu'il manquait d'inspiration, il n'y aurait jamais de bon moment pour arrêter. Dans dix ans, Tommy serait toujours paumé sans lui, et ils se trouveraient coincés par un projet ou un autre. Même Tommy, pourtant cynique de nature, approuvait Joy. Quand il s'agissait d'arrêter, de tout plaquer, les scénaristes ne valaient pas mieux que des traders. On pouvait détester le boulot de toute son âme, de fait, il était lucratif, ce qui devenait évident dès qu'on envisageait d'autres options. En plus, rappelait-il à Griffin, au fond du fond, il a beau être merdique, ce job, tu l'adores. C'est de l'amour façon syndrome de Stockholm, mais de l'amour quand même.

Joy avait une autre objection, plus personnelle que pratique. S'ils suivaient son plan à lui, c'était elle qui devrait expliquer à ses parents pourquoi ils refusaient leur offre généreuse. Elle s'exécuta, pourtant, et les appela autour du 4 juillet, quand tout le monde était réuni pour la grande fête patriotique. Cette année-là, Jason et Jared étaient l'un et l'autre en permission, et la famille avait été très déçue lorsque Joy s'était décommandée, prétextant une fois de plus les délais serrés de Griffin. Eh non, leur avoua-t-elle, ils n'étaient pas encore prêts à se lancer dans l'achat d'une maison. Ils avaient été touchés par la proposition, ils en avaient discuté, mais c'était non. Peut-être l'année prochaine, ou la suivante…

Harve, au moins, n'avait pas fait d'histoires. Bon, son gendre était fier – d'accord, têtu comme une bourrique – mais nom de Dieu, il pouvait encore le comprendre, peut-être même l'admirer un peu. Du moment que sa fille chérie savait que l'argent serait toujours à leur disposition, Griffin finirait bien par changer d'avis et ce jour-là, elle n'aurait qu'à l'appeler pour qu'il lui envoie un chèque. Jill fut plus perspicace. « Je ne peux pas m'empêcher de penser que Jack ne nous aime pas », confia-t-elle à sa fille au téléphone. (« Ne sois pas ridicule, avait hurlé Harve depuis la pièce d'à côté. Pourquoi est-ce qu'il ne nous aimerait pas ? » question aussitôt singée par Jared et Jason qui imitaient leur père à la perfection.) Griffin suivait la conversation à côté de Joy, qui avait tenté patiemment de chasser les doutes de sa mère. (« Mais pas du tout, maman. Il a juste peur qu'on ne puisse pas... Je sais, je sais... Il ne veut pas vous blesser... bien sûr que oui, moi aussi... bien sûr que je suis heureuse... ») Quand Joy eut enfin raccroché, elle resta silencieuse, les yeux rivés sur le patio en contrebas où une jeune femme hurlait de rire tandis que deux types la poussaient dans la piscine. Griffin éteignit la radio, qui passait du jazz.

À présent, il devait se résoudre à admettre que Joy avait eu raison sur toute la ligne. Il lui avait encore fallu près de dix ans pour quitter le cinéma et se trouver un vrai travail dans une fac de la côte Est qui venait d'ajouter un cours sur le scénario à ses ateliers d'écriture. Joy et lui avaient économisé pendant un temps, mais pas assez, et comme elle l'avait prédit, ils avaient vidé le compte destiné à leur future maison pour parer à certaines urgences. Résultat, quand Joy s'était trouvée enceinte, il avait dû accepter le prêt de ses beaux-parents. À contrecœur certes, mais il n'avait pas le choix. Ils achetèrent dans la Vallée une maison (dont sa mère n'aurait pas voulu, même si on la lui avait donnée) à un prix abusif, et sa vente paya celle du Connecticut, dont rêvait Joy. Laura avait passé toute son enfance à Los Angeles, et ne retournait jamais en Californie sans aller voir la maison pour s'assurer qu'elle était toujours là et qu'on l'entretenait bien.

Mais Griffin ne pouvait oublier cette petite voix – celle de sa mère ? de son père ? la sienne ? – lui susurrant, tandis qu'il paraphait la montagne de paperasserie au moment de la vente, que Joy et lui n'étaient désormais plus « flexibles », et que si une opportunité se présentait, ils auraient plus de mal à vider les lieux. Lui aussi, néanmoins, avait eu raison sur quelques points. Même après le remboursement intégral de l'emprunt, Harve avait continué à dire qu'il leur avait permis de se lancer, et qu'ils auraient dû l'accepter plus tôt. Jill le sermonnait chaque fois qu'il remettait ça sur le tapis, mais Griffin voyait bien qu'elle aussi était fière d'avoir aidé leur fille et leur gendre à devenir propriétaires, et bien sûr elle se rangeait du côté de Harve pour répéter qu'il avait fallu les faire entrer de force dans l'âge adulte. « Sans nous, ces deux-là seraient encore des hippies, pas vrai, Jilly-Billy ? » gloussait Harve.

En vérité, la vantardise de son beau-père et ses incessants Je-te-l'avais-dit avaient moins dérangé Griffin que prévu. Au moment d'être remboursé, Harve avait commencé par refuser l'argent, ce qui était tout à son honneur. Il avait avoué que Jane, June et leurs maris ne lui avaient jamais rendu un centime, et il s'en moquait. Que Griffin le lui propose lui suffisait. Mais Griffin avait insisté, espérant naïvement que l'acquittement de la dette leur achèterait un peu de liberté.

« Est-ce qu'on pourrait passer les vacances de Noël en Basse-Californie ? » demanda-t-il à Joy en rentrant d'un week-end de Thanksgiving à Sacramento particulièrement rude. Laura, alors âgée de quatre ans, avait été malade durant tout l'aller. Elle était déjà fiévreuse au départ de Los Angeles, mais apparemment, un enfant malade n'était pas une excuse pour les beaux-parents.

« La Basse-Californie, répéta Joy. Pourquoi est-ce qu'on irait au Mexique pour Noël ?

— Très bien, alors choisis un autre endroit. N'importe où, sauf Sacramento. Un endroit où personne ne dira : “Alors, cette belle maison ? Est-ce que ce n’est pas la meilleure décision que vous ayez jamais prise ?” »

Elle regarda le paysage de l’autre côté de la vitre pendant un bon kilomètre et demi avant de répondre. « Si on rendait visite à tes parents, les miens comprendraient.

— Mais je ne veux pas aller chez mes parents. Dieu nous en préserve.

— Donc ?

— Je ne vois pas pourquoi on ne pourrait pas prendre de vacances juste entre nous.

— Quand tu dis “juste entre nous”, tu veux dire nous deux, ou alors notre fille pourrait venir aussi ?

— Tu abuses, là. »

Laura, le visage aussi sombre qu’un ciel d’orage, s’était glissée entre les sièges. « Vous vous disputez », lança-t-elle, ce qui refroidit aussitôt Griffin dont les souvenirs de trajets en voiture avec ses parents étaient encore très nets.

JOY AVAIT RAISON. Une fois de plus, ça faisait la une et rien dans le corps de l’article ne remettait cela en cause. Sa femme, tout comme Tommy, se contentait de lire les gros titres. Ces deux-là voyaient les choses dans leur ensemble, leur structure, tandis que Griffin s’attachait aux gestes et aux dialogues des personnages, aux petits instants de vérité d’une histoire, au quotidien, aux rouages infimes de la narration. Il n’ignorait pas que la capacité de Joy à tout envisager avec du recul l’immunisait contre le doute. Elle savait toujours ce qu’elle voulait, dans les grandes lignes. D’ailleurs, tout s’était passé comme prévu quand ils avaient fini par s’installer sur la côte Est. Leur maison dans le Connecticut fut la première qu’ils visitèrent, à quinze kilomètres de la côte et vingt minutes de route de la fac. Vaste, peu fonctionnelle, pleine de charme, construite de manière anarchique sur un terrain d'un hectare et demi cerné par la forêt, c'était la maison dont elle rêvait depuis Truro. Il n'y manquait rien, à l'exception du gentil fantôme. C'est vrai qu'elle était au-dessus de leurs moyens et nécessitait de gros travaux, mais Joy avait jugé, à raison, qu'ils y arriveraient, en les faisant petit à petit. Ils avaient mis son plan à exécution, ou plutôt l'avaient fait exécuter, et tout s'était terminé au printemps précédent. Peut-être que si Griffin avait effectué les travaux lui-même – s'il avait été bricoleur comme Harve – il aurait partagé le sentiment de fierté et d'accomplissement de Joy, qui s'était davantage impliquée, étudiant les magazines de décoration, choisissant tel ou tel détail, harcelant les entrepreneurs.

Alors pourquoi remettait-il maintenant en question la sagesse de la Convention de Truro ? Croyait-il que cet accord renfermait une clause fondamentalement injuste ou imprudente ? Non, bien sûr que non. Ce n'était pas comme s'il s'était lassé de leur belle vie, de leur beau mariage. Là, ce serait grave. Même s'il devait admettre qu'en dépit des efforts de Joy, il considérait que la maison appartenait plus à elle qu'à eux deux, comme s'ils avaient divorcé et qu'elle en était devenue la propriétaire exclusive. C'était la sienne pour la simple raison qu'elle la rendait heureuse. Elle avait eu ce qu'elle voulait. Était-il possible que son contentement soit la cause réelle de son cafard à lui ? Cette faculté qu'elle avait de garder ses désirs intacts ? Était-ce un défaut ?

Il avait presque l'impression que ses parents, qui avaient perdu bien longtemps auparavant la bataille de savoir qui, des parents de Joy ou des siens, ils finiraient par imiter, lui murmuraient à présent qu'ils avaient vu juste depuis le début.

Alors que Griffin finissait son Martini et commandait une côte de bœuf, un couple d'âge moyen prit place sur les deux tabourets qui venaient de se libérer à sa droite. La femme, la quarantaine bien entamée, toute pomponnée, observait la salle principale de l'Olde Cape Lounge comme si les mots lui manquaient pour exprimer la splendeur des lieux et qu'elle souhaitait garder en mémoire chaque détail de ce rêve éveillé. Sa robe très échancrée révélait un corps qui, bien qu'un peu épaissi, paraissait encore prometteur. Son compagnon accusait quelques années de plus et affichait lui aussi un décolleté plongeant, sa chemise bordeaux à manches longues s'ouvrant largement pour révéler une vaste toison de poils gris. Il mettait fièrement en avant sa grosse bedaine, comme s'il croyait que c'était un atout majeur le rendant irrésistible auprès de la gent féminine. À L.A., on l'aurait embauché pour des rôles de porte-flingue dans la mafia, de bidasse à sacrifier, bref, c'était de la chair à second rôle. Posé depuis cinq secondes à peine, il reprochait déjà au barman d'être encore en train de servir un autre client.

La femme tentait de déchiffrer le panneau au-dessus du bar, les yeux plissés. « Qu'est-ce qu'il y a d'écrit ?

— Aucune idée, et je m'en bats les flancs.

— Qu'est-ce que c'est que ce mot : "meurque" ? » Elle se pencha vers Griffin. « Vous comprenez, vous ? »

Griffin avoua que non.

L'homme le regarda et haussa les épaules comme pour suggérer que les marottes des bonnes femmes étaient incompréhensibles. Un vrai mystère, pour le coup. « C'est un proverbe… un dicton, dit-il. Ça veut dire que dalle.

— Ça doit bien signifier quelque chose. Comme dans le *Da Vinci Code*. Tout a toujours un sens. » Elle se pencha encore un peu pour parler à Griffin. « Il n'ouvre jamais un seul livre », expliqua-t-elle. Puis, à son compagnon : « Moi, je pense qu'il s'agit d'une espèce de formule magique. Pour éloigner les mauvais esprits, peut-être.

— C'est surtout le barman, que ça éloigne. Je vais faire un tour aux chiottes. Si notre ami se décide à venir par ici, commande-moi un Maker's. Toi, prends ce que tu veux.

— Ce sera un cosmopolitan, répondit la femme, redressant les épaules de plaisir anticipé, ce qui agrandit encore son décolleté. Griffin le remarqua et, sauf erreur de sa part, elle afficha un petit air de gratitude en remarquant qu'il avait remarqué. Un détail dans son expression lui dit qu'elle ne s'habillait pas toujours de manière aussi provocante. Ce n'était pas une soirée comme les autres, elle voulait que tout se passe bien avec l'homme qui venait de l'abandonner brutalement. Merveilleusement bien, même. Ce qui, en règle générale, n'arrivait pas. « Nous allons déchiffrer ça tous les deux, proposa-t-elle à Griffin après un autre mouvement d'épaules. Vous et moi. »

Il se demanda comment une femme de son âge pouvait encore imaginer que tout avait un sens. Elle faisait visiblement partie de ces gens que rien n'arrête, décidés à croire n'importe quoi en dépit de toute logique, du moment que c'était susceptible de les rassurer. Ce n'était peut-être pas si bête ? L'avantage de l'optimisme est qu'il vous donne souvent raison, comme si avoir raison vous conduisait droit au bonheur. Peut-être son compagnon pensait-il que la pancarte ne signifiait rien, car cela lui épargnait l'effort du déchiffrage et le protégeait par la même occasion des faiblesses de son intellect et de son imagination. Mieux valait continuer de compter les cartes au black-jack, une activité qui montrait par ailleurs que vous n'étiez pas un demeuré.

« Cette côte de bœuf, elle est aussi bonne qu'elle en a l'air ? » voulut savoir l'homme quand il revint des toilettes. Griffin répondit par l'affirmative, et l'autre le dévisagea sans gêne comme pour essayer de décider s'il pouvait lui faire confiance. À l'évidence, c'était oui, parce que lorsque le barman lui servit son deuxième Maker's, il déclara : « Je crois que vous allez pouvoir nous réserver deux côtes de bœuf.

— On mange ici ? » lui demanda la femme. Si elle s'était mise sur son trente et un, ce n'était sûrement pas pour dîner sur un bout de comptoir.

L'homme se tourna pour embrasser la salle du regard. Les tables de la partie bar avaient été dressées, mais un pianiste improvisait sur des airs connus dans la partie restaurant qui semblait mieux correspondre aux attentes de sa compagne. « On n'est pas mal, ici.

— Ce n'est pas ça…

— Tu préfères poireauter encore une demi-heure pour t'asseoir là-bas ? » Il indiquait la table la plus proche, à moins de deux mètres, où un vieux couple leva les yeux de son plat de poisson l'espace d'un instant, étonné de se trouver au bout de l'index de ce gros type poilu, désigné comme l'exemple à ne pas suivre.

« On pourrait au moins voir le menu, non ? » marmonna la femme, gênée, le nez dans son cosmo.

L'homme se pencha en arrière pour lui offrir une vue imprenable sur l'assiette de Griffin. « Ça te paraît pas bon, ça ?

— Si si, répondit-elle sans lever les yeux.

— Deux cartes, demanda l'homme au barman. Ce serait bête de choisir dans la précipitation. »

Quand Griffin jeta un coup d'œil dans le miroir en face de lui, le jeune Asiatique qu'il avait remarqué plus tôt détourna le regard. Avait-il lui aussi entendu le couple se chamailler ?

Griffin avala sa dernière bouchée en hâte et régla l'addition en espérant qu'il réussirait à s'éclipser avant que la femme décrète que non, il ne pouvait pas partir tout de suite, pas avant qu'ils aient décrypté le message. La chance était avec lui. Le barman arriva alors avec deux énormes côtes de bœuf saignantes. Griffin se retenait de regarder la femme, mais ce fut plus fort que lui, et il s'aperçut qu'elle pleurait en silence.

Dehors, le ciel s'était couvert de nuages noirs et bas. Une grosse goutte d'eau s'écrasa sur son front au moment où il ouvrait la portière. Le temps de remonter la capote, une pluie glaçante sautillait sur la carosserie. Il démarra, puis finit par couper le contact en pensant à la femme du grill, et aussi à Joy, à un matin, des années plus tôt, où il l'avait surprise en pleurs sous la douche. Il venait d'arriver sur le campus, et était en train de se garer quand il s'était souvenu d'avoir oublié un paquet de copies à la maison, sur son bureau. Il s'était couché tard la veille pour finir de les corriger, ayant bêtement promis de les rendre ce jour-là. De retour chez lui, il entendit couler l'eau de la douche depuis la cuisine. Griffin récupéra les devoirs et passa la tête par la porte pour redire au revoir à Joy au cas où, ayant entendu du bruit, elle se serait demandé pourquoi il était là.

Elle se tenait dans la cabine de douche, face à la pomme, le front appuyé contre le carrelage, le jet d'eau frappant la paroi derrière elle. Malgré la violence des spasmes qui agitaient ses épaules, il ne comprit pas tout de suite qu'elle sanglotait. Ça paraissait impossible. Quand il l'avait quittée au petit déjeuner, moins de quinze minutes plus tôt, elle allait très bien. Que s'était-il passé entre-temps pour la mettre dans un tel état ? S'il était arrivé quelque chose à Laura, elle aurait essayé de le joindre frénétiquement à son bureau. La vie dont ils avaient rêvé à Truro était devenue réalité. Alors pourquoi pleurait-elle ?

Planté là, Griffin se dit qu'il n'était pas censé assister à cette scène. Quelle qu'en soit la raison, le chagrin habitait déjà sa femme une demi-heure plus tôt, mais elle avait attendu qu'il parte pour y céder. Elle n'avait pas non plus fondu en larmes dans la cuisine tout de suite après son départ. Non, elle était montée à l'étage, avait retiré son peignoir ainsi que sa chemise de nuit et s'était glissée sous la douche qui pourrait effacer instantanément les preuves de sa détresse. Combien de temps avait-il passé devant la porte entrebâillée, figé, à observer sa femme, gagné par la surprise et l'incompréhension, avant de sortir à pas feutrés pour rejoindre sa voiture ?

Ce serait tellement jouissif, pensa Griffin, de retourner dans le restaurant, et d'éjecter proprement le type de son tabouret en lui collant mon poing dans la gueule pour lui faire pisser le sang par le nez.

Cette femme était là, à s'efforcer bravement d'être heureuse, et cet enfoiré l'en empêchait.

Au lieu de ça, il sortit son portable et composa le numéro de Sid. Il avait déjà fait une demi-douzaine de tentatives pour le joindre dans l'après-midi. Il était huit heures et demie du soir, seulement cinq heures et demie sur la côte Ouest, mais une fois de plus, il tomba sur le répondeur. Inutile de laisser un autre message. Il raccrocha et fit défiler ses contacts jusqu'à Tommy. Un instant plus tard, il entendait la voix de son ancien compagnon d'écriture.

« Griff », lança Tommy, comme s'il attendait l'appel. *C'est bon, t'as fini de jouer les tracto-pelles à déblayer la neige dans ton pôle Nord ? Tu reviens te mettre au boulot ?* Voilà à peu près ce que Griffin s'était préparé à entendre. Pas : « La vache, ça m'en a foutu un coup, pour Sid.

— Comment ça ? »

Griffin avait à peine terminé sa question qu'il sut pourquoi son agent ne répondait pas.

« J'ai failli t'appeler. Le pauvre vieux s'est jamais réveillé. C'est sa femme de ménage qui l'a trouvé. »

Griffin regarda par la vitre le parking qui venait de se transformer en lac. L'averse était si violente que c'en était fascinant.

« Mais qu'est-ce que c'est que ce putain de bruit ? demanda Tommy. T'essuies un tir d'artillerie ou quoi ?

— C'est de la grêle », expliqua Griffin, qui ne comprit de quoi il s'agissait qu'en prononçant ces mots. Des billes à moitié translucides dansaient sur le capot de la voiture.

« Comment peut-on vivre comme ça ? Volontairement, je veux dire.

— Je n'arrive pas à le croire. Sid m'a appelé hier. Il a laissé un message sur mon répondeur. J'ai passé la journée à essayer de le joindre.

— Viens à l'enterrement. Tu étais un de ses préférés. Je peux me tromper, mais j'ai l'impression qu'il n'a plus vraiment de famille. »

Du temps où il travaillait avec Griffin, Tommy était lui aussi dans l'écurie de Sid. Ensuite, il avait brièvement travaillé avec un coscénariste représenté par une plus grosse agence, qu'il avait rejointe.

« Et puis, ajouta Tommy, ça me fera plaisir de te voir. Si tu veux, je te ferai rencontrer mon agent. Viens avec Joy. On partira en virée tous les trois, on ira claquer du blé dans un hôtel inabordable et on déconnera. Comme au bon vieux temps. »

Griffin fut tenté de lui répondre que le bon vieux temps était loin derrière eux, que Joy et lui avaient cessé de déconner, que la femme dont il se souvenait n'existait plus. Ce jour où il l'avait surprise en pleurs sous la douche constituait une exception, heureusement. Joy avait absolument tout ce qu'elle désirait, remettre les choses en cause n'était pas son genre. Et lui, Griffin ? Si la femme dont Tommy se souvenait n'existait plus, il en allait de même, sans doute, pour l'homme qu'il avait été.

Bien entendu, il garda ses remarques pour lui. Tommy promit de le rappeler dès qu'il aurait plus de détails. Griffin n'avait pas encore démarré quand son téléphone sonna de nouveau. Pensant que son ami avait l'esprit d'escalier, il décrocha.

« Je voulais juste te dire que personne n'est dupe, tu sais.

— Maman, de quoi tu parles ?

— Tu vas disperser ses cendres, non ? C'est pour ça que tu pensais à lui.

— Maman…

— Tu as toujours été sournois. Même petit. »

Sur ce, elle raccrocha.

Mon Dieu, songea Griffin, quel déluge ! C'était comme si tous les malheurs du monde s'abattaient du ciel.

VI

Laura et Sunny

Griffin craignait d'arriver dans les premiers, mais des dizaines d'invités sirotaient déjà des mimosas sur la terrasse de l'hôtel. Une vaste pelouse manucurée descendait sur cent cinquante mètres au moins jusqu'au rivage.

« Ah, vous voilà ! » s'exclama Laura, puis sa mère et elle y allèrent de leur traditionnelle étreinte, se serrant dans les bras l'une de l'autre comme si elles avaient couru un grave danger et failli ne jamais se revoir. Cela dit, Joy avait fait un voyage plus qu'éprouvant la veille au soir. L'orage dont Griffin avait été témoin sur le parking de l'Olde Cape Lounge avait frappé toute la région. Joy avait dû sortir de l'autoroute à trois reprises, et la grêle avait transformé la carrosserie de sa voiture en un paysage lunaire. Plus loin sur le cap, Laura et ses amis avaient également essuyé les intempéries. D'abord de la merde d'oiseau, puis un orage et, pour finir, la grêle : où qu'ils se trouvent, les Griffin semblaient visés (comme disait Tommy). À quoi fallait-il s'attendre maintenant, à une pluie de grenouilles ? Il scruta le ciel, mais il était d'un bleu limpide.

« Tu es... » commença Joy, qui allait dire « magnifique », Griffin en était persuadé.

« ... déguisée en Blanche-Neige », coupa Laura.

Elle n'avait pas tort. Sa robe de demoiselle d'honneur semblait provenir du Royaume enchanté. Griffin n'avait jamais vu sa fille si heureuse. Depuis sa dernière rupture amoureuse, elle avait passé beaucoup de temps à chercher l'homme idéal sans pour autant multiplier les conquêtes, ce dont Joy se félicitait. Griffin s'en félicitait lui aussi, non sans inquiétude. À une époque, Laura avait flirté avec l'idée d'entrer en religion, et il se demandait si son désir de retarder la découverte d'une certaine intimité n'était pas le vestige de cet élan romantique complètement pervers. Mais Joy avait sans doute raison : il s'agissait plutôt d'un refus courageux de céder à la facilité qui avait fini par payer. Si elle avait assisté au mariage d'un grand nombre de ses amis de fac, c'était le premier auquel elle venait accompagnée. Laura semblait croire qu'elle serait bientôt fiancée, et Griffin n'imaginait pas ce qu'il ferait ni comment Joy et lui pourraient la consoler si cela ne se produisait pas.

« La robe plaît à Andy, en fait, avoua-t-elle en riboulant des yeux. Les hommes ! Un condensé de mauvais goût et c'est comme ça qu'on les aime.

— Où est-il, au fait ? demanda Joy.

— Dans les parages, soupira sa fille. Il n'arrête pas de disparaître. »

Griffin eut un coup au cœur. Le gamin était-il timide de nature, ou avait-il déjà compris que la disparition deviendrait une technique de survie indispensable s'il entrait dans la famille de Laura ? Il ne les avait pas encore tous rencontrés, mais avait déjà eu vent d'anecdotes diverses et forcément été témoin de quelques-unes des nombreuses conversations téléphoniques d'une demi-heure entre Laura et sa mère. Si c'était vraiment lui « le bon », il faudrait que Griffin le prenne à part pour confirmer la justesse de ses instincts.

« Ça ne doit pas être facile pour lui, déclara Joy avec empathie, sachant qu'Andy ne connaîtrait personne à ce mariage.

— Ne t'en fais pas, dit Laura en s'adressant à Griffin. Tout le monde l'adore. » L'accolade qu'elle lui donna, très différente de celle réservée à sa mère, laissait entendre qu'elle ne s'en faisait pas non plus pour lui, que rien ne pourrait l'ébranler. Griffin en fut à la fois soulagé et perplexe. « Ça m'a fait de la peine pour Sid, papa. Tu iras à l'enterrement ?

— Peut-être. Tommy m'appellera quand il en saura...

— Regardez-le ! » le coupa Laura, soudain radieuse, toute pensée morbide s'évanouissant. Elle avait repéré son petit ami sur la pelouse, qui parlait à un des garçons d'honneur près de la grande tente érigée pour la réception. La cérémonie elle-même se tiendrait au bord de l'eau, sous une pergola fleurie. Quelque cent cinquante chaises pliantes avaient été installées là – sans doute la veille, car plusieurs employés de l'hôtel les essuyaient avec des serviettes.

« Au fait, dit Laura en jetant un coup d'œil au plan de table que Joy avait pris dans le hall de l'hôtel, désolée pour la table dix-sept. Je n'ai pas été consultée.

— Les laissés-pour-compte ? » devina Griffin.

Elle acquiesça. « Vous ne connaîtrez personne, confirma-t-elle avant d'être frappée par une idée joyeuse. Mais si ! Vous connaissez Sunny Kim.

— Le petit Sunny ? dit Joy.

— Il mesure près d'un mètre quatre-vingt-dix aujourd'hui, et il est trop beau. Bon, il faut que je retourne auprès de la mariée. Je dirai à Mister Andy que vous êtes là. »

Ils la regardèrent s'éloigner en courant sur la pelouse dans sa robe de Blanche-Neige. Joy saisit la main de Griffin. « As-tu déjà vu quelqu'un d'aussi heureux ? » Son visage exprimait une certaine nostalgie tandis qu'elle contemplait sa fille avec le nouveau compagnon qu'elle s'était choisi, comme si elle savait parfaitement qu'il pouvait ne pas être « le bon » et briser le cœur généreux et confiant de son enfant. Ou peut-être, se dit Griffin, pensait-elle que ce qui remplissait aujourd'hui ce cœur à ras bord pouvait finir par se dissiper un jour, et que, dans trente-quatre ans, l'ardeur de l'amour, si ce n'est l'amour lui-même, aurait peut-être disparu.

Tandis qu'elle observait leur fille, Griffin observait sa femme et tentait de deviner laquelle de ces pensées lui traversait l'esprit.

C'est alors que Sunny Kim apparut sur la terrasse, plissant les yeux à cause du soleil éblouissant. Il paraissait moins grand la veille au soir, mais il faut dire qu'à l'Olde Cape Lounge il était assis.

* *
*

Kelsey Apple, la mariée, avait été la meilleure amie de Laura durant toutes leurs années de collège à L.A. Il avait semblé à Griffin que Laura était la personnalité dominante du duo. Où qu'elle aille, Kelsey devait se rendre aussi ; tout ce qu'elle avait, Kelsey le voulait, y compris Griffin et Joy comme parents. Les siens étaient aigris et ennuyeux. Son père travaillait comme comptable pour un studio de cinéma et sa mère était bigote. « C'est tellement bizarre chez toi, avait dit un jour Kelsey à Laura. Tes parents, ils se parlent, quoi. Ça se voit qu'ils font encore l'amour. »

Quand Griffin avait accepté le poste d'enseignant dans l'Est, Joy et lui avaient craint que Laura soit dévastée à l'idée de quitter sa vie à L.A. et ses amis, mais la nouvelle avait surtout traumatisé Kelsey. « C'est impossible », avait-elle déclaré à Laura sur un ton neutre tandis qu'elles rentraient de l'école, comme si cette déclaration suffirait à mettre un terme à toute discussion. Ce soir-là, après le dîner, Mme Apple avait appelé les Griffin pour leur dire que Kelsey avait piqué une crise pas possible et refusait de sortir de sa chambre. Laura pouvait-elle venir lui expliquer que leur déménagement dans le Connecticut ne signifiait pas la fin de leur amitié, qu'elles pourraient s'écrire et se téléphoner ? Joy avait accompagné Laura pour lui apporter un soutien moral et avait fini, elle aussi, par parler à Kelsey à travers la porte verrouillée de sa chambre, une conversation qui s'était vite transformée en négociation. Oui, Laura resterait en contact avec elle, bien sûr qu'elles pourraient s'appeler toutes les semaines, et non, Laura ne se trouverait pas une nouvelle meilleure amie pour la remplacer. L'été suivant (Joy avait dû le lui promettre elle aussi), Kelsey pourrait leur rendre visite dans leur nouvelle maison et rester aussi longtemps qu'elle le voudrait. Histoire de ne rien laisser au hasard, Kelsey insista ensuite pour que ses parents viennent dans le couloir jurer qu'ils paieraient le voyage. Alors seulement, elle ouvrit la porte et serra son amie dans ses bras. « Je préférerais quand même que tu restes », dit-elle à Laura, manifestement atteinte par le remords de l'acheteur après la conclusion d'une affaire. En rentrant à la maison, Laura avoua à Joy qu'elle était contente de partir loin, que l'amitié de Kelsey commençait à lui peser tant elle était en demande.

Les gens étaient différents en Nouvelle-Angleterre, et Laura avait eu du mal à trouver sa place dans sa nouvelle école. N'étant pas du genre à s'imposer dans des bandes déjà formées depuis longtemps, elle passait la plupart de son temps libre à faire du babysitting et à déplorer de ne plus avoir de meilleure amie, même envahissante. Kelsey leur rendit visite deux semaines cet été-là, et après un an de séparation, les deux filles paraissaient réellement heureuses d'être réunies. Kelsey avait alors un petit ami, Robbie, mais il fréquentait la même église que sa mère et envisageait de devenir pasteur, si bien qu'à certains égards elle avait l'impression d'être célibataire. Elle raconta à Laura qu'elle pensait rompre à son retour, à moins d'attendre de lui trouver un remplaçant. L'été suivant, quand elle revint les voir, Kelsey était toujours avec Robbie, qui était désormais quasi certain, en tout cas dans les moments où ils se bécotaient à l'arrière de la voiture de ses parents, qu'il n'avait finalement aucune vocation religieuse. Laura, elle, avait dû attendre la fin du lycée pour rencontrer son premier petit ami, le fils d'un des collègues de Griffin, ce qui mit un terme à son isolement, puisque être en couple leur donnait accès à ces mêmes cercles sociaux où, célibataires, ils n'auraient pas été admis.

Cette année-là, il leur fallait postuler à la fac, et Kelsey demandait souvent à Laura quels campus elle avait visités durant le week-end, lequel l'avait le plus impressionnée, celui qui l'attirait. Elle voulait désespérément étudier sur la côte Est, mais ses parents insistaient pour qu'elle reste en Californie et intègre une de ses universités d'État. Il était hors de question de payer une fac privée. Laura aurait été à la même enseigne si l'université de Griffin n'avait pas proposé des bourses généreuses qui couvraient les frais de scolarité.

À l'automne de sa terminale, Laura avait choisi d'étudier à Skidmore. Jonathan, son petit ami, y avait également rempli un dossier d'inscription, mais pas aussi vite que Laura l'espérait. Il lui expliqua que ses parents lui demandaient de se garder une porte de sortie, mais elle craignait qu'il y ait autre chose, que ce problème de porte de sortie ne soit pas qu'universitaire. Et si l'idée venait de lui, et pas de ses parents ? Griffin s'abstenait de tout commentaire, même s'il craignait qu'elle ait raison. Le père de Jonathan était un ambitieux qui usait de sa position actuelle comme d'un levier pour en obtenir une autre dans une université plus prestigieuse. Il lui avait même demandé un peu plus tôt dans l'année, sous le sceau du secret, une lettre de recommandation. Si Griffin ne se trompait pas – et il avait raisonnablement confiance en sa capacité à reconnaître le snobisme et l'ambition quand il les avait en face de lui –, la pomme n'était pas tombée loin de l'arbre. Laura était très amoureuse de Jonathan, et si ce dernier était de toute évidence attaché à elle, Griffin n'était pas persuadé que ses sentiments soient aussi forts que ceux de sa fille. Plus elle essayait de le percer à jour, plus il se montrait distant. Quand elle lui annonça qu'elle était prise à Skidmore, Jonathan fut heureux pour elle, mais il sembla aussi soulagé de savoir que la décision de Laura était définitive, et qu'elle n'attendrait pas de voir où lui irait. Il postula dans huit facs et fut accepté partout, sauf à Skidmore. En larmes, Laura confia à sa mère qu'elle le soupçonnait d'avoir retiré sa demande d'inscription. « Appelle Kelsey, avait suggéré Joy en espérant la réconforter. Demande-lui comment ça se passe pour elle. »

Laura promit qu'elle téléphonerait, mais ne le fit jamais. Elle en avait trop dit sur Jonathan à Kelsey et ne voulait pas avouer à quel point elle était malheureuse. Les deux amies ne s'étaient parlé qu'au printemps suivant, quand Kelsey appela pour lui apprendre une bonne nouvelle. Si elle n'avait pas donné signe de vie plus tôt, c'est qu'elle attendait de savoir quelle bourse elle pourrait obtenir, mais voilà, elle venait d'être prise à Skidmore. L'autre raison pour laquelle elle n'avait pas appelé, c'est qu'elle était au trente-sixième dessous depuis Noël. Elle avait passé les vacances à se demander si elle allait plaquer Robbie, et au final, c'était lui qui l'avait plaquée. Tout ce pelotage sur la banquette arrière avait fini par le ramener vers l'église. Il avait confessé à son pasteur que Kelsey et lui, il en était persuadé, ne tarderaient pas à coucher ensemble (elle garantit à Laura que les angoisses optimistes de Robbie étaient sans fondement), et le pasteur lui avait conseillé de rompre. Du coup, pour le moment, elle sortait avec un garçon qui était plus un copain qu'autre chose et avec qui rien de sérieux ne risquait de se passer. Laura le connaissait, d'ailleurs. Est-ce qu'elle se souvenait de Sunny Kim ? En tout cas, lui se souvenait de Laura et la harcelait de questions à son sujet.

Comment Laura aurait-elle pu oublier Sunny Kim et sa famille ? M. Kim était un ingénieur qui avait grimpé les échelons depuis son arrivée en Amérique. Mme Kim travaillait à la maison, et n'en sortait d'ailleurs qu'exceptionnellement. Griffin se souvenait que Sunny, l'aîné d'une demi-douzaine de frères et sœurs, était un garçon poli et grave, adulte avant l'âge. Il n'avait pas le droit de pratiquer de sport ni de s'inscrire à l'un des clubs de l'école. À la sortie des classes, Mme Kim attendait dans une camionnette remplie de petits Kim sages comme des images, les deux plus jeunes harnachés dans des sièges auto. Des années plus tôt, Joy et la mère de Kelsey avaient proposé à Mme Kim de participer à leur système de covoiturage, puisque les trois familles habitaient à quelques rues les unes des autres. Elle avait refusé, expliquant dans son anglais haché mais sérieux qu'elle était chargée du ramassage scolaire et que son mari n'apprécierait pas qu'elle délègue cette tâche à quelqu'un d'autre. Ce n'était pas de l'hostilité, et, si elle n'était pas tentée par cette offre, elle en avait néanmoins semblé reconnaissante. Résolus à élever leurs enfants comme des Coréens, les Kim avaient manifestement peur de toute influence américaine, comme si la culture du sud de la Californie prenait ses racines dans la déchéance et la corruption, ce qui, reconnaissons-le, n'était pas totalement inepte. Le fait que Sunny n'ait pas le droit de sortir avec des filles arrangeait Laura (même si elle n'en était pas très fière), car elle savait qu'il avait le béguin pour elle.

Il était intéressant de remarquer que, lorsque sa famille relâcha un peu la bride, Sunny jeta son dévolu (ou était-ce le choix de sa mère ?) sur la fille d'une des femmes qui s'étaient montrées aimables avec Mme Kim autrefois. Laura le soupçonnait de sortir avec Kelsey surtout parce qu'il savait qu'elles étaient restées en contact. Il arrivait aux deux amies de passer une demi-heure au téléphone, et juste avant de raccrocher, Kelsey lançait, comme si cela lui venait après coup : « Au fait, tu as le bonjour de Sunny. » Laura se rendait alors compte qu'il était là depuis le début, attendant patiemment que sa présence soit révélée, son nom glissé dans la conversation, inquiet d'être oublié. Quand Kelsey partit rejoindre Laura à Skidmore, Sunny, lui, entra à Stanford, où il avait obtenu une bourse. « Tu crois que Sunny est gay ? » avait demandé Kelsey un jour, l'air de rien, comme si cette joyeuse possibilité lui était soudain venue à l'esprit. Ils étaient sortis ensemble pendant toute l'année de terminale, mais Sunny, quoique attentionné et désireux de faire plaisir, n'avait jamais tenté de l'embrasser. Tant mieux, remarque, mais quand même… Et apparemment, il n'avait pas de petite amie à Stanford.

« Non, avait répondu Laura, Sunny n'est pas gay. »

En revanche, à Stanford, Sunny était pauvre. Il avait obtenu une bourse, certes, mais il avait deux mi-temps à pourvoir à côté. Son père, un stéréotype de l'Asiatique bourreau de travail, était tombé malade cet été-là et avait dû être opéré. Ayant repris son activité trop tôt, il avait fait une rechute ; ce schéma se répéta tout au long des études de Sunny. « Tu veux bien que je donne ton e-mail à Sunny ? » avait demandé Kelsey au printemps ; il lui écrivait de longs messages toutes les semaines, qui la culpabilisaient parce qu'elle-même restait très laconique. Si elle avait résolu le problème en ne répondant qu'à un e-mail sur deux ou trois, elle apprécierait d'être en partie déchargée de ce fardeau. « En plus, il n'arrête pas de me poser des questions sur toi. »

Laura avait accepté, mais pour une raison inconnue, Sunny ne lui écrivit pas. Elle en conclut qu'il était encore aussi timide qu'à l'époque du collège, où il se tenait en marge de tout sans jamais se mettre en avant. Au bout de quelques semaines, elle prit donc les devants et lui demanda par e-mail comment il allait, comment se passaient les cours, s'il avait une copine. Il répondit le soir même : pas mal, bien, non. Il était très heureux d'avoir reçu de ses nouvelles. Oui, Kelsey lui avait donné son adresse, mais il n'était pas sûr qu'elle se souvienne de lui après toutes ces années. Il avait trouvé son message très gentil. Accepterait-elle qu'il lui écrive de temps en temps, mais, promis, pas trop souvent ? Il se doutait qu'elle était très occupée, et bien sûr elle ne serait pas obligée de lui répondre.

« Génial ! s'était exclamée Kelsey quand Laura lui avait tout rapporté. Il est à toi, maintenant, chacune son tour. Moi, je suis sortie avec lui, c'est le moins que tu puisses faire. »

Ils entamèrent donc une correspondance. Toutes les deux semaines, Laura recevait un e-mail et elle attendait quelques jours avant de répondre pour ne pas qu'il se méprenne sur ses intentions, même si elle aimait avoir des nouvelles de sa famille, de ses cours, de ses petits boulots. Elle apprit aussi à lire entre les lignes, et à interpréter la modestie de Sunny (il n'était pas « bon » en cours, mais excellent), son optimisme (l'état de son père n'allait pas « vers une amélioration », mais se dégradait), son stoïcisme (il « s'entendait bien avec plusieurs de ses professeurs », ce qui voulait dire qu'il n'avait pas d'amis). Il y avait beaucoup de jeunes filles belles et intelligentes dans ses cours, admettait-il, mais la plupart étaient prises et de plus, sa mère tenait à tout prix à ce qu'il épouse une Coréenne qu'il ferait venir aux États-Unis. Elle restait d'ailleurs en contact avec des amis au pays, qui avaient des filles à peu près du même âge que Sunny. Cette perspective ne l'enthousiasmait pas, certes, mais tant qu'il ne rencontrerait pas quelqu'un qui l'aimerait en retour, il ne voyait pas l'intérêt de faire de la peine à sa mère en rejetant l'idée d'un mariage arrangé.

Les e-mails de Laura étaient beaucoup moins circonspects. Elle aimait la fac et se débrouillait bien, mais elle avoua à Sunny que son amitié avec Kelsey traversait une période difficile. Kelsey avait d'abord suggéré de partager une chambre et quand Laura, qui n'était pas si exaltée par sa présence, avait répondu qu'elles devraient essayer de rencontrer de nouvelles personnes, elle l'avait mal pris. Mais à sa grande surprise, Kelsey avait finalement mieux réussi qu'elle à nouer des amitiés. Fin septembre, elle avait un nouveau petit ami et avait été admise dans une sororité. Laura sentit que la vapeur s'était renversée. Au début du printemps, Kelsey lui avait proposé d'intégrer sa sororité, mais Laura avait refusé, et, à la façon dont son amie avait haussé les épaules et dit : « Bon, très bien », elle l'avait soupçonnée d'être soulagée.

Laura confia également à Sunny qu'elle était encore amoureuse de Jonathan, qui étudiait dans une fac du Midwest. Plus dur encore, on avait proposé un poste dans une université de l'Ivy League à son père parce qu'il avait publié un bouquin qui avait eu de bonnes critiques. La famille avait donc déménagé, ce qui voulait dire qu'elle ne verrait même pas Jonathan pendant les vacances. La plupart des garçons qu'elle avait rencontrés à Skidmore étaient des gosses de riches diplômés en picole ne voyant pas l'intérêt de perdre leur temps avec une fille qui dirait non quand celle d'à côté serait partante. *Kelsey a de la chance de t'avoir comme amie*, répondait Sunny. *Tu as raison de ne pas céder aux pressions sociales. Tu vaux beaucoup mieux.* Laura s'en voulait de lui raconter ses petites misères dans les moindres détails, car elle devinait bien qu'elle lui brisait le cœur.

Si Sunny aimait lui envoyer de longs e-mails, il n'avait jamais recours à la messagerie instantanée. La plupart de ses copains de fac – Kelsey la première – passaient toutes leurs soirées sur Messenger à chatter avec une douzaine de personnes à travers le pays en même temps. Laura, consciente de l'addiction qu'entraînait ce mode de communication, tentait de ne se connecter que le week-end. Sunny trouvait également que ce pouvait être une perte de temps, mais pas seulement. *J'aime réfléchir à ce que j'écris*, expliquait-il. *Lorsque je m'exprime de manière impulsive, je dis n'importe quoi.* Laura avait bien remarqué que le style de ses messages très formels était soutenu. Il n'employait jamais d'abréviations, de vocabulaire relâché, et ne faisait aucune faute, mais elle avait attribué ce phénomène à la combinaison de son intelligence et de son éducation. Elle finit par penser qu'en plus d'écrire avec attention il devait aussi peser chaque mot de ses messages. S'il ne se manifestait pas plus souvent (comme il le faisait avec Kelsey) c'était que chaque missive devait être parfaite. L'aspect instantané de la messagerie le paralysait, il n'avait pas confiance en lui. *Cool*, lui écrivait Laura. *Si tu écris des bêtises, on s'en fout ! C'est moi, tu te souviens. On est amis. Je dis des bêtises à tout bout de champ.*

Non, avait-il répondu dans le long message qui avait suivi. *Jamais.*

Un lundi, Laura se réveilla avant l'aube, comme ça lui arrivait souvent les jours d'examen ou d'exposé. Elle avait oublié d'éteindre son ordinateur la veille, et elle vit que Sunny était en ligne. Elle l'avait mis dans ses contacts sur Messenger, mais jusque-là, il ne s'en était jamais servi.

Sunny, c'est toi ? Il était deux heures du matin en Californie, pas si tard pour un étudiant, mais quand même.

Après une longue pause :

Laura ?

Comment ça va ?

Une pause plus longue encore :

Quelque chose d'affreux est arrivé. Mon frère a été arrêté.

Laura regarda le curseur clignoter en pensant qu'il n'ajouterait rien, lorsque les mots se bousculèrent sur l'écran. Son frère et l'un de ses amis étaient entrés par effraction dans une propriété de Beverly Hills. Ils avaient rencontré en boîte une fille, qui habitait là et qui leur avait raconté qu'il n'y avait personne chez elle. Elle en voulait à ses parents d'être partis un mois en Europe sans elle, et de s'en être débarrassés en la confiant à une tante, à Brentwood. Elle avait donné le code de l'alarme au frère de Sunny et lui avait dit qu'il pouvait tout prendre. Sauf qu'elle ne vivait pas là, que ces gens, qui n'étaient pas ses parents, ne se trouvaient pas en Europe, et que le code n'était pas le bon. Les parents de Sunny avaient dû hypothéquer leur maison pour sortir son frère de prison. L'histoire avait fait la une des journaux, la famille était déshonorée. Sunny craignait que son père, dont la santé était encore fragile, se suicide. Sa mère parlait de retourner vivre en Corée. Elle voulait que Sunny quitte Stanford sur-le-champ et rentre à la maison.

C'est ton frère qui s'est couvert de honte, pas toi, pas ta famille, écrivit Laura. *Si tu laisses tomber Stanford, je ne te le pardonnerai jamais.*

Elle regarda le curseur clignoter encore un long moment. Puis Sunny finit par écrire : *Tu as raison, évidemment. Tu crois que je peux répéter à ma mère ce que tu viens de me dire ?*

Je veux !

N'en parle pas à Kelsey, s'il te plaît.

Promis. Hey, tu sais quoi ? Je suis fière de toi. Tu as chatté. Il y avait même des fautes d'orthographe. Mais t'inquiète, tu n'as rien dit de bête.

Ce que je voulais écrire, sans le faire... répondit-il, *c'est ça qui était bête.*

Laura n'eut guère besoin de demander d'éclaircissements.

« Je vais vous le dire si vous me promettez de ne pas me juger trop sévèrement », déclara Sunny à Joy quand elle lui demanda ce qu'il devenait, maintenant qu'il vivait à Washington. La température n'avait pas cessé de grimper, si bien que Griffin retira sa veste et desserra son nœud de cravate. Les invités s'étaient éparpillés sur la pelouse en attendant que les mariés sortent de l'hôtel. Joy avait fait signe à Sunny de les rejoindre et il les avait accompagnés jusqu'au dernier rang des chaises pliantes. Il avait gracieusement embrassé Joy sur la joue et offert une franche poignée de main à Griffin, sans qu'aucun de ces gestes ne semble surprenant. Le jeune homme était sorti de Stanford, après tout, et il avait fait son droit à Georgetown. Il n'avait donc plus de raison d'être timide ou maladroit. « Je suis devenu deux terribles choses, avait-il expliqué avec un sourire ironique. Avocat et lobbyiste. »

Pas si terrible, à bien y regarder. Après un contre-interrogatoire, Sunny confia qu'il travaillait pour un cabinet qui s'occupait d'affaires d'intérêt général. Lui-même était spécialisé dans la défense des immigrés.

« Désolé de ne pas t'avoir reconnu hier soir, s'excusa Griffin.

— J'aurais dû me présenter, répondit Sunny, j'étais à peu près sûr que c'était vous, mais comme je ne voyais pas votre femme… »

Griffin ne l'avait pas recroisé depuis la fête d'anniversaire pour les treize ans de Laura. Ce jour-là, Joy avait dû lui interdire l'accès de la cuisine, où il voulait à tout prix se rendre utile. « Tu es un invité, Sunny, lui avait-elle lancé. Va retrouver les autres et amuse-toi. » Une activité totalement étrangère à ce pauvre garçon.

« Vivement qu'il fasse nuit, avait dit Griffin à Joy. Je ne supporte pas de voir ça. »

Sunny avait suivi les instructions et rejoint le reste de la troupe sur le patio mais il semblait avoir peu de choses à partager avec les garçons qui, comme de bien entendu, s'étaient amassés près du buffet et fanfaronnaient, blaguaient, se bousculaient et reluquaient les filles gloussantes qui s'étaient intelligemment approprié la réserve de jus de fruits. Sunny s'était mis entre les deux, comme s'il représentait un troisième genre, adressant un large sourire au vide, hochant la tête à contretemps sur l'horrible musique de boys band, et feignant de s'amuser, Griffin en était persuadé.

Cela lui avait rappelé sa première boum. Il aurait dû savoir comment se comporter puisque ses parents ne cessaient d'organiser des soirées, lesquelles bien sûr étaient réservées aux adultes. On attendait de lui qu'il fasse une brève apparition à l'arrivée des premiers convives avant de disparaître, ce qui l'avait empêché d'apprendre les codes de ces événements. Cette fameuse boum s'était transformée en cauchemar. Non seulement les invités se connaissaient, mais ils donnaient l'impression d'être allés à ce genre de fêtes toute leur vie. Griffin s'était mis dans un coin où il pouvait voir l'horloge, dans le fol espoir d'accélérer le mouvement des aiguilles par la pensée. Après que les autres et lui-même eurent entassé de la nourriture sur une assiette en carton au buffet et mangé debout, surveillés par quelques parents, tout le monde avait semblé se diriger vers la salle de jeux située au sous-sol où la musique passait sur un mange-disques. Griffin était encore dans les escaliers quand les lumières s'étaient éteintes. Il lui avait fallu une ou deux minutes pour que ses yeux s'habituent à l'obscurité et qu'il découvre, mortifié, ses petits camarades en couples s'embrassant à pleine bouche dans le noir. Un garçon qu'il connaissait avait la main sous le chemisier d'une fille. « Qu'est-ce que tu fous là ? » avait lancé une voix, et il avait compris avec une terrible certitude que c'était à lui qu'elle s'adressait.

« Je ne savais pas, avait-il bégayé.

— Oui, ben maintenant, tu sais. »

Puis les railleries avaient commencé à pleuvoir pour le faire déguerpir.

Pauvre gamin, avait-il pensé en observant Sunny. *Il doit en baver pareil.*

« Tu ne pourrais pas trouver à t'occuper ? lui avait dit Joy. Tu m'angoisses encore plus que lui. »

Il avait suivi son conseil avec plaisir. Il était sorti boire un verre avec Tommy et n'était revenu qu'à la fin de la boum. Sunny Kim, toujours souriant, avait été l'un des derniers à partir. Il avait serré la main de Griffin avec solennité en disant : « La fête était très réussie et vous avez une ravissante maison. »

Plus tard, pendant qu'ils remettaient de l'ordre, Griffin avait demandé à Joy : « Quel genre de gamin de treize ans peut sortir : "Vous avez une ravissante maison" ? » Il s'imaginait le pauvre Sunny en train de répéter la phrase jusqu'à ce que ses parents soient sûrs qu'il la réciterait correctement.

« C'est vrai que nous avons une jolie maison, dit Joy. Et, crois-moi, il a passé un bon moment. Arrête de t'inquiéter. Ils sont jeunes. Ils ont beaucoup de choses à découvrir.

— C'est le problème. En fait, ils ont déjà tout compris. Qui est cool, qui ne l'est pas, qui est dans le coup, qui est à l'ouest. Et personne ne le leur a appris, en plus. »

Les parents de Sunny vivaient dans une maison modeste en stuc de style ranch à l'autre bout de Shoreham Drive, dans un quartier multiethnique où les habitations de plain-pied construites les unes sur les autres ne coûtaient pas cher et possédaient un simple auvent en guise de garage. Du côté des Griffin, les demeures, sans être somptueuses, étaient plus vastes, avaient au moins un étage ainsi qu'un garage attenant, et de vraies pelouses plutôt qu'une « rocaille désertique », comme on la nommait avec emphase, de l'autre côté de la rue. Près de chez les Griffin, il y avait une piscine toutes les deux ou trois maisons. Et le quartier était blanc, bien sûr. La mère de Sunny lui avait-elle expliqué tout cela avant de l'autoriser à se rendre à la fête de Laura ? Et pour commencer, qui l'avait invité ? Joy avait-elle insisté ou Laura avait-elle pris seule l'initiative ? Sunny était premier de la classe depuis l'école primaire. Son nom revenait toujours dans les conversations, mais celles dont le sujet était les félicitations et les récompenses, pas les amourettes. « Est-ce que quelqu'un a dansé avec lui, au moins ?

— Oui, lui dit Joy, manifestement énervée. Laura. Et Kelsey. »

Dans tous ces souvenirs, le plus vague pour lui restait la chronologie exacte des événements. Joy et lui devaient déjà avoir le projet de quitter Los Angeles, au moment de cette fête d'anniversaire. Était-ce au cours de cette même soirée qu'il avait confirmé sa décision de chercher sérieusement un poste d'enseignant dans l'Est ? Non, sa mémoire lui jouait sûrement des tours. Pourtant, il avait l'impression de se souvenir qu'il n'aimait pas les amis de Laura, surtout ce groupe de garçons, dont un en particulier qui avait donné un coup de coude à un autre, en désignant avec un petit sourire suffisant Sunny Kim, abandonné à son sort dans le patio. Mais ce n'était pas tout. L'époque où ils étaient libres et fougueux était derrière eux. Même Griffin devait l'admettre. Cela en partie depuis la naissance de Laura, mais par la suite, il avait commencé à suspecter qu'il y avait un problème avec Tommy qui buvait de plus en plus et dont le second mariage s'était terminé aussi vite qu'il avait été célébré. Griffin savait pertinemment que la boisson était plus une conséquence qu'une cause, ce que Tommy reconnaissait, tout en refusant d'en parler. Cela finit par avoir des répercussions sur leur collaboration professionnelle. Chacun avait son domaine de compétence. Tommy ne manquait pas de bagout et présentait bien. L'esprit vif, il adorait pitcher des idées. Ce qu'il maîtrisait, c'était l'histoire dans sa globalité. À Griffin d'écrire les dialogues, de s'assurer que les scènes étaient vivantes et la narration cohérente. Mais depuis que Tommy regardait les choses à travers le prisme de bouteilles de vodka vides, Griffin abattait bien davantage que sa part de travail, n'ayant même plus assez confiance en lui pour le laisser faire le pitch seul.

Il était tout aussi troublé de constater que Joy semblait se faire à leur « ravissante maison ». C'était à lui, désormais, de rappeler les termes de la Convention de Truro, le projet initial de vendre la maison dans la Vallée afin d'acheter autre chose sur la côte Est. Il lui avait fallu attendre la deuxième décennie de leur mariage pour s'apercevoir que sa femme était d'une nature placide. Leur maison et leur vie à L.A. lui plaisaient de plus en plus. Elle adorait Laura au point que leur fille semblait être le seul élément qui ait manqué à leur vie d'autrefois. Et même si elle ne l'avait jamais formulé, il la soupçonnait de ne plus désirer tant que ça s'exiler à l'autre bout du pays, si loin de sa famille. C'était d'ailleurs ce qu'il redoutait le plus. Harve et Jill avaient un temps évoqué l'idée de retourner vivre eux aussi dans l'Est, mais Harve voulait à présent investir dans une de ces enclaves sécurisées, les Résidences sous le vent (les Résidences Coupe-Vent, les avait aussitôt rebaptisées Griffin), où ils pourraient planifier l'intégralité de leur avenir. Pour les grandes occasions, ils accueilleraient la famille dans les espaces communs qui entouraient une piscine monstrueuse flanquée d'un club-house. Ils emménageraient dans une maison plus petite qui demanderait moins d'entretien à Jill. Plus tard, ils pourraient s'installer dans un appartement, puis dans une résidence médicalisée, et enfin dans la meilleure maison de retraite qu'ils puissent s'offrir, sans jamais bouger de Coupe-Vent.

Enthousiaste, Harve avait décrit tout cela à son gendre au téléphone. « Et si vous achetez et que vous changez d'avis ? avait demandé Griffin.

— Aucun risque. On ne change pas d'avis dans cette famille, tu n'as pas encore remarqué ? »

Si, bien sûr.

Griffin pouvait avoir mauvaise mémoire, mais il lui semblait que le besoin de se libérer de la famille de Joy, de profiter de la Convention de Truro plutôt que d'en être la victime, s'était cristallisé dans son esprit le jour de l'anniversaire de Laura, lorsque Sunny Kim lui avait fait ce compliment sur leur ravissante maison. Il savait que s'il n'y prêtait pas garde, il finirait pris au piège de cette jolie maison. Joy et lui s'étaient-ils disputés ce soir-là ? Il ne s'en souvenait pas. Peu de temps auparavant, on lui avait proposé d'enseigner l'écriture scénaristique dans un département d'études cinématographiques qui venait d'être créé par les universités associées de Californie. Joy l'avait-elle encouragé à y réfléchir pour le pousser à abandonner le cinéma (ce qui avait toujours été prévu) ou à rester en Californie (ce qui ne l'avait jamais été) ?

Quelle importance ? On ne revient pas en arrière, et tout cela remontait à loin. Le petit Sunny Kim, adulte désormais, se tenait devant eux. Laura était devenue une superbe jeune femme. Son vieil agent et ami qui avait autrefois terrorisé sa fille en lui aboyant dessus venait de mourir dans son sommeil. Bon sang.

À quelques mètres de l'estrade où allait se tenir la cérémonie, un quatuor à cordes suant à grosses gouttes s'interrompit à mi-Pachelbel par suite d'un signal invisible, et entama une marche nuptiale des plus somnambuliques. Tout le monde se retourna pour regarder le cortège descendre de la terrasse, deux par deux. Andy, photographe officiel, remonta la pelouse au trot pour immortaliser chaque demoiselle et garçon d'honneur.

Griffin entendit Sunny dire à Joy : « L'ami de Laura a l'air gentil. Elle semble amoureuse.

— La voilà », murmura-t-elle à Griffin à l'instant où Laura apparaissait sur la terrasse, radieuse, plissant les yeux à cause du soleil, au bras d'un gros garçon d'honneur d'une demi-tête plus petit qu'elle. Elle faillit se fouler la cheville en descendant la pelouse, son talon aiguille s'étant enfoncé dans la terre. Griffin vit Sunny tressaillir, mais elle retrouva vite l'équilibre et dit à son cavalier (si la lecture labiale longue distance de Griffin n'était pas erronée) qu'elle était maladroite. Quand Kelsey émergea au bras de son père, Joy prit la main de Griffin et s'exclama : « Mon Dieu, comme elle est belle.

— C'est vrai », confirma Sunny Kim, mais ce n'était pas la mariée qu'il regardait.

VII

À mi-chemin

Sous la tente montée pour la réception, les tables étaient dressées pour douze convives, à l'exception de la dix-sept, réservée à huit « laissés-pour-compte ». L'espace d'autant plus large séparant les assiettes constituait un obstacle à la conversation entre des inconnus. Enfin, pas si inconnus que ça. Griffin fut surpris de retrouver le couple de l'Olde Cape Lounge. La femme était habil-lée plus simplement et son visage s'illumina dès qu'elle le vit, comme si sa présence inattendue prouvait une fois de plus que le monde était merveilleux et offrait son lot de miracles quotidiens. Son compagnon semblait l'avoir totalement effacé de sa mémoire. (« Où c'est qu'on s'est rencontrés ? Ah, dans ce resto de merde ! ») Il retira la cravate qu'il avait mise pour la cérémonie, puis déboutonna les deux premiers boutons de sa chemise, comme pour permettre aux poils de son torse de respirer. Il n'avait pas manqué de remarquer la situation excentrée de leur table par rapport à celle des mariés, mais il semblait satisfait de se trouver à proximité du pan de tente derrière lequel le personnel s'agitait. « Au moins, on sera peut-être servis en priorité », grogna-t-il dans la direction de Griffin, supposant à tort, comme la veille au soir, qu'ils étaient des alliés naturels dans cet univers hostile.

« Nous, c'est Harold et Marguerite », annonça la femme après que tout le monde se fut assis et que Sunny Kim eut proposé que les uns et les autres se présentent en quelques mots pour dire d'où ils venaient et quel était leur lien avec les mariés. Marguerite possédait un magasin, Le Chariot fleuri de Rita, dans la vallée de San Fernando, non loin de l'ancienne maison des Griffin. Elle avait déménagé en Californie après s'être séparée de son mari. C'est alors que Harold l'interrompit pour dire, surtout à l'intention de Griffin : « Ne croyez surtout pas qu'une femme vous laissera tranquille sous prétexte que vous avez divorcé. » Harold était donc l'ex-mari auquel Marguerite faisait allusion. Puis elle décrivit la maison qu'elle avait achetée tout près de chez les parents de la mariée et ce n'est qu'à cet instant que Joy et Griffin s'aperçurent qu'il s'agissait de la leur. Ils avaient déménagé dans le Connecticut avant la signature de la vente et n'avaient donc jamais rencontré l'acquéreur.

Quoi qu'il en soit, Marguerite et la famille Apple étaient devenus si proches que Kelsey l'appelait Tante Rita. Harold, expliqua-t-elle en prenant son ex par le bras, était agent de sécurité (« dans le privé ») à Boston (« Quincy », rectifia-t-il). Du coup, lorsqu'elle avait su que le mariage se tiendrait au cap Cod où les parents du marié avaient une maison, elle l'avait appelé « au débotté » – composant le numéro machinalement, sans réfléchir – et lui avait demandé si ça lui disait d'aller à un mariage en juin, à quoi il avait répondu : « Du moment que c'est pas le nôtre. » Cette réplique plutôt hardie avait rappelé à Marguerite qu'elle avait toujours aimé chez Harold son « humour pince-sans-rire ». Elle était donc arrivée un peu plus tôt, histoire de reprendre contact, et ces quelques jours, dit-elle en bougeant les épaules comme elle l'avait fait la veille avant de se décider pour un cosmopolitan, avaient été assez romantiques. Elle leva les yeux vers Harold, espérant visiblement qu'il ne la corrigerait pas. « Ouais, mais le sexe n'a jamais été un problème entre nous, avoua-t-il.

— Je parie que je sais quel était le problème », murmura Joy assez fort pour que Griffin, à sa gauche, et Sunny, à sa droite, l'entendent, même si ce dernier ne broncha pas. Pendant que Marguerite s'exprimait, on apporta une bouteille de champagne. Sunny l'ouvrit et remplit les flûtes en commençant par les dames, au grand désespoir de Harold, qui dut se contenter d'un fond de bouteille. Griffin aurait aimé que Sunny l'ait fait exprès, mais ce n'était sans doute pas le cas.

Le ton était donné : les femmes de la table parleraient pour leur mari. Ce fut le tour de Joy. En l'écoutant, Griffin s'aperçut qu'il aurait présenté les choses sous un tout autre angle. S'il n'avait aucune intention de la reprendre comme l'avait fait Harold, à sa grande honte, il éprouva un pincement de sympathie coupable envers lui. Joy expliqua que leur fille, la demoiselle d'honneur, était la meilleure amie de Kelsey depuis leur plus jeune âge et qu'eux-mêmes étaient amis avec les Apple du temps où ils vivaient à L.A. Cette dernière précision était un résumé certes pratique, mais faux. Ils avaient entretenu des relations tout à fait cordiales, bien sûr, mais sans jamais véritablement se fréquenter, Joy et lui ayant trop peu d'atomes crochus avec le père comptable et la mère évangéliste – même si Joy supportait sa religiosité parce que sa fille était la meilleure amie de Laura.

Mais peu importe L.A. C'était la façon dont Joy décrivait leur vie actuelle qui lui restait sur le cœur, bien que cela corresponde à la réalité. Elle raconta au groupe que Griffin était professeur d'anglais à la fac (« Surveillons notre grammaire, alors ! » avait dit Marguerite avec un nouveau mouvement d'épaules) occultant son travail de scénariste. Bon d'accord, c'était sans doute sa faute, puisqu'en général, lui-même préférait ne pas mettre le sujet sur le tapis. Les gens lui demandaient dans la seconde quelle star il connaissait, et qui il fallait rencontrer pour avoir ses entrées dans cette profession si glamour. Ils voulaient aussi savoir quels films Griffin avait écrits, si bien qu'il était obligé de répondre que seuls un ou deux des projets qu'il avait eus avec Tommy s'étaient concrétisés et que, vers la fin, tous deux en étaient réduits à écrire des scénarios de téléfilms à petit budget. Mieux valait donc ne pas ouvrir la boîte de Pandore.

En l'occurrence, Joy semblait moins soucieuse de le ménager que de présenter sa propre version des faits. L'écriture de scénarios appartenait à une époque révolue, une page de leur vie qu'ils avaient tournée d'un commun accord, il n'y avait donc pas lieu d'en parler. Cela expliquait aussi pourquoi elle avait occulté l'appel de Sid. Sa mort, pour elle, ne se résumait peut-être pas à une simple disparition, elle sonnait le glas de la carrière cinématographique de

Griffin, arrachant proprement le dernier fil qui le reliait à son ancien métier. Il était débarrassé de sa double casquette : il n'était plus qu'un prof d'anglais dans une très bonne fac de sciences humaines. Pour sa part, elle était l'assistante du doyen responsable des inscriptions, expliqua-t-elle, ce qui agaça là aussi Griffin, même si Joy n'avait en rien travesti la réalité. Après tout, il était titulaire, contrairement à elle, mais à l'entendre, n'importe qui aurait pu croire qu'elle le dépassait dans la hiérarchie. Ce genre de pensée mesquine était digne de sa mère, et d'autant moins digne de lui que Joy n'avait pas voulu présenter les choses sous ce jour. Il fut néanmoins soulagé quand la voix de sa femme retomba, et que l'intérêt des autres convives se porta sur les deux grosses dondons à l'autre bout de la table.

Elles venaient de Liverpool et parlaient avec un accent à couper au couteau. L'événement les rendait folles de joie, et elles gloussaient avec entrain à chaque phrase prononcée, à croire qu'on les avait informées que les invités à leur table étaient tous des comédiens professionnels. Les seules lesbiennes que Griffin connaissait étaient des universitaires, elles constituaient une nébuleuse qui avait de la colère à revendre et pas une once d'humour, si bien qu'il n'était pas préparé à l'enthousiasme de ces créatures. Elles avaient cette habitude toute britannique de transformer la plus simple des affirmations en question qui restait en l'air, comme en attente d'une réponse. Elles connaissaient la mariée depuis des années, pas vrai ? Depuis ses études à l'université d'East Anglia à Norwich, n'est-ce pas ? Kelsey n'avait pas d'amis en arrivant, mais elles l'avaient prise sous leur aile. Le premier vendredi, à la sortie des cours, elles l'avaient traînée de force hors de sa résidence pour l'emmener boire une pinte dans leur pub préféré, avant de faire la tournée des pubs et des potes (à les écouter, « pub » et « potes » étaient synonymes), puis pendant les vacances, elles l'avaient embarquée dans leurs familles respectives, et qu'est-ce qu'elles s'étaient marrées, pas vrai ? N'empêche qu'elles étaient sciées d'avoir été invitées au mariage aux États-Unis où elles n'avaient encore jamais mis les pieds, pas vrai ?

À la fin de leur exposé, elles se tenaient par la main, ce que Marguerite dut interpréter comme un geste de soutien moral entre expatriées puisqu'elle leur demanda si elles avaient un fiancé ou un mari. « On est ensemble, dit l'une en serrant la main de l'autre. Toutes les deux, quoi », comme si elle reconnaissait que leur préférence sexuelle était une coutume locale qui n'avait peut-être pas encore traversé l'Atlantique. Gênée de ne pas avoir remarqué qu'elles formaient un couple, Marguerite enchaîna, bien que ça n'eût aucun rapport, en expliquant qu'elle avait toujours voulu aller en Angleterre mais que ça ne s'était pas fait car une certaine personne – elle désigna Harold du coude – n'avait jamais eu la gentillesse de l'y emmener. « Les bonnes femmes, fit alors son compagnon à Griffin, jamais elles nous lâchent la grappe. »

Marguerite lui donna un nouveau coup de coude en remarquant qu'il avait déjà presque vidé sa coupe de champagne. « C'était pour les toasts !

— Termine cette phrase, et tu décroches le gros lot, rétorqua Harold. Lâche… moi… la… »

N'ayant pas de femme pour parler à leur place, les deux derniers convives – Sunny et un homme en fauteuil roulant – n'eurent d'autre choix que de plaider leur propre cause. L'homme arborait un sourire en coin, ou plutôt une espèce de rictus qui trahissait un récent AVC. Durant les présentations précédentes, il n'avait pas quitté des yeux sa fourchette et son couteau, comme s'il avait peur que ces ustensiles prennent dangereusement vie. Les places dressées de part et d'autre de son couvert étaient inoccupées, ce qui donnait l'impression que son mal était peut-être contagieux. D'une voix forte, proche du braiment, il annonça qu'il était le prof de maths du marié quand ce dernier était en 6e, ce qui mit les lesbiennes encore plus en joie que tout le reste. « *American College* », chuchota Griffin à Joy qui, sans surprise, ne comprit pas la référence au film de John Landis. Elle avait beau aimer le cinéma, même les scènes les plus mémorables ne lui laissaient aucun souvenir. Elle considérait d'ailleurs qu'il y avait quelque chose de pervers dans la capacité de Griffin à réciter des passages entiers de dialogues.

Restait Sunny, qui eut tout juste le temps de donner son nom et de dire qu'il vivait à Washington avant que le DJ se mette aux platines. Harold se détourna pour l'observer, indiquant clairement qu'il se foutait de Sunny et de ce qu'il avait fait pour atterrir à la table des laissés-pour-compte. Un gros éclat de rire provenant de l'avant de la tente éveilla l'intérêt des lesbiennes, qui se levèrent pour applaudir. Applaudir à quoi, Griffin l'ignorait. L'homme en fauteuil roulant reprit l'étude de ses couverts. Sunny, qui n'avait pas besoin de se présenter aux Griffin, eut l'attention pleine et entière de Marguerite. « Allez-y, dit-elle. Je veux tout savoir ! » et si Griffin n'avait pas déjà décidé qu'il l'aimait bien, il aurait été conquis à cet instant. Mais le témoin s'était levé pour le premier des toasts à l'humour poussif de l'après-midi et Sunny, toujours aussi gentil, tourna sa chaise pour l'écouter.

Harold avait sifflé son verre avant la fin du discours. Sans doute Sunny voulut-il souligner ce fait, car il se leva en brandissant sa coupe pour proposer un toast de son cru au nom de la table dix-sept. « Venez passer une heure festive dans la joie et la bonne humeur, que l'amitié soit reine, soyez juste et bon, et taisez toute mauvaise parole. » L'assemblée trinqua, et Griffin se délecta particulièrement du son creux qu'émit la flûte de Harold.

« Drôle de toast, murmura Joy, tu crois que c'est coréen ?

— Je ne pense pas », répondit Griffin. Non seulement ces mots lui paraissaient familiers, mais il avait l'impression de les avoir entendus récemment. Un vague souvenir remonta vers le lobe frontal de son cerveau, mais son portable se mit à vibrer. « Encore ! » s'exclama Joy, incrédule, quand il lui montra le nom qui s'affichait.

« Je vais prendre l'appel dehors, dit-il en se levant. Maman, un instant, je te prie. »

Il lui fallut une minute pour sortir de la tente, et lorsqu'il approcha de nouveau le combiné de son oreille, il s'aperçut que sa mère, peu habituée à ce qu'on la fasse patienter, n'avait pas cessé de parler. « Maman, je ne t'ai pas entendue. Tout va bien ?

— Bien sûr que tout va bien.

— Alors…

— C'est fait ?

— Quoi donc ?

— T'as jeté ton père à la baille ?

— Pardon ?

— La dispersion des cendres. Le repos éternel.

— Pas encore, non.

— Je crois que tu devrais le faire dans la baie. Ça lui irait bien, non ? Il aimait la poésie de Wordsworth par-dessus tout. “Une émotion remémorée dans la tranquillité…” et toutes ces âneries qui se résumaient chez lui à redouter la moindre vague. Il détestait être bousculé, sentir des forces qui le dépassaient. »

À l'intérieur, le volume sonore continuait d'augmenter, si bien que Griffin se retourna (comme si ça pouvait aider) et se couvrit l'autre oreille de la main (ce qui aida, mais pas beaucoup).

« Qu'est-ce que c'est que tout ce boucan ? voulut savoir sa mère.

— De la musique. Je suis au mariage, maman.

— Quel mariage ? Tu m'as dit que tu allais disperser les cendres de ton père.

— Je t'ai dit plusieurs choses. Tu n'en as retenu qu'une.

— Quelque part dans le Nord, je crois. Sandwich, peut-être.

— Ce n'est plus tout à fait le cap, rectifia Griffin. Tu détestais Sandwich. Tu ne veux pas qu'on le jette dans le canal, pendant que tu y es ?

— Qui ça, on ? C'était une suggestion. Fais comme tu l'entends.

— Je vais y réfléchir, conclut-il, mais au lieu de raccrocher, il demanda : Tu te souviens des Browning ? Du cap ?

— Ne me dis pas que tu les as croisés. »

Réponse surprenante. Sa curiosité fut piquée, car il ne pensait pas qu'elle avait retenu leur nom. « On parle bien de la même famille ? Je devais avoir onze ou douze ans et…

— Douze. Ils louaient la maison d'en face. Au milieu, il y avait une aire de jeux immonde et gadouilleuse. Ce n'était pas très loin d'Orleans, c'est ça ? Mais je ne mettrais pas ton père par là, si j'étais toi. Envisage plutôt North Shore. Trouve un coin calme et protégé. Il préférerait ça. En fait, le canal n'est pas une si mauvaise idée…

— Maman, les Browning…

— Tu nous as abandonnés, ton père et moi, pendant deux semaines. Steven Browning : il n'y en avait que pour lui. Ton père a même cru que tu étais gay.

— Peter », la corrigea-t-il, ennuyé que Tommy et son père en soient tous les deux arrivés à la même fausse conclusion. La solitude d'un garçon de douze ans était-elle si difficile à diagnostiquer ?

« Tu ne te souviens pas de la crise que tu nous as faite le dernier soir quand on a insisté pour que tu restes avec nous ?

— Vous avez insisté ?

— Sans parler de ton caprice dans ce restaurant, là, le… Dry Martini ? Non, ce n'est pas ça. Quelque chose Martini, ça s'appelait. Bref, ne me dis pas que tu as oublié que je suis restée avec toi toute la nuit pour tenter de te consoler ?

— Rassure-moi, tu inventes, là ?

— Le lendemain matin, tu n'as pas voulu monter en voiture. Tu étais d'un casse-pieds !

— Il y avait un problème avec la petite, non ? La sœur de Peter.

— Je crois que c'était de l'asthme. Une affection respiratoire. L'air de la mer était censé lui faire du bien, mais elle a fini par mourir. Et Steven aussi, au Vietnam.

— Maman, de quoi tu parles ?

— De ton ami, Steven Browning, qui est mort au Vietnam.

— Maman, c'était Peter. Et comment tu peux savoir ce qui lui est arrivé, à lui ou à sa sœur ? On n'est jamais retournés là-bas. On ne les a jamais revus.

— Nous avions échangé nos adresses avant de partir, tu ne te rappelles pas ? Steven voulait garder le contact. Il t'a écrit régulièrement, mais tu refusais de répondre. On a reçu des cartes de vœux plusieurs Noël de suite. Sa mère nous a prévenus quand la petite est morte, et puis à propos de Steven. Tu n'étais déjà plus à la maison, à cette époque.

— Comment se fait-il que tu t'en souviennes ?

— Et pourquoi je ne devrais pas m'en souvenir ?

— Ça ne te ressemble pas, surtout en ce qui concerne les Browning. Papa et toi les méprisiez. »

Il pensait qu'elle nierait, mais elle n'en fit rien, ce qui signifiait qu'elle n'avait pas écouté, ou faisait semblant de ne pas avoir entendu. Il trouvait affolante sa façon de picorer ce qui l'intéressait dans une conversation, comme si elle cherchait une poire pas trop blette dans une coupe de fruits. « Quand tu auras mon âge, tu découvriras que les souvenirs sont tout ce qui reste. »

Griffin faillit rétorquer qu'à en juger par cet échange il ne lui restait peut-être plus rien.

« On se rappelle surtout les moments heureux.

— C'est un souvenir heureux, ces vacances ?

— Pas malheureux, en tout cas. Tout n'était pas encore parti à vau-l'eau, entre ton père et moi. Il ne me trompait pas encore.

— Bien sûr que si. Tu le trompais aussi, d'ailleurs.

— On n'en était pas au stade des méchancetés et des petites vengeances. On s'aimait encore, malgré tout.

— C'est comme ça que tu le vois aujourd'hui ?

— C'est comme ça que ça s'est passé.

— Maman, il faut que je retourne au mariage.

— Tu ne m'as pas dit ce que tu en pensais.

— De quoi ?

— North Shore. Même si je dois reconnaître que ton idée du canal commence à me plaire.

— En quoi ça t'intéresse ? Tu veux bien me le dire ?

— Parce que si tu le disperses dans le Nord, tu pourras me mettre dans le Sud.

— Maman, on a eu beaucoup de conversations absurdes, mais celle-ci bat tous les records.

— Tu te souviens de l'été où je t'ai appris à faire du bodysurfing ?

— C'est Peter Browning qui me l'a appris. Lui et son père.

— Non. Ils savaient tous en faire, sauf toi, et tu en avais honte. Tu avais peur de te lancer. Et comme ton père avait peur de l'eau, c'est moi qui me suis chargée de te montrer.

— Il faut que j'y retourne, maman.

— Je serais plus à l'aise de savoir que nous avons le cap entre nous, ton père et moi, chacun son côté. »

Quand Griffin réintégra la fête, la valse des mariés était passée. Kelsey dansait maintenant avec son père, manifestement pour la première fois, et le jeune époux avec sa belle-mère.

« Qu'est-ce qu'elle a encore ? » demanda Joy.

Il lui raconta le cirque que lui avait fait sa mère à propos de l'endroit où il devait disséminer les cendres de son père. « Je crois qu'elle débloque. Elle réécrit l'histoire. Elle s'invente des souvenirs. »

Sous la table, il sentit Joy lui prendre la main, peut-être pour lui exprimer sa compassion de devoir gérer une mère pareille, mais surtout parce que Laura et Andy avaient convergé vers la piste de danse, où ils avaient l'air de ce qu'ils étaient : deux jeunes gens ayant attendu ce qui leur semblait une éternité avant de se trouver. Ils se serraient l'un contre l'autre, conscients de leur chance que, dans un autre scénario tout aussi plausible, ils ne se seraient pas rencontrés et seraient encore seuls face à la quête de l'autre. Griffin avait du mal à les quitter des yeux, mais son plaisir aurait été encore plus grand si Sunny n'avait pas, lui aussi, occupé son champ de vision. Il s'efforçait de ne pas le regarder, du moins pas directement, de ne pas le revoir à cette fête d'anniversaire, il y a si longtemps, feignant de ne pas être abandonné dans un coin. Cela lui rappela un autre souvenir, sans lien apparent, et plutôt désagréable. Sa mère avait-elle raison ? Peter Browning avait-il été tué au Vietnam ? Griffin se sentit gagné par ce qui ressemblait à de la panique, quelque chose qui remontait du fond de sa gorge. Puis il se dit que cette histoire ne tenait pas debout. Un fils d'enseignants serait allé à la fac et aurait obtenu un sursis, tout comme lui. Sa mère avait paru sûre d'elle au téléphone, mais c'était toujours le cas, y compris quand elle avait tort. Si on lui demandait le prénom du fils Browning, elle répondrait Steven avec aplomb. Se pouvait-il qu'elle se rappelle avoir passé la nuit à tenter de le consoler ? Avait-elle jamais fait une chose pareille ? Et puis ils n'étaient jamais allés au Blue Martini, ce soir-là, aucun doute là-dessus. Ce dont elle se souvenait, c'était qu'ils avaient voulu y aller avant que leur fils ne gâche tout. En revanche, l'asthme de la petite sœur paraissait vraisemblable, et il se pouvait bien qu'elle en soit morte. Mais Peter lui avait-il vraiment écrit, comme le prétendait sa mère ? C'était toujours comme ça. Elle donnait suffisamment de détails crédibles pour qu'il mette en doute ses propres souvenirs, mais tout compte fait, les histoires qu'elle racontait ne tenaient pas debout. Elles fonctionnaient comme ce scénario qu'il n'avait toujours pas lu, et auquel il manquait désormais des pages.

Quand le DJ fit suivre le premier slow par une chanson de Bon Jovi à vous crever les tympans, les deux lesbiennes, se tordant de rire comme si c'était la meilleure blague qu'elles aient jamais entendue, bondirent de leur chaise et sautillèrent vers la piste en faisant des moulinets avec les bras. « Dis-moi, très cher, tu ne penses tout de même pas que tu vas rester planté là », hurla Joy en se levant à son tour. À l'autre bout de la table, Marguerite incitait l'impassible Harold à se mettre debout.

« D'accord, mais dans une minute », répondit Griffin, car s'ils quittaient la table et si Marguerite parvenait à convaincre Harold de lui accorder une danse, Sunny se retrouverait seul avec l'attaqué cérébral, et ça, il ne pourrait pas le supporter.

C'est à cet instant que leur merveilleuse fille apparut et prit Sunny par les deux mains. Il secouait la tête, répétait : « Non, non, ça va », mais Laura était décidée, si bien qu'il n'eut d'autre choix que de la suivre sur la piste de danse où se trouvaient déjà Andy, le couple de lesbiennes, les mariés, ainsi que tous les autres, valides ou laissés-pour-compte.

« Je sais. Elle est merveilleuse, déclara Joy en lisant dans ses pensées tandis qu'ils rejoignaient le centre animé de la tente, dans le sillage de Harold et Marguerite. Tu te fais trop de souci, tu le sais ? »

ajouta-t-elle en désignant d'un mouvement de tête Sunny qui se tenait avec d'autres jeunes. Il était un peu raide, mais se débrouillait mieux que Griffin ne l'aurait prédit. Il avait déboutonné sa veste et desserré son nœud de cravate pour ouvrir sa chemise. Sunny ne serait sans doute jamais capable de se laisser aller complètement. Danser était comme la messagerie instantanée, et Sunny avait toujours peur de la spontanéité. Mais il était en rythme, et effectuait presque des pas de danse. S'était-il préparé, avait-il pris des leçons, étudié l'art de s'amuser comme on étudie les sciences politiques ou la biologie moléculaire à Stanford ? S'était-il entraîné, comme cette fois, quand il était plus jeune, où il avait dit à Griffin qu'ils avaient une ravissante maison ?

Griffin devina ce que voulait dire Joy quand elle lui reprochait de trop s'inquiéter : il ne leur faisait pas assez confiance – au monde, à elle, à lui-même et à leur belle vie –, ce qui l'amenait à comprendre les choses de travers. À la recherche d'une preuve que le monde était fondamentalement mauvais, il jeta un coup d'œil à la table dix-sept, s'attendant à voir le paralytique seul et abandonné. Mais les parents du marié étaient venus à la rescousse de l'ancien prof de maths de leur fils pour l'emmener jusqu'à leur propre table. Griffin ne put dire si le rictus figé de l'homme exprimait la joie ou la douleur, et se décida, de manière arbitraire, pour la joie.

Sur la piste de danse, c'était l'effervescence. Tous les moins de trente ans hurlaient le refrain à tue-tête : « *Oh-oh! We're halfway there!* » – levant tous ensemble un poing plein de défiance – « *Oh-oh! Livin' on a prayer!* ».

Halfway there, on y est presque. Griffin, levant le poing par solidarité avec la jeune génération, se demanda si les choses se résumaient à cela. Était-cc ce qui l'aiguillonnait depuis quelques mois, ce désir de revenir en arrière pour n'être une fois de plus qu'à mi-chemin ?

Plus tard, de retour au Bed & Breakfast, Joy et lui firent l'amour. Cela n'était pas arrivé depuis un certain temps et Griffin sentit la panique provoquée par l'appel de sa mère se dissiper. Le sexe, la libération qu'il entraînait, lui faisait toujours cet effet-là. Il était heureux de ce qu'il venait de vivre, et que sa mère n'ait pas téléphoné en plein milieu. Il se dit qu'il l'appellerait le lendemain pour organiser sa visite, et pourquoi pas, lui proposer de venir passer quelques jours au cap durant l'été. Depuis combien de temps n'y avait-elle pas mis les pieds ? Sûrement plus de dix ans. Ça lui ferait un projet. Il se trompait peut-être, mais il avait cru déceler une note d'angoisse dans sa voix, malgré ses efforts pour la dissimuler. Pourquoi s'intéresserait-elle autant à l'endroit où il allait disperser les cendres de son père ? Elle avait esquivé ses qucstions. Ces résidences médicalisées étaient l'équivalent pour le troisième âge de la table dix-sept, où l'on reléguait des inconnus sans affinités, sans liens de sang ni d'amitié, réunis par les seules circonstances : la vieillesse et une santé déclinante. Pas étonnant qu'elle perde la tête. Puisque personne ne la contredisait, elle réinventait l'histoire de sa vie selon son bon plaisir. Dans ce cas, très bien, il n'y voyait pas d'inconvénient. En revanche, il n'appréciait pas trop qu'elle en profite pour le réinventer lui aussi, et s'attende ensuite à ce qu'il lui donne son contreseing.

En observant sa femme endormie, il fut encore une fois submergé par une vague de tendresse presque douloureuse, un sentiment identique à celui qu'il avait éprouvé dans la tente quand Laura, par sa générosité et sa gentillesse, avait prouvé la justesse de leur mariage, de leur amour. Joy était pudique de nature, prompte à se couvrir, mais le sexe tendait à effacer ce trait de caractère. Elle était nue à côté de lui, adorable. Son corps s'était épaissi avec les années, mais il était resté beau, et Griffin la désirait encore plus que quand ils étaient jeunes et que l'acte sexuel était plus intense. Il la regarda respirer pendant une minute, étudia l'esquisse d'un sourire sur ses lèvres, en partie provoqué par l'amour. Lorsqu'ils avaient finalement décidé de quitter la fête, Laura s'était arrachée à ses amis, qui occupaient encore la piste de danse, et avait murmuré à l'oreille de sa mère qu'Andy l'avait demandée en mariage pendant cette première danse à laquelle ils avaient assisté. Griffin eut le souffle coupé de penser qu'en cet instant de bonheur intense sa fille s'était souvenue de Sunny Kim et l'avait invité à se joindre aux festivités. Il fut certain de n'avoir jamais rien accompli d'aussi noble dans sa vie.

Alors qu'il était allongé nu sur le lit et qu'il s'assoupissait, il entendit du bruit de l'autre côté du mur, comme une tête de lit cognant lentement, puis de plus en plus violemment, contre la cloison. Harold et Marguerite ? Il tendit l'oreille et crut percevoir une voix de femme, étouffée mais enthousiaste jusqu'à l'extase. Harold était-il capable de faire à ce point grimper une femme aux rideaux – n'importe quelle femme ? Il en doutait. Au milieu de la fête, il était remonté à l'hôtel à la recherche des toilettes et avait vu Harold assis seul au bar en train de regarder un match de base-ball. Prenant de nouveau Marguerite en pitié, il avait dansé deux fois avec elle. En lui tendant sa carte, elle lui avait fait promettre que, s'il venait écrire un film à L.A. et qu'il avait besoin d'offrir des fleurs à une belle actrice, il les achèterait chez elle. « Ne pensez pas que je ne le saurai pas si vous ne tenez pas parole », l'avait-elle prévenu. Quel mariage incroyable, non ? Elle préférait ne pas imaginer ce que ça avait coûté aux parents de Kelsey. Son seul regret du séjour était de ne pas avoir réussi à déchiffrer la pancarte de l'Olde Cape Lounge, ce qu'ils auraient fait si Griffin n'avait pas tout gâché en partant si tôt.

Soudain Griffin éclata de rire au point d'en faire trembler le lit, réveillant Joy par la même occasion. « Qu'est-ce qu'il y a ? » demanda-t-elle en remontant le drap sur ses seins nus. Dix minutes de sommeil et elle retrouvait sa pudeur habituelle.

« Je te le dirai demain. J'étais en train de penser à un truc. Rendors-toi. »

Il s'était rappelé l'étrange toast de Sunny : *Venez passer une heure festive dans la joie et la bonne humeur, que l'amitié soit reine, soyez juste et bon, et taisez toute mauvaise parole*. Ces mots lui avaient semblé familiers, et il savait enfin pourquoi, se remémorant l'écriteau au-dessus du bar de l'Olde Cape Lounge. Sunny avait décrypté la formule, simplement en rétablissant les bons espaces entre les mots.

Griffin resta allongé dans le noir, un sourire aux lèvres. Les amants, de l'autre côté de la cloison, continuèrent leurs gémissements. À un moment donné, il se dit qu'il pouvait aussi s'agir du couple de lesbiennes, puis il s'endormit.

DEUXIÈME PARTIE

Sur les côtes du Maine

(Second mariage)

VIII

Le bonheur

Tout s'était délité si vite. Même avec un an de recul – année qu'il avait presque entièrement passée à L.A. –, il était encore sous le choc de la vitesse à laquelle les choses s'étaient enchaînées après le mariage de Kelsey.

Pour la première fois depuis ce qui lui semblait être une éternité, il avait dormi comme une souche, et s'était réveillé le lendemain du mariage avec le sentiment d'un bien-être profond, effaçant d'un coup le « cafard », ou peu importe le nom qu'on lui donnait, qui lui avait fait tant de mal. Les rideaux en chintz, chargés de l'odeur de la mer, tournoyaient sous l'effet de la brise, rappelant à Griffin sa lune de miel à Truro. Ils y retourneraient un peu plus tard dans la journée, et cela aussi le rendait heureux. Joy était plutôt du matin, mais les ébats de la nuit passée et l'abus de boisson la rendaient elle aussi indolente et satisfaite. Il caressa son épaule nue, et elle se mit à ronronner telle une chatte, suggérant peut-être qu'elle était disposée à retrouver l'intimité de la veille, ou bien qu'elle appréciait ce luxe rare qu'était la grasse matinée après un semestre éprouvant. Ou alors se souvenait-elle que Laura était désormais fiancée ? Griffin s'assoupit de nouveau avant d'avoir tranché.

Il était presque dix heures et demie quand il sentit que Joy se levait et entendit le bruit sourd de la douche. Un long été de fainéantise, deux mois et demi de rêve sans aucune responsabilité universitaire se profilaient, d'autant plus réels qu'ils commençaient au cap. Deux jours plus tôt, il espérait les passer à écrire sur le sujet proposé par Sid – pauvre vieux ! –, mais tout était tombé à l'eau. Tant pis. Après sa conversation avec sa mère, il envisageait de donner une nouvelle chance à *L'Été des Browning*. Qu'elle ait raison ou tort concernant la mort de la petite fille, celle-ci apporterait une épaisseur supplémentaire au texte. Il avait opéré des coupes drastiques dans les passages où figuraient ses parents, ces intrus importuns. Il avait affirmé sa prérogative d'auteur, et réduit l'histoire à son essence : une innocente amitié d'été avec, pour toile de fond, une terrible réalité dont les enfants sont conscients sans pouvoir la définir. Cette approche donnerait un plus grand rôle à Peter, ce qui ne serait pas plus mal. Griffin pourrait même évoquer le Vietnam en filigrane.

Il réfléchissait à ces révisions quand son portable se mit à vibrer sur la table de nuit, comme une mouche sur le dos. D'habitude, il éteignait l'appareil avant de se coucher, mais cette fois, il avait de toute évidence oublié de le faire.

« Griff ! lança Tommy. Alors, bande de flemmards, il se passe quoi aujourd'hui ?

— Aucune idée, répondit Griffin, même si le soleil se déversait déjà dans la pièce à travers les rideaux de chintz. Tu es bien matinal, dis-moi.

— Je suis debout depuis un moment. Et je me lève au moins trois fois par nuit pour pisser. Ne me dis pas que t'es épargné, je te déteste déjà assez comme ça.

— Pourquoi ?

— Toujours la même chose. Ta femme. Ma vie est passée à deux doigts du bonheur, il n'y manquait qu'une femme aussi merveilleuse que la tienne. C'est tragique, quand on y pense. »

Leur silence gêné dura une fraction de seconde. L'eau s'arrêta de couler dans la salle de bains.

« Tout ça pour te dire que Sid sera enterré dans la matinée.

— Ils ne perdent pas de temps.

— C'est la coutume juive. On a des Juifs ici, tu te souviens ? Et aussi des Nègres et des métèques. Tu l'as oublié, à force de vivre chez les visages pâles de Nouvelle-Angleterre. »

Joy sortit de la salle de bains en s'essuyant les cheveux avec une serviette. « Qui est-ce ? » articula-t-elle. Griffin devina à son sourire qu'elle croyait qu'il s'agissait de Laura.

« Tommy », répondit-il, et elle se couvrit aussitôt, comme si le portable était équipé d'une caméra.

« Mais il y aura une grosse cérémonie commémorative dans deux semaines, ajouta Tommy, qui se mit à égrener les noms d'une demi-douzaine de stars et de metteurs en scène, anciens clients de Sid, qui s'étaient déjà engagés à y assister. Tu vas pouvoir te libérer ?

— J'imagine que oui. Dès que j'aurai rendu mes copies, je serai un homme libre.

— Et si vous veniez passer la semaine ici, Joy et toi ? Quinze jours, même. On rigolerait un peu. »

Joy, penchée sur le papier à lettres du Bed & Breakfast, griffonnait quelque chose.

« Je bosse sur un truc en ce moment, mais ça n'avance pas, continuait Tommy. Tu y jetterais un coup d'œil pour me dire ce qui cloche. Si t'es sympa, je te laisserai peut-être même le rafistoler. Joy s'entendra bien avec ma camarade de jeux. Ça sera comme au bon vieux temps. »

Joy arracha la page qu'elle mit sous les yeux de Griffin : *Ne t'engage pas pour moi.*

« C'est tentant. Joy me fait signe que non, mais je vais la travailler au corps. »

À ces mots, le visage de sa femme s'assombrit. Elle retourna à la salle de bains en fermant la porte derrière elle. Il n'en fallut pas davantage pour que la magie de la nuit précédente et le bien-être qu'elle avait engendré s'évaporent.

Une demi-heure plus tard, ils étaient en voiture. Ayant trop traîné au « bed », ils n'avaient pas pu profiter du « breakfast ». Le temps qu'ils se lavent et s'habillent, la cafetière géante trônant dans la salle à manger avait été cruellement retirée. Pour rattraper le coup, le gérant, confus, leur avait proposé de laisser une de leurs voitures pendant leur excursion à Truro et de la récupérer au retour. Joy n'aimait pas le coupé décapotable de Griffin, qui paraissait peu sûr comparé à son 4 × 4, et qui promettait de ruiner son brushing. Elle céda à contrecœur quand il lui fit remarquer que conduire une décapotable n'avait aucun intérêt si on n'en profitait pas par un si beau jour.

« Tu viens de rater la sortie, dit-elle au moment où ils passaient sous la Route 6, la quatre voies menant directement à l'extrémité du cap.

— On est pressés ? » demanda-t-il. Lui-même avait prévu d'emprunter la deux voies, plus pittoresque, qui présentait l'avantage de longer la côte. Si jamais ils trouvaient un endroit convenable, ils pourraient disperser les cendres de son père.

« Non, bien sûr que non. »

Il faisait chaud, mais la température émotionnelle, elle, avait considérablement chuté.

« Je peux utiliser ton téléphone ? J'ai oublié de regonfler le mien hier soir. La batterie est aplatie. »

Comment ça, « aplatie » ? Elle avait roulé dessus ? Griffin ouvrit la bouche, puis lui tendit l'appareil sans le moindre commentaire. Après les festivités de la veille, il était bien trop tôt pour appeler Laura, mais il se tut.

« Bonjour, ma chérie, fit Joy après plusieurs sonneries, je te réveille ? Ah, désolée. Je voulais juste te redire à quel point on est heureux. »

Avec la capote baissée, Griffin entendait le son de la voix de sa fille, mais pas ce qu'elle disait. Elle revenait sans doute en détail sur la demande en mariage d'Andy. C'était le genre de conversation dont se délectaient sa femme et sa fille, et Joy, qui était d'humeur sombre un instant plus tôt, souriait de nouveau, l'ordre des choses ayant été rétabli. Griffin s'interdit de se montrer aigri.

« On est en route pour Truro. Non, juste pour ce soir. Il faut que je rentre, et il semblerait que ton père doive aller à Los Angeles, donc... Non, il va bien. » Elle fit une autre pause. « Sois prudente sur le trajet du retour. » Elle raccrocha, et remit le téléphone dans le porte-gobelet.

« Si tu as des choses à faire à la maison, on n'est pas forcés d'aller à Truro, s'aventura Griffin. C'était ton idée.

— Je sais. »

Griffin ne comprenait pas comment ils avaient pu en arriver là si vite, mais de toute évidence, une crise grave, identique à celle qui l'avait incité à partir seul au cap, était dans l'air. Il devait éviter toute hostilité. C'était une journée magnifique, et, avec un peu de patience et de tolérance, pourquoi ne retrouveraient-ils pas les émotions qu'ils avaient partagées la veille ? Dans quelques heures, ils auraient rejoint l'hôtel où ils avaient passé leur nuit de noces, et tout s'arrangerait. C'était bien ce qu'il voulait, non ?

« Les différentes parties de ton histoire ne sont pas raccord », dit-il, décidant de pousser le bouchon un peu plus loin. Si Joy avait un compte à régler, autant en effet le faire tout de suite.

« Ce n'est pas une histoire. Ni un scénario. C'est mon boulot, ma vie.

— Notre vie. »

Puisqu'elle se taisait, il continua sur sa lancée. Impossible de s'arrêter, maintenant qu'il avait commencé. Pourtant, mieux valait se montrer conciliant. « J'admets que tu sois trop occupée pour m'accompagner à L.A. Mais dans ce cas, pourquoi allons-nous à Truro ? C'est ça que j'aimerais comprendre. » Certes, son ton emphatique n'était pas très conciliant.

« Non. Ça, c'est ce que tu ne veux pas comprendre.

— En clair ?

— C'est simple comme bonjour : tu as décidé de ne pas comprendre. Ça me paraît ridicule d'aller jusqu'à L.A. si on n'y reste pas une semaine. Or je ne peux pas me permettre de m'absenter autant. Ton année est finie, tant mieux, mais pas la mienne. J'ai deux personnes à recruter, un nouveau patron à former. Un jour, il pourra se passer de moi pendant une semaine, mais pas maintenant. Truro ne représente qu'une journée. Comme de toute façon, je ne travaille pas le week-end, je ne manquerai qu'une demi-journée. Tu peux toujours prétendre que ça n'a pas de sens, mais ça en a un. »

Effectivement. « Là, je comprends.

— Je déteste quand tu fais ça.

— Quand je te demande de m'expliquer quelque chose ? Je n'ai pas le droit de vouloir comprendre ta façon de penser ?

— Non, ce que je déteste, c'est tes métaphores scénaristiques. Mon récit qui manque de cohérence, qui n'est pas raccord. Comme si j'inventais tout. Comme si on était encore à L.A. Comme si tu regrettais d'être parti, ou que tu regrettais la vie qu'on menait là-bas. »

Il savait qu'il valait mieux ne pas épiloguer, même si les mots n'étaient pas le problème. S'il s'était exprimé en affichant un franc sourire d'autodérision, ce serait passé comme une lettre à la poste. Il avait fait de son mieux, mais il sentit la grimace qui lui tirait les traits lorsqu'il rétorqua : « T'exagères pas un peu, là ? »

Avant que Joy puisse répondre, son téléphone à lui se mit à vibrer, et l'irritation se transforma aussitôt en une rage folle. « Maman, qu'est-ce que tu me veux encore ? dit-il sans desserrer la mâchoire. Hein, quoi ? Quoi ? »

Cela leur prit un bon moment, mais ils finirent par retrouver le cadre de leur lune de miel. Tout était plus petit que dans les souvenirs de Griffin, et l'hôtel n'en était plus un. Une vieille femme coiffée d'un chapeau désherbait autour d'un paillis qui protégeait de nouvelles plantations devant la maison. Elle leva les yeux en entendant claquer la portière de la voiture et se redressa non sans peine pour accueillir Griffin. « Pas facile de vieillir, lui dit-elle, une main en visière sur le front, à la manière des scouts. J'aimerais bien faire un tour dans une voiture de ce genre une dernière fois avant de mourir.

— Alors, vous êtes peut-être la femme de mes rêves, dit Griffin.

— Dans ce cas, qui est celle qui vous accompagne ? demanda-t-elle en désignant Joy.

— Mon épouse. Elle déteste cette voiture.

— À cause de ses cheveux ? »

Il acquiesça.

« Belle femme, remarqua-t-elle. Qu'est-ce qu'une vieille dame comme moi peut faire pour vous ?

— Il y avait un hôtel ici, dans le temps, expliqua-t-il, conscient qu'il ne le lui apprenait sans doute rien. Ma femme et moi y avons passé notre lune de miel. Cela fait trente-quatre ans.

— Je suis propriétaire des lieux depuis presque aussi longtemps, dit-elle en se tournant pour contempler la demeure. On a tout racheté, avec mon mari. Puis cette espèce de chacal est parti les pieds devant.

— Désolé.

— C'est vous qui êtes désolé ? »

Elle lui fit face pour l'observer. Ses yeux, du bleu le plus pâle et le plus transparent qu'il avait jamais vu, étaient remplis de douceur et pétillaient d'intelligence. Il aurait détesté avoir à lui mentir. Elle regarda dans la direction de Joy. « Qu'est-ce qui ne va pas ?

— On s'est disputés.

— Désolée.

— C'est vous qui êtes désolée ? Auriez-vous un hôtel à nous recommander, à Truro ? »

Elle secoua la tête. « Entre ici et Provincetown, vous ne trouverez que des motels. À la limite du sordide pour la plupart. Si vous cherchez un endroit agréable, vous feriez mieux de retourner à Wellfleet. Ils ont une ou deux bonnes auberges.

— Merci. Nous allons suivre votre conseil.

— Faites donc.

— Je ne voudrais pas être impoli, mais je ne crois pas avoir déjà entendu une femme de votre génération traiter quelqu'un de “chacal”.

— J'écrivais, autrefois. J'aime toujours les mots qui pétaradent. “Enculeur de mes deux” est ma locution préférée du moment, même si j'ai un peu de mal à la placer dans la conversation.

— Qu'écriviez-vous ?

— Des biographies, surtout. Un poème ou deux, quand ça me prenait. “J'eus plus d'un étrange délire”...

— “Dans ma fièvre d'amour / Aux amoureux seuls j'ose dire / Ce qui m'advint un jour[1]” », termina Griffin. La vieille femme ne sembla pas surprise le moins du monde. « Mes parents étaient profs d'anglais, déclara-t-il en étouffant l'envie d'ajouter que l'un d'eux reposait dans le coffre de sa voiture. Moi aussi, d'ailleurs. Et j'écris, également.

— Ha ! Pas étonnant que votre femme soit en larmes. »

Effectivement. Joy pleurait. Ce n'était pas le cas quand il était descendu de voiture. À présent, elle sanglotait en silence, sans pour autant se cacher.

« Allez la rejoindre, suggéra la femme.

— Je ne peux pas rester là ?

1. William Wordsworth, « Lucie ». *Choix de poésies*, traduction d'Émile Legouis, Les Belles Lettres, 1961. (*N.d.T.*)

— Non, désolée. »

Une fois dans la voiture, il prit une profonde inspiration. « Tu vas m'expliquer, Joy ? Je sais que tu l'as appelé quand j'étais sous la douche. Je l'ai vu sur tes appels récents. »

Elle ne fit pas semblant de ne pas comprendre, ce qui le soulagea. Elle essuya ses larmes d'un revers du poignet, et, le temps d'un instant, ils restèrent immobiles. La vieille femme avait repris son désherbage, mais Griffin avait clairement l'impression qu'elle ne les avait pas perdus de vue.

« On peut en parler si tu veux, proposa Joy. Mais appelle ta mère d'abord.

— Pourquoi ?

— Parce que c'est ta mère. Parce que tu t'es énervé après elle. Parce qu'elle est âgée. Parce que tu n'en as qu'une. »

Cette nuit-là, l'insomnie fit son grand retour, se vengeant du sommeil bienheureux de la veille. Il devait reconnaître que Joy s'était efforcée de désamorcer la dispute. « On n'est pas obligés de faire ça », lui avait-elle dit après qu'il avait laissé un message sur le répondeur de sa mère, s'excusant brièvement de lui avoir aboyé dessus, et promettant de la rappeler afin d'organiser sa prochaine visite. « C'est inutile, avait ajouté Joy. Il ne s'est rien passé. »

Mais elle semblait savoir qu'ils se disputeraient et que l'affrontement serait le plus violent et le plus blessant que leur mariage eût connu. Rompus, ils avaient fini par baisser les armes un peu après minuit. Griffin n'avait pas fermé l'œil depuis, et il comptait les minutes qui s'écoulaient au réveil posé sur la table de nuit. Il n'en revenait pas de la quantité d'idées noires qu'on pouvait accumuler en soixante secondes.

Le jour où il avait surpris Joy en pleurs sous la douche, une partie de lui avait deviné que Tommy n'était pas étranger à cette affaire. À l'époque où Elaine et lui étaient encore mariés, ils étaient partis tous les quatre au Mexique, et Griffin avait bien remarqué à quel point Joy plaisait à son ami. Alors qu'ils étaient installés sur le balcon de leur chambre d'hôtel pour travailler à la scène clé de leur scénario, Griffin avait levé les yeux de sa machine à écrire et vu Tommy observer la piscine en contrebas. Il ne regardait pas sa femme, mais Joy, Griffin en était persuadé. Tommy ne souhaitait pas vraiment aborder la question. « Veinard, va », avait-il lancé avant de se reconcentrer sur le texte. Que Griffin soit né chanceux faisait partie de l'histoire de leur longue amitié. Des parents profs de fac, une bonne éducation et des écoles qui avaient reconnu son talent. Un peu plus âgé, Tommy avait enchaîné les familles d'accueil, fréquenté les écoles publiques des pires quartiers, et avait été renvoyé de partout, sa dyslexie n'ayant jamais été diagnostiquée. Tout le monde le croyait bête et paresseux, à commencer par lui-même. Il y avait eu l'armée, puis la fac, où il avait rencontré Elaine, et enfin, un job merdique pour un studio. « On est veinards tous les deux », avait déclaré Griffin en accompagnant ces mots d'un geste qui englobait les deux jolies jeunes femmes, le bar au milieu de la piscine, les palmiers autour, l'océan de l'autre côté des murs roses du patio, et la machine à écrire qui leur permettait d'obtenir tout ça. « Ouais, répétait Tommy, mais il y a veine et veine. »

À quel moment Joy était-elle tombée amoureuse de lui ? Elle refusa de le dire à Griffin, arguant que cela ne l'avancerait à rien, si bien qu'il passa cette nuit interminable à faire défiler leur mariage à la recherche de toutes les fois où il s'était mal comporté envers elle. Il fallait bien admettre qu'il y en avait un paquet. Avait-elle succombé à Tommy le jour où elle avait dit à Griffin qu'elle détestait le jazz ? Sans doute pas, mais le ver devait déjà être dans le fruit. C'est aussi à cette période, se souvint-il, que Tommy avait remué ciel et terre pour retrouver sa mère biologique. « À quoi bon ? lui avait-il demandé un soir de beuverie, espérant éviter à son ami de se fourvoyer dans une quête qui n'aboutirait qu'à la déception. Tu ne mesures pas ta chance.

— Jack… avait dit Joy pour le retenir.

— Non, regarde-moi ce type. » Il s'était tourné vers elle. « Lui n'a aucun bagage. Il se déplace en homme libre. Mieux vaut ne pas savoir, c'est la clé du bonheur absolu.

— Peut-être bien, avait rétorqué Tommy, mais le problème, c'est que ma mère est quelque part. Elle a pris de l'âge. On change tous. Et si elle regrettait de m'avoir abandonné ? Si elle voulait me demander pardon ?

— Il y a un truc que tu ne piges pas au sujet des parents. Eux ne demandent jamais pardon, nous si. Rappelle-toi le week-end dernier. » Une fois de plus, il jeta un coup d'œil à Joy qui, devinant ce qui allait suivre, regarda ailleurs. « Alors voilà, on nous convoque à Sacramento pour l'anniversaire des jumeaux. Toute la famille sera réunie, on se doit donc de rappliquer. Maman Jill nous abreuve de discours, ça n'en finit pas. Quand enfin elle s'arrête, on lui explique qu'on n'est pas disponibles…

— Qui le lui a expliqué ? l'interrompit Joy.

— Ce sont tes parents, après tout », fit remarquer Griffin.

Tommy et Joy échangèrent un regard douloureux.

« On lui explique, reprit Griffin, que les délais sont très serrés sur ce scénario…

— Une fois de plus, commenta Joy.

— Tu crois que la discussion est terminée ? Non, bien sûr. Maintenant, c'est papa Jarve qui y va de sa rengaine…

— Tu avais promis de ne pas recommencer », dit Joy, les yeux toujours dans le vague. Depuis quelque temps, Griffin appelait (mais jamais en face) son beau-père Jarve pour qu'il ne soit pas le seul de la famille dont le prénom ne commence pas par un J. Joy en avait ri au début, mais elle avait rapidement changé d'avis, affirmant que c'était de la méchanceté.

« Alors on doit tout réexpliquer depuis le début.

— Qui ça, "on" ? demanda Joy.

— Parce que, aux yeux de Harve, notre boulot n'en est pas vraiment un.

— Il n'a pas tout à fait tort, répondit Tommy en levant sa margarita pour trinquer.

— Mais on tient bon…

— Qui ça, "on" ? lancèrent Tommy et Joy en chœur.

— Bref, toute la famille est vexée parce qu'on ne peut pas aller à Sacramento.

— On aurait pu, corrigea Joy. Mais on a choisi de s'abstenir.

— Justement. On est adultes. On devrait avoir le choix, non ? Tu as passé toutes tes soirées cette semaine à les appeler pour t'excuser. D'abord auprès de ton père, puis de ta mère, de tes sœurs, et encore de ton père. » Griffin tourna son attention vers

Tommy. « C'est pour ça que nos ancêtres sont venus en Amérique. Pour couper le cordon, et devenir adultes.

— Je ne dis pas que je voudrais voir ma mère à tout bout de champ, essaya d'expliquer Tommy. J'aimerais juste savoir si elle est toujours de ce monde… si… si elle va bien, quoi.

— Ce n'est pas plutôt à elle de se manifester ? fit Griffin, qui s'énervait pour son ami. De se demander si toi, tu vas bien ? »

Tommy en appela alors à Joy. « Ça t'arrive d'avoir le dernier mot, avec ce type ?

— Laisse-moi réfléchir… » répondit Joy en se penchant vers Tommy pour qu'il lui masse la nuque. Tels les acteurs comiques à la recherche d'un effet, elle s'accorda un temps, avant de déclarer, comme si c'était une révélation pour elle : « Ben, non. »

Au lit, ce soir-là, la discussion entre Joy et Griffin avait pris un tour plus sérieux. « C'est bien normal qu'il veuille retrouver sa mère biologique. »

Griffin avait fini par concéder qu'un tel désir était parfaitement légitime. Toutefois, il s'expliquait seulement parce que Tommy ignorait tout de cette femme. Il crut que Joy lui reprocherait son cynisme, mais elle s'était blottie contre lui et avait dit : « On a fait de la peine à mes parents. C'est pour ça que je me suis excusée. »

Qui a dit qu'elle n'avait jamais le dernier mot ?

Un tic-tac, une autre minute écoulée.

Joy savait très bien que Tommy avait un faible pour elle. Comment ne pas s'en apercevoir ? Elle expliqua à Griffin qu'elle n'aurait jamais cru éprouver la même chose pour lui. Puis un jour, elle s'était rendu compte que ses sentiments avaient évolué. Mais quel jour ? Quand ça exactement ?

D'après les estimations de Griffin, cela remontait à la naissance de Laura. La venue au monde de leur fille, ajoutée au divorce de Tommy, modifia la dynamique de leur vie. C'était le moment où il avait fini par accepter que Harve et Jill leur prêtent de l'argent. Griffin s'était d'ailleurs plaint à Tommy de ce que, désormais, Joy et lui vivaient officiellement aux crochets de ses beaux-parents. Ils n'auraient plus d'autre choix que de répondre présents à tous les appels émanant de Sacramento. Sans surprise, Tommy prit le parti de Joy. N'était-il pas naturel de souhaiter que sa fille connaisse ses grands-parents, ses tantes, ses oncles et ses cousins ? Joy voulait que Laura ait des souvenirs d'enfance aussi beaux que les siens. Qui ne le voudrait pas ? (Griffin, pour commencer, mais il comprit que la question de son ami orphelin était rhétorique.) Tommy désirait à tout prix une famille, et Joy en avait une : ils formaient un tandem idéal. « Écoute, avait-elle dit à Griffin, ça ne représentera qu'un week-end par mois. Leur prison dorée ne me plaît pas plus qu'à toi, et ce n'est pas parce qu'on leur emprunte de l'argent qu'on va devoir voter républicain ou je ne sais quoi. Sacramento, c'est purement logistique. Où veux-tu qu'on se réunisse, si ce n'est chez mes parents ? Dans notre appartement, peut-être ? » Elle avait ajouté que c'était le bon moment. La guerre du Vietnam était finie depuis longtemps. Ils avaient gagné en maturité, et il était temps de panser les blessures générationnelles qui voulaient qu'on ne fasse pas confiance aux gens de moins de trente ans.

« Dis plutôt ça à ton vieux ! » avait rétorqué Griffin, puisque après tout, c'était Harve qui mettait sans cesse la guerre sur le tapis, Harve qui refusait obstinément d'admettre qu'il s'agissait d'une erreur, Harve encore qui aimait dire qu'on n'avait jamais prouvé que la théorie des dominos était fausse, comme si les détracteurs de la guerre s'étaient trompés là-dessus aussi. Griffin, pour sa part, songeait intérieurement qu'au moins ses parents à lui ne les bassinaient pas avec ce genre d'opinions. En tant qu'intellectuels de gauche à l'ancienne, il ne leur serait jamais venu à l'esprit de considérer l'aventurisme asiatique autrement que comme une folie monumentale. Encore mieux : ils vivaient à l'autre bout du pays, occupés par l'éternel psychodrame de leur vie ratée. Ils n'attendaient pas qu'on leur rende visite et n'encourageaient pas les retrouvailles. Ils n'avaient jamais feint de s'intéresser aux enfants, et l'arrivée d'une petite-fille n'allait rien y changer. Quand Griffin les avait appelés pour leur annoncer que Joy était enceinte, sa mère s'était contentée de dire : « Elle a donc fini par obtenir ce qu'elle voulait. » « Elle. » Incroyable. Griffin et Joy étaient alors mariés depuis combien de temps, déjà ? Sept ans ? Et sa mère préférait toujours un pronom personnel au prénom de sa bru. Comment se souvenir d'une personne qui n'avait pas fait de thèse ? Les rares fois où ses parents téléphonaient, Griffin allait s'enfermer dans l'atelier pour leur parler. « Tu n'es pas obligé de t'isoler ainsi », faisait remarquer Joy quand Griffin réapparaissait dix ou quinze minutes plus tard, généralement de mauvais poil.

« Je ne vois pas pourquoi je t'infligerais ça », rétorquait-il, à quoi elle ne répondait rien, son silence étant suffisamment éloquent. À Truro, il avait tout fait pour que le fléau parental ne s'abatte pas sur eux, et si Joy avait baissé les bras, lui avait la ferme intention de tenir bon.

Tommy s'était montré très présent tout au long de la grossesse de Joy. En l'honneur du petit Enrique (il était persuadé que ce serait un garçon), il avait arrêté de boire histoire de se reprendre en main et d'être digne de son filleul. Griffin se souvenait très bien qu'il n'avait pas voulu lâcher Laura la première fois qu'il l'avait tenue dans ses bras. « Monsieur le veinard », avait-il dit, en la lui rendant à contrecœur, et il avait raison. Griffin l'avait su à la seconde où il avait récupéré sa fille à l'hôpital, ce petit corps féroce et agité suffisant à justifier sa propre existence.

Mais voilà. Tommy le savait depuis le début, alors même que Joy s'arrondissait, tandis que ce pauvre Griffin entendait la voix désincarnée de sa mère chaque fois qu'il regardait sa femme enceinte : *Elle a donc fini par avoir gain de cause.*

Oui, cela doit remonter à ce moment-là, pensa Griffin, et qui pouvait jeter la pierre à Joy ? Comment ne pas être touchée par l'affection d'un homme qui s'était fait un plaisir de ne boire que de l'eau minérale durant sa grossesse pour qu'elle ne soit pas seule à devoir se priver d'alcool ? Joy avait expliqué que Tommy avait appelé à la maison juste après le départ de Griffin pour la fac ce matin-là. L'ironie, c'était qu'il n'avait pas prévu de lui parler à elle. Il avait eu vent d'un projet qui aurait pu intéresser Griffin. Mais il lui avait demandé comment elle allait, et elle avait fondu en larmes. On avait diagnostiqué un cancer du sein chez sa mère, qui devait commencer les traitements sur-le-champ, alors qu'elle-même se trouvait à l'autre bout du pays avec Laura qui changeait à vue d'œil sans que sa mère ait vraiment pu profiter d'elle petite, et, en entendant la voix de Tommy, elle s'était rendu compte que c'était à lui et pas à Griffin qu'elle avait envie de tout raconter, que seul Tommy comprendrait ce sentiment de perte qui la submergeait. Elle s'aperçut, pleurant à chaudes larmes sous la douche, qu'il avait été son meilleur ami. Il aurait pu être bien plus si elle l'avait laissé faire. Peut-être aurait-elle dû.

Tic-tac. Griffin regarda l'aiguille du réveil avancer d'une minute.

À six heures, il se leva et enfila un short sans faire de bruit, ainsi qu'un vieux polo et des sandales. Il aurait parié que Joy était réveillée elle aussi, qu'elle non plus n'avait pas dormi. Il ne fut pas surpris quand elle lui dit : « Tu es obligé de faire ça maintenant ? Tu as vu le temps qu'il fait ?

— Je ne serai pas long. Rendors-toi. »

Wellfleet avait disparu dans un brouillard dense et liquide. Joy avait raison une fois de plus. S'il avait été sensé, il aurait attendu que le temps se dégage, mais il était déterminé à réfuter sans délai les accusations les plus ridicules qu'avait portées sa femme contre lui. Ils reviendraient à Falmouth dans le courant de la matinée pour récupérer sa voiture, et regagner le Connecticut et la vie qu'ils avaient si bien réussi à démolir.

Il y avait bien trop d'humidité pour baisser la capote, mais il le fit quand même dans l'espoir d'y voir un peu plus clair. Arrivé au bout de l'allée en coquillages, il découvrit que l'hôtel avait été englouti par le brouillard, et le col de son polo était déjà mouillé et froid. Il perçut la longue plainte d'une corne de brume au loin, sans pouvoir dire de quelle direction venait le bruit.

Le mieux était sans doute de rejoindre les quais. Il y aurait peut-être des lève-tôt, mais avec si peu de visibilité, les gens ne se rendraient même pas compte de sa présence et se douteraient encore moins de ses projets. Encore devait-il trouver le port. S'il n'y parvenait pas, ce ne serait pas grave. À l'exception de la pointe à la sortie de Provincetown, le cap se resserrait à Wellfleet pour ne faire que quelques kilomètres de large. Impossible de conduire bien longtemps sans tomber sur la mer, une anse, ou un étang. Roulant à une allure que même le compteur ne pouvait indiquer, il plissa les yeux pour tenter de mieux voir à travers cette purée de pois, persuadé qu'il pourrait prévenir tout impact éventuel. Ce serait le comble de l'ironie s'il avait un accident en allant disperser les cendres d'un homme qui, au volant, constituait un vrai danger public.

Avait-il déjà été aussi épuisé de toute sa vie ? Si le manque de sommeil n'aidait pas, c'était l'engueulade qui l'avait vidé. Joy et lui se disputaient, comme n'im-porte quel couple marié depuis trente-quatre ans. Mais d'habitude, leurs querelles étaient de moindre am-pleur, ils s'accrochaient sur un détail qui ne remettait pas tout en cause. Celle-ci avait commencé comme à l'accoutumée, quand Joy avait avoué avoir en effet été amoureuse, ou plutôt avoir éprouvé des sentiments pour Tommy. Le périmètre s'était élargi dès qu'elle avait affirmé que le problème ne venait pas de Tommy, mais de lui, Griffin. Depuis la mort de son père, neuf mois plus tôt, avait-elle poursuivi, son insatisfaction était devenue palpable, il n'y avait qu'à voir son excitation à l'idée de retravailler sur un scénario. En fait, il voulait retrouver son ancienne existence, redevenir jeune et libre. Elle savait combien le décès d'un proche pouvait faire perdre le nord. Elle-même avait perdu sa mère. Mais retourner à L.A. (elle insista sur le fait que c'était là sa véritable intention, et que son prochain aller-retour n'était qu'une tactique) ne leur rendrait ni leur jeunesse, ni, elle en était sûre et certaine, leur bonheur.

Griffin avait ri à l'idée d'avoir « perdu le nord » (ou d'avoir été déboussolé) du fait de la mort de son père, et même s'il avoua à contrecœur qu'un retour à L.A. – pour « reprendre du service », allons bon ! – ne manquait pas d'attrait, il nia en bloc nourrir la moindre illusion quant à sa jeunesse perdue. Au contraire, vu la mentalité californienne, il avait toutes les chances d'être plus que jamais conscient de son âge. Mais devaient-ils devenir vieux avant l'heure sous prétexte qu'ils n'étaient plus tout jeunes ? Pourquoi passer le restant de leur existence dans des réunions, à plancher sur le cursus universitaire, et à dîner dans les trois ou quatre restos du coin avec les mêmes profs chiants comme la pluie ? Tout devait-il être à ce point programmé ? Et ce mot n'était-il pas synonyme de rassis ? Ils avaient quitté L.A. à cause de Laura, mais elle volait désormais de ses propres ailes. Dans un an jour pour jour, elle serait mariée. Visiblement, les choses avaient changé. Est-ce que leur façon de penser et leurs projets d'avenir ne pouvaient pas le refléter ?

Serait-ce si terrible de partager leur temps entre la Californie et le Connecticut ? L'hiver avait été rude. Même elle en convenait. Pourquoi ne pas essayer de trouver un appartement à L.A. où passer le printemps ? C'est vrai, la fac n'apprécierait pas trop qu'il s'absente autant, mais le doyen à qui il en avait touché un mot avant de partir pour le mariage lui avait dit préférer se montrer souple plutôt que de le perdre. Une fois en Californie, Griffin renouerait avec ses contacts dans le cinéma, et l'argent gagné compenserait la perte de ses revenus universitaires. Mais pour Joy, *programmé* et *rassis* n'avaient pas le même sens. D'après elle, *programmé* signifiait qu'ils avaient pris de sages décisions. En fait, elle aimait beaucoup leur vie actuelle ; sans compter qu'ils l'avaient voulue tous les deux. Et pendant qu'il travaillerait à mi-temps, que deviendrait son plein temps à elle ? Devrait-elle rester les bras croisés, à le regarder s'enfoncer dans la crise de la cinquantaine ?

Jusque-là, Griffin s'en sortait bien. Il avait toujours eu des dons de rhétoricien (*Ça t'arrive d'avoir le dernier mot avec ce type ?*), dons qu'il avait développés au cours de la décennie écoulée, grâce à l'enseignement. Pourtant, cette fois, il s'était fait prendre à son propre jeu. Il n'aurait jamais dû laisser la dispute s'étendre au-delà de la relation de Joy et Tommy. Même lui reconnaissait la tension, presque le désespoir, dans sa voix, alors qu'il faisait attention de ne pas hausser le ton. D'habitude, à ce stade, Joy se sentait acculée et cédait, mais là, les choses s'étaient envenimées. On aurait cru une partie de poker où les mises seraient d'un coup montées en flèche, chaque joueur renchérissant au lieu de demander à voir, jusqu'à ce que tous les jetons bleus se retrouvent au centre de la table sans qu'aucun puisse se permettre de perdre ou, dans ce cas précis, d'avoir le dernier mot. Joy maintenait que la mort de son père était la vraie raison de son malaise actuel, et le fait qu'elle refuse de capituler l'avait déstabilisé. En vérité, la chronologie des événements avait effectivement amené Griffin à réfléchir, car l'idée de retourner à L.A. lui était venue peu après que son père avait été retrouvé sur l'aire d'autoroute. Depuis lors, il s'était démené pour renouer avec le cinéma, appelant Sid tous les quinze jours, au cas où il lui aurait dégoté un projet. Il ne lui téléphonait jamais en présence de Joy, même si elle l'avait su puisque les communications apparaissaient sur leurs factures. Il ne pouvait pas non plus lui reprocher sa colère quand elle avait appris qu'il avait également tenté sa chance du côté de l'université de L.A. Pourquoi avait-il fait ça ? Parce qu'il était quasiment persuadé qu'elle détesterait son idée et essaierait de la tuer dans l'œuf. Par conséquent, il s'était abstenu de la consulter.

Griffin n'aimait pas ça, mais il était bien obligé d'envisager qu'il puisse avoir tort. Le dossier qu'elle avait contre lui n'était pas en béton, mais il s'appuyait sur une base solide, tandis que ses propres arguments de défense, à peine habiles, tenaient du funambulisme. Paniqué, il avait essayé de battre en retraite vers un terrain plus stable. S'il avait gardé secrets ses appels à son agent ou ses conversations avec le doyen, que dire de l'énorme mensonge sur lequel elle brodait depuis des années ? Lui n'était pas tombé amoureux de quelqu'un d'autre, contrairement à elle. Cette découverte et tous les détails qui allaient avec passaient en boucle dans son cerveau, comme la scène clé d'un scénario (d'accord, Joy haïrait cette métaphore, mais tant pis) qui, ratée, menacerait la cohérence de l'ensemble.

INT. NUIT : BELLE CHAMBRE DANS UN BED & BREAKFAST

Un homme (la cinquantaine, mince, assez séduisant malgré sa calvitie naissante) regarde par la fenêtre. Son visage, hagard, se reflète dans la vitre. Une femme du même âge, belle mais abattue, est assise au bord du lit à baldaquin, la tête dans les mains. Manifestement, ils sont pris dans une dispute qui dure depuis un bon moment.

LE MARI

C'est fini entre vous ? Est-ce que je peux au moins savoir ça ?

LA FEMME

(*levant les yeux au ciel, incrédule*)

Fini ? Tu ne vois pas que ça n'a jamais commencé ?

LE MARI

D'accord, admettons que je te crois et qu'il ne s'est jamais rien…

LA FEMME

Admettons que tu me crois ?

LE MARI

(*honteux*)

Même s'il ne s'est rien… En fait, je voudrais savoir si tu as peur de le revoir. Est-ce que c'est pour ça que tu ne veux pas aller à Los Angeles ?

LA FEMME

Je ne sais pas… peut-être.

Il se tourne vers elle. Aucun ne parle pendant un long moment.

LE MARI

Je voudrais que tu m'expliques quelque chose. Pourquoi est-ce que notre vie te déçoit alors que moi, elle me convient ?

LA FEMME
(*secouant la tête*)

Tu ne vois pas ? Je ne suis pas déçue. C'est pourquoi je ne veux pas risquer de perdre ce qu'on a. Tout ça est du passé. Ça n'aurait jamais dû arriver. J'ai laissé mes sentiments prendre le dessus et je m'en veux. Je suis désolée de t'avoir blessé. *Mais c'est toi que j'ai choisi.* Ces vingt dernières années n'en sont-elles pas la preuve ?

Lui n'arrive toujours pas à croire qu'elle soit un jour tombée amoureuse d'un autre.

LE MARI
(*virulent*)

Elles sont la preuve que tu aimes ta fille.

LA FEMME

Oui, j'aime notre fille.

LE MARI
(*amer*)

Et comment tu expliquerais à Jill, Harve et à la princesse Grace de Monte-Cristo que tu en as aimé un autre ? Ça voudrait dire que tu as changé d'avis et ça, dans ta famille, c'est impossible.

GROS PLAN SUR LE MARI. Il sait qu'il ne devrait pas continuer dans cette veine, mais ne peut pas s'en empêcher.

LE MARI (*suite*)

Qu'est-ce que ton père répète sans arrêt, déjà ? Que personne n'a jamais prouvé que la théorie des dominos était fausse ?

LA FEMME

Là, au moins, on s'attaque au vrai problème.

LE MARI
(*incrédule*)

En clair ?

LA FEMME

Nos parents.

LE MARI

Arrête. En tout cas, ça n'a aucun rapport avec *mes* parents à moi. Ils ont toujours été hors cadre.

LA FEMME
(*très triste*)

Tu ne vois pas que tu n'as rien compris ? Tu reproches toujours à *mes* parents de se mêler de notre vie. Tu penses m'épargner en allant t'enfermer dans l'atelier pour téléphoner à ta famille.

LE MARI

Si je te suis… tu es en train de me dire que tu es tombée amoureuse de Tommy à cause de mes parents ?

GROS PLAN SUR LA FEMME. Elle se tient debout face à son mari et gagne en assurance. Jamais elle ne l'a si ouvertement défié depuis qu'ils vivent ensemble.

LA FEMME

Loin des yeux ne signifie pas forcément loin du cœur. Tu penses que ta mère ne se mêle pas de ta vie… de notre vie… mais un oiseau te chie dessus, et c'est elle que tu accuses. Réfléchis deux secondes. Tu crois que ton père n'est plus là parce qu'il est mort, mais c'est faux. Il te hante depuis un an. Il est dans le coffre de la voiture et tu n'arrives pas à te décider à disperser ses cendres. Tu ne crois pas qu'il y a une raison à cela ?

Griffin parvint à un stop, ou plutôt ce qu'il devina être un stop – un objet de forme octogonale apparemment rouge. Il tendit l'oreille, au cas où un véhicule approcherait, mais il n'y avait aucun bruit, rien, si ce n'est celui de la corne de brume au loin. Il tourna à gauche, croyant se souvenir que ce chemin le conduirait au village, et donc au port. Mais quelque chose clochait, car presque aussitôt, les maisons qui bordaient la route furent remplacées par des arbres sombres et fantomatiques, lui indiquant qu'il s'éloignait non seulement du port, mais de la moindre goutte d'eau salée. Ce qui avait de l'importance la veille n'en avait soudain plus. L'essentiel (ou plutôt, le problème) était d'arriver à larguer l'ancêtre, remportant ainsi la seule partie gagnable de la dispute de la nuit précédente. C'était l'argument principal de Joy : les Griffin, en dépit de leur éloignement, se seraient immiscés dans leur mariage autant que ses parents à elle, et il n'en aurait pas été mécontent. S'il pouvait lui prouver qu'elle avait tort sur ce point-là, sa théorie s'effondrerait peut-être.

À la sortie de la ville, le brouillard s'épaississait, pour autant que ce fût possible, et Griffin avait les cheveux aussi mouillés que s'il sortait de la douche. Il mit les essuie-glaces et alluma les phares, ce qui aggrava les choses. Tous les quatre cents mètres environ, il doublait une boîte aux lettres matérialisant la présence d'un étroit sentier où il aurait pu faire demi-tour pour revenir en ville, mais ne voulant pas paraître indécis, y compris à ses propres yeux, il préféra continuer à avancer. Une minute plus tard, il passa sous une autoroute – la 6, vraisemblablement –, ce qui expliquait pourquoi il n'avait pas encore atteint le bord de mer. Dans deux ou trois kilomètres, pour peu que la route ne soit pas en lacets, il parviendrait à la zone du parc national qui donnait sur l'Atlantique. Difficile d'imaginer un endroit plus isolé, surtout à cette heure et par ce temps. Rien ne viendrait le déranger.

LA FEMME

Tu veux tout réduire à un jour, ce jour où tu m'as vue en larmes, mais c'est trop simple. Toi, tu es constamment malheureux. Et ça ne fait qu'empirer. Le malheur est congénital, chez toi.

LE MARI
(*étouffant ses émotions*)

Moi, je ne suis jamais heureux ? La nuit dernière non plus ?

LA FEMME

D'accord, tu as connu quelques heures de bonheur la nuit dernière. Mais tu finis toujours par te replier sur toi-même, Jack. Comme si tu avais peur que ça ne dure pas. À croire que si tu parlais de ton bonheur, quelqu'un te le volerait.

(*Un silence, tandis qu'elle réfléchit.*)

Oui, mon cœur a appartenu à Tommy à une certaine époque, et il a été brisé. J'ai réussi à le réparer. Je vais bien.

LEUR REFLET DANS LA VITRE. Celui du mari au PREMIER PLAN devient flou tandis que celui de la femme se précise.

LA FEMME

Je regrette de ne pas avoir réussi à rafistoler le tien. Dieu sait que j'ai essayé, pourtant. Tous ces efforts m'ont épuisée.

LE MARI

(*comme si on lui avait tiré dans le ventre*)

Peut-être que tu devrais arrêter de t'acharner.

LA FEMME

(*détourne le regard, la mort dans l'âme*)

C'est ce que j'ai fait ces dernières semaines comme tu as pu le remarquer. J'ai arrêté les frais.

FONDU AU NOIR.

Congénital. Le mot n'était pas d'elle. En trente-quatre ans dc vie commune, jamais il ne l'avait entendue le prononcer. En revanche, Tommy adorait ce mot, même s'il n'était pas capable de l'écrire sans que Griffin soit obligé de le corriger – *congênital, congennital*. (« Pense à génital », conseilla-t-il un jour à Tommy, qui répondit : « Je n'aime pas y penser, je préfère ne pas savoir comment ça s'écrit. ») Il l'avait forcément utilisé la veille quand Griffin était sous la douche et que Joy lui avait téléphoné afin de lui expliquer pourquoi elle ne viendrait pas à Los Angeles. Griffin imaginait bien comment s'était déroulée la conversation, Joy lui confiant que son mariage partait à vau-l'eau, qu'ils ne faisaient presque plus l'amour, que le mal-être de Griffin devenait pathologique, et que depuis presque un an, il se déplaçait toujours avec les cendres de son père dans le coffre de la voiture. Tommy avait dû lui conseiller de ne pas précipiter les choses, car après tout, il était aussi l'ami de Griffin. « Allez ma jolie, c'est pas nouveau, ces conneries. Le malheur, chez Griff, c'est congénital. Il ne s'en rend même pas compte. Tu te souviens de son fameux classement quand vous cherchiez une baraque à acheter ? Pas-les-moyens et On-me-la-donnerait-que-je-n'en-voudrais-pas ? C'est pas du Griff tout craché, ça ? Voilà le gars que tu as épousé quand tu aurais pu m'avoir moi, l'homme qui a toujours la fleur au fusil. »

Cette conversation imaginaire, dans laquelle il venait de s'inventer le mauvais rôle, arracha un sourire à Griffin. Il fallait bien reconnaître qu'à l'époque il avait adopté la double formule fétiche de ses parents. Tommy et Joy n'avaient cessé de se payer sa tête, même quand il leur eut expliqué que cette référence se voulait ironique puisqu'il avait détesté voir ses parents réduire les propriétés du cap à ces catégories après un vague coup d'œil dans le catalogue des agences immobilières. Tommy n'avait pas marché. « Tu peux me définir l'ironie, s'il te plaît ? Je suis allé à l'école, mais j'ai jamais très bien intégré le concept. Les types ironiques dans ton genre me laissent toujours perplexe. »

Une fois que les arbres qui bordaient la route eurent disparu, Griffin entendit le fracas des vagues non loin, même s'il savait que ce bruit pouvait être trompeur. Un été (avant ou après les Browning ?), ses parents avaient loué une maison dotée d'une terrasse d'où l'on apercevait la mer, à cinq cents mètres de là, de l'autre côté des dunes. Tous les soirs, il s'endormait dans un silence profond, pour être réveillé le lendemain par l'explosion du ressac juste sous sa fenêtre, comme si la marée avait eu raison des dunes dans la nuit. Lorsqu'il rejoignait ses parents sur la terrasse, il découvrait que l'océan n'avait pas bougé. Son père lui avait expliqué que le vent avait tourné, poussant le bruit vers eux plutôt que vers le large, et, comme toute explication scientifique, celle-ci semblait logique. Mais le lendemain matin, alors que Griffin était de nouveau réveillé par ces coups de tonnerre maritimes, le raisonnement n'était plus conforme à l'expérience. Le son était trop proche, trop puissant, si bien qu'il s'attendait encore à trouver le bas de la maison inondé. Seule la répétition du phénomène jour après jour avait fini par dissiper toute magie.

Cette fois, la plage était bel et bien là. L'air était chargé d'iode, et, à l'approche du rivage, le brouillard commençait à se lever. En plissant les yeux, il put discerner la ligne vallonnée des dunes et au-delà, près de ce qui devait être l'horizon, une sphère d'un jaune pâle qui faisait penser à une ampoule de quarante watts recouverte d'un foulard. La route longeait le bord de mer pendant un moment, puis se terminait brutalement sur un grand parking poussiéreux. Un pick-up solitaire était garé là, appartenant sans doute à un pêcheur intrépide lancé vers les flots.

Griffin emprunta la promenade aux planches abîmées qui traversait les dunes, et, une fois au bout, retira ses sandales. Une structure se profilait devant lui – un bâtiment ? un bateau en cale sèche ? –, mais il eût été incapable de dire de quoi il s'agissait avant de s'être avancé. Ce vaisseau fantôme était un restaurant entouré d'une terrasse et surmonté d'un mât. Par la porte de derrière grande ouverte, il entendit quelqu'un s'activer à l'intérieur. Sans doute le propriétaire, qui donnait un coup de balai avant l'arrivée des employés. Ou alors un cambrioleur. Que faire si cette personne le surprenait et lui demandait ce qu'il voulait ? Brandir l'urne funéraire en guise d'explication ? Griffin fila avant de se couvrir de ridicule.

Il comprit presque aussitôt que son plan était voué à l'échec. Depuis la promenade, les vagues ne semblaient pas bien hautes, mais il voyait à présent qu'elles lui arriveraient à la taille. Derrière lui, le restaurant n'était plus qu'une silhouette grise dans la brume, dont il rechignait à s'éloigner davantage. Le bâtiment marquait l'entrée du parking et il craignait de ne pas retrouver sa voiture s'il le perdait de vue. En fait, il aurait aimé une jetée ou un quai, quelque chose en surplomb de l'eau au bout duquel il aurait pu verser les cendres de son père dans l'océan bouillonnant. Mais il n'y avait rien de la sorte. Il devait donc se résoudre à entrer dans les vagues avec l'urne et à l'ouvrir sous l'eau. Ce plan exigerait de la dextérité, de la synchronisation et, hélas, une bonne dose de chance. Le couvercle était tenu par deux clips fragiles qui pouvaient sauter à la première déferlante, avant que lui-même ne soit prêt. Il serait plus raisonnable de répandre les cendres dans un trou creusé au préalable au bord de l'eau. La marée se chargerait de les mélanger au sable et à la mer, et son père réintégrerait le monde naturel qui l'avait vu naître. Franchement, était-ce si différent que de les disperser au bout d'un ponton ou depuis un bateau ?

De fait, c'était différent. Et en y regardant de plus près, il s'aperçut que la marée était déjà haute. Il n'était pas sûr que la mer monte jusqu'à lui.

LA FEMME

Si tu n'as pas dispersé les cendres de ton père, ça veut peut-être dire que tu as encore besoin de lui ?

LE MARI
(*sévère et froid*)

Besoin de lui ? De mon père ? Vivant, je n'avais pas besoin de lui. Pourquoi veux-tu que j'en aie besoin maintenant qu'il est mort ?

Il prit une profonde inspiration, retira ses sandales qu'il envoya valser un peu plus loin, et, tenant fermement son père entre ses mains, il entra dans les vagues.

Au retour, trempé jusqu'aux os, Griffin put voir ce que le brouillard lui avait caché à l'aller. Il découvrit la rangée de maisonnettes formant un fer à cheval, où sa famille et les Browning avaient passé un été, identique à son souvenir. Sur le coup, il n'en crut pas ses yeux. Qu'il tombe dessus par hasard semblait tout à fait improbable, comme si le monde physique s'était soudainement et mystérieusement plié à ses besoins psychiques. Il entra dans la résidence et se rangea sur le bas-côté, le crissement des pneus sur le gravier résonnant dans le silence.

À bien y réfléchir, ce n'était peut-être pas le même endroit. Le panneau, RÉSIDENCES DU RIVAGE LOCATIONS À LA SEMAINE / AU MOIS, ne lui rappelait rien, et à la place de l'aire de jeux se trouvait une piscine entourée d'un grillage. Il y avait également un terrain de palet ainsi que des trous dans le sol, recouverts de lourdes grilles destinées aux barbecues. Mais n'aurait-il pas été plus étrange qu'en quarante ans rien n'ait changé ? Plus improbable, il croyait se rappeler qu'il allait à pied à la plage située à près de un kilomètre de là. Avait-il mélangé les images de plusieurs étés ? Ou son histoire lui avait-elle dicté ce détail, qui s'était transformé en souvenir ?

Près de la moitié des maisonnettes avaient l'air occupées. Bien que toutes identiques, chacune était peinte d'une couleur pastel différente et portait un nom : Brise de mer, Marée haute, Dunette arrière, Coquille Saint-Jacques. Se souvenait-il vraiment d'avoir entendu ses parents se moquer de ces noms ridicules, ou était-ce juste quelque chose qu'ils étaient susceptibles d'avoir fait ? Il était sept heures et demie, trop tôt pour interroger sa mère. D'ailleurs, il n'était pas sûr qu'elle lui fournirait une réponse fiable.

S'il s'agissait bien des mêmes maisons, alors Le Refuge avait été la leur – plus ou moins en haut à droite du fer à cheval. De l'autre côté de la piscine devait se trouver celle des Browning. Épuisé par ses insomnies, Griffin ferma les yeux pour redevenir le petit garçon de douze ans installé à l'arrière de la voiture familiale. Le souvenir de leur arrivée se fit soudain plus net et plus détaillé que jamais – sa mère et son père les yeux rivés sur la maison, très peu enclins à sortir de la voiture. Jack savait qu'ils étaient en train de comparer ce qu'ils avaient devant eux à la description que leur avait fournie l'office du tourisme du cap, le *charmant* devenant *minuscule* ; le *rustique*, *minable* ; l'*entièrement équipé*, un *galetas meublé*. En d'autres termes : l'arnaque.

« Aaah ! s'exclama son père sur un ton faussement joyeux. Voilà la terrasse !

— Ça ? » fit son épouse en la montrant du doigt. Les planches voilées tout hérissées d'échardes n'étaient même pas délimitées par une balustrade, et les mauvaises herbes poussaient dans les interstices. « Tu appelles ça une terrasse ?

— Il y a une table et quatre chaises, non ? C'est parfait. Toi, moi, Jackeroo et Al. » Il avait clairement décidé de s'accommoder au mieux de la situation. Le trajet était long depuis le Midwest de merde, et sa femme n'avait pas décoléré, refusant même de participer aux réjouissances quand ils avaient franchi le Sagamore, son mari entonnant vaillamment *That Old Cape Magic*. Ils avaient passé la nuit dans un motel miteux de l'État de New York, et voilà que leur location s'annonçait encore plus miteuse.

Une porte claqua de l'autre côté de l'aire de jeux, et une petite fille hurlant de joie accourut vers eux, son frère sur ses talons. Ils s'arrêtèrent près de la balançoire, la tête penchée sur lc côté pour observer les nouveaux venus. (Au volant de sa décapotable, quelque quarante-cinq ans plus tard, Griffin sourit à ce souvenir.)

« Merveilleux, dit sa mère, voyant déjà une armée de gamins infernaux les envahir. Vraiment formidable.

— Ça va aller, Mary, lui assura son mari. Ce sera mieux l'année prochaine. Ils ne gèlent pas les salaires deux ans d'affilée.

— Moi ça me plaît », chantonna Jack depuis l'arrière, sentant que son père avait besoin d'un allié. Il y avait une toute petite fenêtre sous le toit au premier étage et il devina que ce serait sa chambre.

Sa mère regardait droit devant elle, incrédule. « On paie combien, déjà ?

— Ça va aller, répéta son mari, sauf si tu préfères te gâcher l'existence. »

« On se croirait dans un four », remarqua-t-elle quand ils eurent pénétré dans la minuscule pièce mansardée, après avoir ouvert la porte d'un coup d'épaule. Elle n'était pas plus grande qu'un placard et n'avait qu'un mètre cinquante sous plafond. Le père de Griffin, qui n'était pas un géant, avait dû se baisser pour entrer. « Effectivement, c'est la chambre d'enfants », dit-il pendant que sa femme, dégoûtée, redescendait en secouant la tête. Trois lits de camp (deux contre un mur, le troisième plié derrière la porte) avec des matelas fins et couverts de taches prenaient toute la place. Son père ouvrit la fenêtre. Jack et lui tirèrent un des lits dessous pour tenter de profiter du moindre souffle d'air. Des rangements avaient été intégrés au pied du mur, à la base du A formé par le toit.

« On parie que c'est là qu'ils cachent les jeux ? » fit son père en tirant sur la porte coincée. Ses parents n'emportaient jamais de jeux de société en vacances, préférant voir ce que chaque location leur réservait, même si, en général, les plateaux étaient antédiluviens et les boîtes incomplètes, rendant les parties impossibles. La porte ne bougeant pas d'un millimètre, il tira plus fort. Cette fois, elle s'ouvrit. Son père émit un couinement, retira sa main d'un coup comme si elle avait pris feu et commit l'erreur de se redresser, se cognant la tête contre la poutre basse. « Aïe ! » s'exclama-t-il en se massant le crâne des deux mains. Quand il se faisait mal, il prenait toujours un air d'homme trahi, comme si un autre (ici, son fils) était responsable. Il se plaignait d'avoir ce qu'il définissait comme une « faible tolérance à la douleur physique », ce que sa femme, elle, appelait « être un grand bébé ». Il se pencha pour que Jack examine l'étendue des dégâts. « La plaie est ouverte ?

— Plus ou moins », répondit-il. Une bosse impressionnante enflait là où son père n'avait presque plus de cheveux. La peau était écorchée, et le sang affleurait en une douzaine de points microscopiques.

« Ça saigne ?

— Un tout petit peu. »

Son père examinait son pouce où s'était enfoncée une écharde noire. « Ces vacances ne démarrent pas très bien, pas vrai ? »

Jack abonda dans son sens.

« Ta mère... » commença-t-il, mais il s'interrompit pour tenter de retirer l'écharde avec ses dents.

Jack attendit.

« Bon sang, fit-il en montrant son pouce à son fils. Elle est juste là. » Le bout de l'écharde émergeait à peine tandis que la partie la plus fine n'était qu'une ombre dans l'épaisseur de la chair.

« Maman, tu disais...

— Pour l'instant, elle veut la guerre, mais elle va se calmer. » Il semblait se parler à lui-même plus qu'à Jack. « Elle a simplement besoin... » Il laissa traîner sa voix comme pour admettre qu'il n'avait en fait aucune idée de ce dont sa femme avait besoin, puis il se remit à mâchouiller son doigt.

Dans la cuisine, les portes de placard claquaient. « Pas de verres à vin, bougonnait-elle. Pas un seul foutu verre à vin. » Puis elle hurla : « Bill, tu ne vas pas le croire !

— On m'appelle », dit son père avec un sourire penaud avant de dévaler les escaliers.

Comme il n'y avait pas de commode dans la pièce, Jack sortit assez de vêtements pour tenir la semaine, les posa sur le lit, et glissa sa valise dessous. Quand il crut entendre, dans l'ombre de l'armoire à jeux, des bruits d'animal en fuite, il ferma la porte d'un coup de pied. Puis il s'agenouilla sur le lit pour regarder dehors. Un léger courant d'air soulevait le rideau, mais la chaleur restait étouffante malgré la fenêtre ouverte. Sur le rebord, une grosse mouche verte affolée renversée sur le dos bourdonnait. Elle s'était fait coincer entre la vitre et la moustiquaire, mais maintenant que la fenêtre était ouverte, la liberté n'était plus très loin. Cependant, son esprit, si elle en avait un, n'avait pas intégré le changement, et sa situation demeurait désespérée. Jack observait cette stupide bestiole tournoyer et bourdonner jusqu'au moment où sa mère sortit sur la terrasse et se figea, les bras croisés. Quand son père fit son apparition quelques instants plus tard, il offrit à Griffin une vue imprenable sur le sommet de son crâne, où les petits points de sang formaient à présent un caillot violacé.

« Regarde, dit-il, en se penchant pour le montrer à sa femme.

— Oui, je vois.

— Et ça. » Il tendit son pouce blessé par l'écharde, ce qui arracha une grimace à son épouse, apparemment plus dégoûtée par ce petit bobo qu'elle ne l'avait été par l'autre blessure pourtant plus grave.

« Tu es dans un sale état », reconnut-elle avec une certaine douceur.

Son père avait baissé la voix, mais Jack l'entendit malgré tout : « Tu sais bien qu'elle ne compte absolument pas pour moi. »

Sa mère secoua la tête d'un air malheureux. « Je pensais qu'on avait décidé d'arrêter tout ça. L'un comme l'autre.

— Tu as raison, je ne sais pas ce qui me prend. Je me déteste. Tu n'imagines pas à quel point. Je ne sais pas comment tu me supportes encore. »

Sa mère l'autorisa à la prendre dans ses bras et ils restèrent ainsi un long moment. « Très bien, finit-elle par dire comme si elle faisait une énorme concession. Nous sommes au cap.

— Et c'est formidable. »

Elle acquiesça, embrassant une fois de plus du regard la maison et le lotissement. Jack remarqua que si rien n'avait changé, les choses étaient vaguement plus reluisantes que dix minutes plus tôt. Elle saisit alors la main de son mari pour examiner l'écharde de plus près. « Viens, on va trouver une pince à épiler. »

« Bonjour, l'Indiana ! » lança joyeusement une voix masculine. En levant les yeux, Jack découvrit les deux gamins et leurs parents qui marchaient dans leur direction en agitant la main avec enthousiasme. Ils avaient à l'évidence remarqué la plaque d'immatriculation. Jack sentit ses parents se raidir en constatant qu'on les assimilait au Midwest de merde. Il ne vit pas leur visage quand ils se tournèrent pour saluer l'autre famille, mais devina qu'ils offraient à leur comité d'accueil leur sourire le plus forcé, celui qui ne trompait personne. Ce double rictus ne manquait pas d'autorité. Il vit sa mère passer un bras autour de la taille de son mari pour signifier, à ces gens du moins, qu'ils formaient une seule et même entité dotée d'un même mépris.

Étrange, pensa Griffin en ouvrant les yeux sur le présent. Aucun de ces éléments ne figurait dans *L'Été des Browning*. Il avait voulu concentrer le récit sur cette autre famille, subodorant que ses parents, ou plutôt ses parents fictifs, prenaient déjà trop de place dans la narration. Il avait voulu se focaliser sur son amitié avec Peter, son béguin pour Mme Browning et l'éveil de ce qui ressemblait à une conscience sexuelle chez un gamin de douze ans. Pourtant, cela ne correspondait pas à sa propre expérience. L'impression que quelque chose clochait entre ses parents ne datait pas de cet été-là. Il les avait toujours connus moroses, séparément ou en couple. Ce qui expliquait qu'ils aient eu besoin, d'année en année, de revenir au cap pour tenter de se rabibocher un petit moment encore. Mais *L'Été des Browning* lui avait permis de comprendre pour la première fois ce qui les faisait souffrir. S'il avait alors pris conscience d'une chose, c'était que le problème de ses parents était d'ordre sexuel.

À cette époque, il ne pouvait pas mieux le définir et, d'ailleurs, ne souhaitait nullement qu'on éclaire sa lanterne avec des détails. Au contraire, il avait cherché une échappatoire auprès des Browning. Ces derniers lui avaient offert le refuge nécessaire, même si n'importe quelle autre famille heureuse aurait sans doute fait l'affaire. Elle lui avait servi de dérivatif pour raconter une autre histoire que la sienne. Voilà pourquoi Tommy, décontenancé, en avait conclu qu'il s'agissait d'un gamin découvrant son homosexualité. *Il fait pitié, ce gosse*, avait-il dit, subodorant peut-être l'histoire qui n'avait jamais été écrite. Griffin leva les yeux vers la fenêtre sombre sous les toits, s'attendant presque à y croiser son regard d'enfant inquiet.

Même Tommy, qui lui avait un jour demandé sur le ton de la plaisanterie de lui définir l'ironie, aurait saisi celle-ci : Griffin avait fait avec cette histoire ce que sa femme l'accusait aujourd'hui d'avoir fait avec leur mariage. Il avait tenté, sans y parvenir, d'évincer ses parents du cadre. Dès le début (de la nouvelle comme de son mariage), en dépit de tous ses efforts, ils avaient réussi à fourrer leur nez partout. Joy avait suggéré de passer leur lune de miel sur la côte du Maine et Griffin l'avait persuadée qu'ils avaient surtout besoin de la magie de ce bon vieux cap, le plus piètre des sortilèges conjugaux. À Truro, ils avaient planifié une vie fondée sur ce qu'ils pensaient naïvement être leurs choix personnels, Joy expliquant ce qu'elle souhaitait, Griffin détaillant, fidèle à lui-même, ce qu'il ne voulait pas (un mariage qui ressemblât même de loin à celui de ses parents, comme si ce négatif était une ingénieuse alternative à un positif encore à inventer). Alors même qu'il rejetait leurs valeurs, bon nombre de leurs grands principes – le bonheur comme un lieu qu'on peut visiter mais pas acquérir, par exemple – s'étaient profondément enracinés en lui. Il avait proscrit leur snobisme, ce sentiment que tout leur était dû, mais gobé tout cru la dialectique sur laquelle reposait leur comportement (Pas-les-moyens et On-me-la-donnerait...). Entendre Joy affirmer que les Griffin, et non ses parents à elle, avaient parasité leur couple, lui avait semblé absurde sur le coup, mais il comprenait à présent qu'elle avait raison. Et ce n'était pas fini. Même exilée dans son Midwest de merde (ce qui n'était que justice), sa mère utilisait une mouette pour véhiculer son message et son père, quoique mort et réduit en poussière, refusait de le lâcher.

Il avait essayé. Joy ne le croirait sans doute pas, mais il avait vraiment essayé. En vain, avec maladresse et bêtise, mais n'était-il pas le fils de son père ? Il avait parcouru une bonne vingtaine de mètres dans l'eau froide, dos aux vagues quand elles se brisaient, tenant l'urne au-dessus de lui tel un prêtre brandissant un calice, comme si une liturgie idiote exigeait de la garder au sec jusqu'à l'instant de l'immersion. *Ça fait un an qu'il te hante*, avait dit Joy. *Il est toujours dans le coffre de ta voiture et tu n'arrives pas à trouver la force de disperser ses cendres. Tu ne crois pas que ça veut dire quelque chose ?* Dès qu'il aurait de l'eau jusqu'à la taille, il pourrait enfin mettre un terme à cette folie.

Au moment de faire sauter le couvercle, après avoir plongé l'urne dans les tourbillons d'écume, une lame de fond comme celles que redoutait son père lui fit perdre l'équilibre. Pour se redresser, il dut ramener ses bras le long du corps, à la manière d'un surfeur. Avait-il lâché l'urne à cet instant-là ou était-ce la vague suivante qui la lui avait arrachée des mains ? Il ne s'en souvenait pas. Un instant il la tenait, la seconde d'après, elle avait disparu dans les flots turbulents. « Perdu », se rappelait-il avoir pensé tandis qu'il plongeait pour tenter de la retrouver, cherchant à tâtons, tel un aveugle, jusqu'à ce qu'une autre vague, plus grosse encore, l'assomme complètement. En se relevant, il s'était répété : *J'ai perdu mon père*. La situation ne manquait pas de drôlerie. Après tout, il était mort depuis neuf mois. Mais cette fois, il l'avait perdu, ce qui d'une certaine manière était pire, car sa mort, au moins, Griffin ne pouvait en être tenu pour responsable.

Depuis combien de temps était-il là, paralysé, honteux de son incompétence, de son manque d'adresse, bousculé par les vagues qui allaient s'échouer sur la rive ? « Fais quelque chose », s'ordonna-t-il, paniqué, mais quoi ? Enfant, combien de fois avait-il vu son père figé au centre d'une pièce, incarnation même de la perplexité, ne sachant vers qui se tourner, une épouse en colère d'un côté, de l'autre, une jolie petite étudiante qui l'avait pris pour un des héros romantiques au programme ? À croire que s'il restait là suffisamment longtemps, son désir le plus cher se réaliserait de lui-même. Griffin, lui, voulait qu'il se décide, qu'il passe à l'acte, tant il était effrayé de voir quelqu'un à ce point pétrifié, incapable de faire un pas en avant qui aurait impliqué de choisir une destination. À présent, alors qu'il avait de l'eau jusqu'à la taille et des sables mouvants sous les pieds, il comprit enfin. C'était l'action qui l'avait mis dans ce pétrin. Maintenant qu'il avait commis l'irrémédiable au lieu d'y réfléchir à deux fois, il ne lui restait plus qu'à espérer que le hasard, rarement compatissant, intervienne en sa faveur, même s'il ne le méritait pas.

Contre toute attente et toute logique, le courant tant redouté lui rapporta, charriée par l'eau et le sable, l'urne de son père, qui lui heurta violemment les chevilles. Il la récupéra dans la mousse, en tâtonnant. Elle était intacte.

Trouvé. Ce fut le mot qui lui vint spontanément à l'esprit, comme s'il était synonyme de *triomphe*.

Quand il fut de retour au Bed & Breakfast, Joy l'attendait, prête à partir. Si elle remarqua son piteux état, elle n'en dit rien et ne fit aucun commentaire en voyant que l'urne n'avait pas bougé du coffre lorsqu'il l'ouvrit pour y mettre leurs affaires. Son silence était une accusation en soi. Il faillit lui raconter qu'il était tombé sur l'endroit où il avait été en vacances à l'âge de douze ans et qu'il savait enfin comment reprendre *L'Été des Browning*. Mais quel intérêt pour elle ?

Ils empruntèrent la Route 6 jusqu'à Hyannis, puis la 28 jusqu'à Falmouth, en silence. Quand le téléphone vibra et qu'il vit s'afficher le nom de sa mère, il laissa la boîte vocale lui donner la réplique. Il était trop abattu pour lui parler, surtout avec Joy à côté de lui. Les vieilles habitudes, telles que s'isoler pour lui répondre, étaient les plus dures à perdre. À Falmouth, il transféra le sac de Joy dans son 4 × 4, un acte troublant parce que symbolique, d'autant plus qu'ils allaient au même endroit, c'est-à-dire chez eux.

Joy partit devant, et ils se dirigèrent vers le Bourne Bridge. Il devait réfléchir à l'avenir, retrouver la complicité de la nuit qui avait suivi le mariage de Kelsey. Il avait du mal à croire que cela ne remontait qu'à vingt-quatre heures. Une vie avait semblé s'écouler, comme si Joy et lui avaient sillonné le cap en tous sens, égarés. Il trouvait étrange d'avoir tant de mal à définir les contours du futur quand le passé se laissait examiner sans qu'on le veuille. D'après sa mère, il avait fait un caprice et refusé de monter dans la voiture au moment de quitter le cap, lors de ce fameux été, mais cela ne correspondait pas à ses souvenirs. Tandis que ses parents rangeaient leurs valises dans le coffre, la personne à qui ils avaient loué la maison était venue récupérer les clés.

« Qu'est-ce que c'est que ça ? avait demandé son père quand l'homme lui avait tendu un dossier rouge vif.

— Les tarifs de l'année prochaine et les disponibilités. Vous serez prioritaires et bénéficierez d'une réduction de cent dollars pour être venus chez nous cette année.

— Nous ne sommes pas intéressés. »

L'homme coula un regard vers la mère de Griffin, histoire de vérifier que le mari et la femme étaient sur la même longueur d'onde, puis se concentra sur Jack. « Et toi, jeune homme ? Pourquoi tu ne les garderais pas ? dit-il, devinant peut-être qu'il ne désirait rien tant que de revenir l'été suivant. Au cas où ils changeraient d'avis. »

Aucun d'eux n'avait ouvert la bouche avant d'arriver au Sagamore. Sa mère semblait ne pas vouloir desserrer les dents jusqu'à ce qu'ils soient de retour dans leur Midwest de merde. Alors que le pouce de son père avait semblé guéri, l'écharde avait refait surface, et il s'était mis à le sucer au point de provoquer une infection. Le doigt avait doublé de volume, et quand dans un grondement la voiture s'engagea sur le pont, il se souvint qu'il avait réussi à attendrir sa femme avec cette même écharde quinze jours auparavant, aussi tendit-il une fois de plus la main vers elle, mais elle détourna le regard. Il n'aurait pas dû insister, seulement il n'avait jamais su s'arrêter à temps. « Tu crois que j'ai de la fièvre ? demanda-t-il en se penchant vers sa femme pour qu'elle lui touche le front. Je suis brûlant, non ? »

Elle continua de regarder par la vitre.

« Bon, dit son père qui, n'ayant rien obtenu, se cala sur son siège. Génial. »

« Génial », fit à son tour Griffin, maintenant que le Bourne Bridge se profilait au loin. Se sentant fiévreux, il porta la main à son front, ce qui ne servait à rien puisqu'il était tout seul. Si Joy avait été là, il l'aurait mise à contribution et elle n'aurait pas refusé. Il en était certain. Rien ne l'aurait rendu plus heureux que de sentir sur lui la fraîcheur de sa main, mais en même temps il savait qu'il se serait retenu de le lui demander, car même fiévreux, il aurait eu le sentiment, en digne fils de son père, de chercher à s'attirer une sympathie imméritée.

À cent mètres du Bourne, son téléphone vibra de nouveau. En voyant la provenance de l'appel, il se rangea pour répondre, à l'instant où le 4 × 4 de Joy arrivait sur le pont et disparaissait hors de sa vue.

« Je crois savoir ce que Sid voulait te proposer, dit Tommy. Ruben Hand, ça te rappelle quelque chose ? Ruby ? »

Le nom sonnait vaguement familier…

« On devait lui écrire un scénar, il y a un bail, sauf que l'argent s'était volatilisé. Bref, il fait de la télé maintenant. Il a un projet pour le câble, une histoire de prof de fac. Apparemment, Sid a fait ta pub.

— Tu sais ça comment ?

— Mon agent m'a rencardé. Si on pouvait convaincre Ruby qu'on est faits pour le job, on bosserait ensemble. Six ou huit semaines, dix au pire. Tu seras rentré à temps pour corriger tes devoirs de grammaire en septembre. Le salaire est correct. Il est possible qu'ils en fassent une série si ça marche.

— Ruby Hand. Le type dont je me souviens était un connard.

— Alors c'est lui. Il est devenu producteur.

— Je suis en voiture, là. J'en parle à Joy et je te rappelle dès que j'arrive à la maison.

— Sans vouloir t'influencer, cc boulot arrangerait bien mes finances.
— Je peux te poser une question ?
— Évidemment.
— Tu aimes toujours Joy ?
— Bien sûr, répondit son vieil ami sans la moindre hésitation. Pas toi ? »

À question simple, réponse simple. Pourtant, tandis qu'il se tenait à l'ombre du Bourne Bridge, il avait réussi à tout embrouiller. Ce qui lui importait maintenant était de savoir si Joy l'aimait encore. Si oui, pensa-t-il, elle l'attendrait de l'autre côté du pont. Des années plus tôt, en quittant Los Angeles, ils avaient décidé d'effectuer le trajet dans deux voitures pour transporter ce qu'ils ne voulaient pas confier aux déménageurs. C'était avant l'apparition des téléphones portables, mais il leur avait suffi d'une journée pour faire de leur intuition une science et deviner quand l'autre aurait besoin de s'arrêter pour prendre de l'essence, manger un morceau ou aller aux toilettes. Ils essayaient de se suivre, celui qui ouvrait la route vérifiait régulièrement que l'autre était toujours derrière, et, dans le cas contraire, ralentissait ou se rangeait sur le bas-côté pour l'attendre. Joy s'en souviendrait-elle ? L'avait-elle vu s'arrêter ? L'attendrait-elle de l'autre côté ? Un peu plus loin peut-être. Il en était sûr, elle avait regardé dans son rétroviseur et remarqué qu'il n'était plus là.

Il éteignit son portable et le remisa dans le porte-gobelet. Il ne voulait pas appeler Joy. Ils avaient déjà trop parlé. Il voulait juste la voir garée en train de l'attendre, inquiète pour lui. Alors, il saurait que quel que soit le problème qu'ils avaient à régler, ils y parviendraient.

Griffin se réinséra prudemment dans la circulation, s'engagea sur le Bourne Bridge, et passa devant la pancarte – DÉSESPÉRÉ ? – que l'association SOS Amitié avait placée là pour décourager les suicidaires. Depuis le point culminant du pont, il apercevait un flot continu de voitures sur près de deux kilomètres jusqu'à l'autoroute, mais aucune n'était arrêtée. Une demi-heure plus tard, il ralluma son portable en espérant tomber sur un appel en absence, en vain.

IX

La répétition générale

Griffin était obligé de reconnaître que la côte déchiquetée du Maine était époustouflante, et sa lumière d'une telle pureté qu'elle en était presque douloureuse. Il ne pouvait s'empêcher de se demander comment les choses auraient évolué si ses parents étaient tombés amoureux de cette partie du monde plutôt que du cap Cod. L'immobilier y aurait été beaucoup moins cher, d'où la question suivante : se seraient-ils satisfaits d'une propriété dans leurs moyens ? En définitive, tout l'attrait du cap, ou presque, résidait dans son inaccessibilité scintillante, sa capacité magique à leur échapper d'année en année, cette fameuse étoffe dont sont faits les songes. La côte du Maine, par contraste, semblait non seulement réelle, mais ancrée dans la réalité. Là où le cap donnait l'impression d'un été sans fin, le Maine vous rappelait, même après un printemps luxuriant, ses longs hivers rigoureux, ses chutes de neige capables de faire pourrir le bois et gondoler vos lambris, ses incessantes rafales de vent hurlant sous les gouttières dont la peinture se mettait à cloquer avant que la rouille ne les mange, et que le sel ne les blanchisse. Même les gens semblent burinés, se dit Griffin en remontant la péninsule vers Les Haies, l'hôtel où se tiendrait le mariage de Laura vingt-quatre heures plus tard. *On-me-la-donnerait-que-je-n'en-voudrais-pas*, lui lança sa mère, en réponse à la question qu'il n'avait pas posée.

Depuis son décès l'hiver précédent, elle était devenue encore plus bavarde que de son vivant, toujours avide de faire profiter Griffin de ses opinions, surtout quand il avait du mal à dormir, mais pas seulement. La proximité – son urne reposait dans le coffre de la voiture de location – la rendait plus prolixe encore. Avec un peu de chance, tout cela prendrait bientôt fin. L'idée était de se rendre au cap après le mariage et d'y dénicher un coin où ses parents trouveraient le repos éternel. Il avait eu des mois entiers pour y réfléchir, mais n'avait pas trouvé de meilleure idée que celle de l'année précédente : disperser son père à un bout du cap et sa mère à l'autre. Peut-être que là, elle se tairait. *Ça m'étonnerait*, railla-t-elle.

La famille de Joy et la plupart des invités dormiraient à l'hôtel des Haies pour éviter de prendre la route après la fête. On avait proposé une chambre à Griffin, mais étant donné la séparation, il s'était dit qu'il vaudrait mieux pour tout le monde qu'il séjourne ailleurs, d'autant plus qu'il était accompagné. Joy et Laura n'ayant pas élevé d'objection, il avait réservé une chambre dans un petit hôtel à moins de un kilomètre au nord.

Ils n'avaient pas décidé de se séparer, du moins au sens légal du terme. Après Wellfleet, ils s'étaient mis d'accord pour que Griffin aille passer l'été à Los

Angeles afin d'écrire son téléfilm avec Tommy. Ce dernier l'accueillerait chez lui, assez soulagé de pouvoir partager le loyer pendant deux mois. Cette coupure leur ferait du bien, à elle comme à lui. L'éloignement en avait rapproché d'autres, alors pourquoi pas eux ? Mais à vrai dire, en rentrant de Wellfleet, ils n'avaient plus eu la force de discuter et n'avaient donc pas évoqué la façon dont les choses évolueraient. Une fois chez eux, il avait simplement acheté sur Internet un billet d'avion pour L.A.

« Et notre fille, je lui dis quoi ? avait demandé Joy tandis qu'il fourrait des affaires dans deux grosses valises.

— Que je rentrerai une fois le scénario livré.

— On ne lui a jamais menti.

— C'est un mensonge ? »

Le lendemain matin, il s'était rendu à la fac pour finir de lire les dossiers des étudiants et mettre un semblant d'ordre dans sa vie universitaire. La fac proposait un programme d'été, et son bureau serait sans doute utilisé par les professeurs invités. Il avait déposé l'urne de son père dans le compartiment inférieur de son casier, le fermant à clé en se jurant de régler la question à son retour. Un peu plus tard, tandis qu'il mettait ses valises dans le coffre, Joy avait remarqué la disparition de l'urne. « Dans ton bureau ? Pourquoi là ? avait-elle demandé quand il lui expliqua ce qu'il avait fait.

— Je me suis dit que tu n'avais pas besoin de l'avoir sous le nez en permanence », avait-il répondu devant le sourire triste et défaitiste de sa femme. Il avait compris – comment ne pas comprendre ? – que ce genre d'« égard » était le nœud du problème, mais il ne savait pas agir autrement.

À L.A., la collaboration avec Tommy battit de l'aile. Il apparut dès le début qu'ils n'avaient pas la même conception du matériau de base. « Écoute, lui dit son ami. Tu pinailles. C'est la sitcom *Welcome Back, Kotter*, mais transposée à la fac. Ces gamins sont plus futés que leur prof, ce sont eux qui l'éduquent. Tout l'humour vient de là. » N'ayant jamais enseigné, Tommy ne semblait pas saisir à quel point ce concept était arbitraire, artificiel, et tout simplement irréaliste. Autrefois, ils avaient été sur la même longueur d'onde, l'un terminant les phrases de l'autre, mais une décennie s'était écoulée et ce fil-là s'était rompu. Pour ne rien arranger, Joy était devenue un obstacle entre eux. Tommy semblait savoir que leur mariage traversait une mauvaise passe, sans plus. Griffin, qui s'attendait à passer sur le gril, était déstabilisé que ça n'arrive pas. Soit Tommy n'avait pas besoin de l'interroger parce que Joy lui avait déjà expliqué la situation en détail à Wellfleet, soit, ce qui était tout aussi vraisemblable, son ami était dans le flou le plus total et préférait respecter leur intimité. Il ne tenait qu'à Griffin de poser la question pour avoir le fin mot de l'histoire, mais il s'y refusait.

« Tu ne vas pas l'appeler ? finit par demander Tommy au bout de deux semaines.

— Elle sait où me trouver », répondit Griffin, surpris et sincèrement consterné autant par l'aigreur que par la virulence puérile qui résonnaient dans sa voix. Il s'était convaincu qu'il n'avait pas téléphoné faute de savoir quoi dire. Mais la vérité était moins reluisante. En fait, il attendait que Joy cède, et à chaque jour qui passait, il devenait évident que cela n'arriverait pas. Elle le lui avait expliqué à Wellfleet, elle n'avait plus la force de le porter à bout de bras, elle était soulagée de ne plus avoir à se préoccuper de lui. Soit.

Mis à part le sujet tabou du mariage et leur incapacité à travailler ensemble, Tommy et lui s'entendaient bien. L'affection qu'ils se portaient n'avait pas faibli, et leur nature respectueuse faisait qu'ils s'arrangeaient pour ne pas se marcher dessus. Après l'épisode du coup de fil, Tommy s'occupa de ses affaires, et Griffin s'appliqua à l'imiter. Son ami commençait à boire vers cinq heures de l'après-midi en se servant un verre de vin (il avait mis le holà sur les alcools forts) et ne s'arrêtait qu'au moment d'aller se coucher. Il avait le teint cireux, et sa bedaine, sans être grosse, était bizarrement asymétrique, comme affublée d'un kyste. Pour sa part, Tommy faisait semblant de ne pas remarquer que Griffin dormait à peine plus de trois ou quatre heures par nuit. Lui qui se levait une demi-douzaine de fois pour aller aux toilettes jetait parfois un coup d'œil au salon, où Griffin regardait la télé sans le son. Ils marchaient sur des œufs, comme si l'amitié était une affaire d'égards plus que de loyauté.

L'été se déroula tant bien que mal. À l'arrivée de Griffin, ils avaient transféré le bureau de Tommy de la chambre d'amis à la salle à manger, où ils se retrouvaient chaque matin. Tommy apportait toujours la cafetière de la cuisine, pendant que Griffin imprimait en double exemplaire les séquences des deux jours précédents, qu'ils relisaient avant d'attaquer une nouvelle scène pour bien respecter la continuité. Un matin, Griffin leva les yeux et croisa le regard de Tommy, qui l'observait avec un mélange de tristesse et d'agacement. « Griff, rentre chez toi, ça nous rendra service à tous les deux.

— Encore une semaine et demie et on aura un premier jet.

— On s'en fout. T'es malheureux comme les pierres et tu fais souffrir cette femme.

— Tu n'en sais rien.

— Je la connais par cœur. Et ta fille ? »

Laura, à vrai dire, prenait très mal la situation. Elle avait appelé deux fois Griffin, exigeant des explications. Ce qu'elle avait redouté toute sa vie se produisait au moment même où Andy et elle planifiaient leur propre mariage. Il avait tenté de la rassurer, de lui dire que rien n'était décidé, mais la seule chose qui l'aurait réconfortée aurait été de le voir reprendre son ancienne vie comme si Wellfleet n'avait jamais existé.

Deux semaines plus tard, à la mi-août, le scénario atterrissait sur le bureau de Ruby Hand. Tous deux savaient que ce n'était ni fait ni à faire, mais ils divergeaient quant à la source du problème, ne s'accordant que sur deux points : d'une part, l'intrigue ne risquait pas de s'améliorer sans l'apport d'idées neuves, et d'autre part, leur producteur était encore plus salaud que dans leurs souvenirs. Ils pourraient toujours courir avant de lui soutirer le moindre conseil. Il fallait tout de même lui reconnaître une grande réactivité. Ruby appela dès le lendemain, alors que Tommy était sorti. Il avait lu le scénario, et, aucun doute là-dessus, ils « avançaient dans la bonne direction ». Pourquoi ne pas se donner quelques jours pour réfléchir et faire le point plus tard dans la semaine ?

« OK, laisse tomber, dit Tommy après que Griffin lui eut résumé la conversation.

— Comment ça ?

— Putain, ça fait combien de temps que t'es parti ? La “bonne direction” et tout le bordel, c'est du baratin.

— Tu crois qu'on est virés ?

— Je sais qu'on est virés. »

Tommy avait toujours eu un don surnaturel pour sentir quand le couperet allait tomber, mais cette fois, Griffin avait des doutes. « Notre contrat prévoit une réécriture.

— Tu parles, il va s'asseoir dessus. Crois-moi, on est baisés. Tu peux faire tes bagages. »

Griffin décida de lâcher le morceau. « J'ai appelé la fac la semaine dernière. On m'accorde un congé sabbatique de un an. »

Tommy acquiesça, puis secoua la tête. « Joy est au courant ?

— Possible. Tout se sait rapidement dans une fac de cette taille.

— Donc, tu ne lui as pas parlé.

— Pas encore, mais elle ne sera pas surprise. Elle l'avait prédit. Et puis j'ai peut-être trouvé un appartement. »

Tommy soupira.

« J'ai assez abusé de ton hospitalité, fit Griffin. Si on se dégote un autre boulot, on pourrait se louer un petit bureau. »

Quelques jours plus tard, leurs portables sonnèrent au même moment. Celui de Griffin affichant maman, il sortit prendre l'appel dans le patio. Il était à L.A. depuis une semaine quand il s'était rappelé lui avoir promis de passer la voir avec les livres et les revues qu'elle lui avait réclamés. « Je pourrais peut-être les trouver ici », avait-il dit après avoir expliqué où il était et pourquoi, gardant la vraie raison pour lui. « Je peux attendre jusqu'en août », avait-elle répondu, confirmant ainsi à Griffin qu'elle n'avait jamais eu besoin de cette documentation. La conversation avait été brève, trop pour être honnête, avait-il pensé. Elle avait presque paru soulagée qu'il ne vienne pas comme prévu. Depuis, elle n'avait pas appelé, ce qui était encore plus étrange. Pour elle, l'été était la saison du harcèlement.

« Maman, comment ça va ? »

Mais ce n'était pas sa mère. La femme se présenta comme Gladys, la voisine de palier. Elle s'était inquiétée quand elle avait frappé à la porte de Mary ce matin-là et que cette dernière n'avait pas répondu. Elles faisaient partie de La Chaîne de l'amitié, précisa Gladys, ce qui voulait dire que chacune possédait un double des clés de l'autre, au cas où l'une d'elles s'enfermerait dehors, ou aurait le moindre souci. Cette fois, il y avait un problème. Elle avait trouvé Mary au lit, en chemise de nuit, rideaux tirés, en plein milieu de journée. Elle regardait dans le vide et respirait mal ; elle était à peine consciente. D'après les ambulanciers, elle avait eu une crise cardiaque. Ils l'avaient mise sous oxygène avant de la conduire à l'hôpital. « Votre numéro est sur le frigo, dit Gladys. J'espère qu'elle ne sera pas fâchée après moi parce que j'utilise son téléphone. J'aurais pu prendre le mien, mais je n'y ai pas pensé. »

Griffin la rassura.

« Elle ne se sentait pas bien depuis quelque temps.

— Je l'ignorais, avoua Griffin.

— Elle n'aimait pas trop en parler. »

« C'est nouveau, ça ! » se dit Griffin. N'y aurait-il pas erreur sur la personne ?

« Nous ne sommes pas vraiment amies. C'est juste l'association qui s'appelle comme ça, La Chaîne de l'amitié. Quand on vit seul, c'est bien d'avoir quelqu'un pas loin. » À ces mots, la gorge de Griffin se serra. « Je ne suis pas sûre que votre mère m'apprécie tellement, mais ça ne m'a pas dérangée qu'on m'associe à elle dans la chaîne. Elle pouvait se montrer très gentille quand elle voulait. »

Griffin la remercia et dit qu'il arriverait par le premier avion. Il raccrocha, et resta dans le patio, pétrifié, jusqu'à ce que Tommy vienne voir ce qui se passait. « Quelle merde », fit son ami quand il lui eut expliqué pourquoi il devait partir pour l'Indiana.

Tommy insista pour le conduire à l'aéroport. Ils se quittèrent maladroitement, comme un couple marié au milieu d'une dispute.

« Ça te dérange si je préviens Joy ?

— Je préférerais que tu t'abstiennes.

— Je le ferai peut-être quand même. »

Griffin ne vit pas de raison de se rebeller. « Je t'appelle quand j'en saurai plus. »

Ils échangèrent une poignée de main.

« Au fait, je t'ai jamais dit que j'avais retrouvé ma mère.

— Sans blague ! »

Tommy acquiesça.

« Et ?

— T'avais raison. »

L'hôtel, presque encerclé par l'océan, avait été construit à la pointe de la péninsule. C'était un vieux bâtiment massif doté d'une gigantesque terrasse bordée d'ifs de deux mètres et demi de haut, taillés avec beaucoup de soin pour former une haie. Un peu plus bas sur la pelouse du parc, d'autres haies dessinaient ce que Griffin devina être un labyrinthe. En parvenant au parking gravillonné, il vit June, la sœur de Joy, émerger de la haie avec un enfant hurlant à ses basques. Ils se trouvaient à distance, mais l'endroit était si calme (surtout par rapport à L.A.) qu'il l'entendit dire : « Alors, bout de chou, tu t'es perdu ? Mamie ne t'avait pas prévenu ? »

La répétion du dîner de mariage ne commençait qu'une heure plus tard. Griffin avait cru bon d'arriver en avance, mais il regrettait sa décision. Un peu plus d'une vingtaine de véhicules étaient massés à proximité de l'entrée de l'hôtel. Le parking était assez vaste pour accueillir tous les participants à un congrès, aussi se gara-t-il très en retrait. La famille de Joy y verrait un geste méprisant, mais durant cette année à L.A., il avait eu deux accidents très coûteux (l'un sur l'autoroute, pas par sa faute, l'autre sur le parking du centre commercial, entièrement par sa faute), bien que sans gravité, et il accumulait les malus. (Il trouvait intéressant de noter que sa défunte mère le saoule de paroles tandis que feu son père préférait communiquer par l'intermédiaire de pare-chocs emboutis et autres rétroviseurs arrachés.)

Une brise en provenance du large rafraîchissait l'air du soir, et il décida de s'octroyer quelques minutes dans la voiture afin de se préparer psychologiquement à ce qui promettait d'être une épreuve. Mais Joy avait dû l'observer de loin, car à peine avait-il coupé le moteur qu'il l'aperçut dans le rétroviseur, descendant les marches de la terrasse. Le magazine littéraire qui avait publié *L'Été des Browning* se trouvait sur le tableau de bord. Il en avait apporté un exemplaire afin de l'offrir à Joy, mais il se rendit compte que le moment était mal choisi, et laissa la revue là où elle était. *Tout est vanité*, lâcha sa mère. Sans doute une citation, mais de qui, de quoi ? Shakespeare ? Thackeray ? L'Ancien Testament ? *Va sur Google*, suggéra-t-elle. Bon Dieu !

pensa Griffin. L'année passée, Joy avait affirmé, sans en avoir la moindre preuve, qu'il était hanté par son père. Comment réagirait-elle si elle savait que sa mère lui damait le pion d'outre-tombe ? Non pas qu'il eût l'intention de lui en toucher un mot.

« Joy, dit-il, en lui décochant son plus beau sourire pendant qu'il sortait de la voiture, tu es superbe. »

C'était vrai. Elle avait perdu du poids, ce qui convenait particulièrement bien à son visage. Ses yeux, toutefois, témoignaient des épreuves de l'année écoulée. Une vague de culpabilité déferla sur Griffin, une lame de fond qui lui coupa les jambes. Il voyait qu'elle aussi relevait chez lui les changements physiques, qui étaient encore plus prononcés. Depuis son arrivée dans la région, il se demandait s'ils allaient s'étreindre. Il n'avait rien voulu prévoir, et se rappela qu'il devait réagir plutôt qu'agir, mais le moment était venu, et celle qui était sa femme depuis trente-cinq ans se retrouva dans ses bras avant même qu'il puisse réagir. Il se détacha d'elle tout aussi rapidement, sans avoir pu évaluer le genre d'embrassade qu'ils avaient eue. « J'imagine que les prochaines vingt-quatre heures seront à l'avenant », pensa-t-il. Les événements s'enchaînaient trop rapidement pour y voir clair. « Nom d'un chien, je ne vais jamais y survivre », conclut-il.

« Tu as l'air fatigué, remarqua Joy. Le vol a été agité ?

— Pas particulièrement. Mes insomnies ne s'améliorent pas. » Il n'avait pas du tout préparé cet aveu, mais il était difficile de briser les habitudes acquises en plus de trente ans d'intimité. Cherchait-il à attirer sa sympathie ?

« Je suis désolée.

— Enfin, ça va un peu mieux depuis deux semaines », mentit-il. En fait, les choses empiraient, mais il se sentait coupable d'avoir obtenu sa compassion.

« Tu as vu un médecin ?

— J'ai rendez-vous à mon retour. » Encore un mensonge. Combien en faudrait-il pour compenser son premier aveu ?

« Tu as eu une année difficile… commença-t-elle en ajoutant très vite : avec ta mère, je veux dire », au cas où il aurait pensé à leur séparation.

La première attaque cardiaque du mois d'août avait fait de gros dégâts, et la chirurgie réparatrice comportait des risques, comme l'avait expliqué le spécialiste, surtout pour une femme de son âge. Sans intervention, il lui restait un an ou deux à vivre, peut-être même seulement six mois. L'opération lui offrirait un répit – l'homme avait parlé d'une dizaine d'années –, si tant est qu'elle ne fasse pas une nouvelle attaque sur le billard. « Cet imbécile doit croire que j'aime cette existence ; s'il s'imagine que je veux vivre encore dix ans ! » déclara-t-elle à Griffin quand ils furent seuls. Il essaya de parler, mais aucun mot ne sortit de sa bouche. « On va en rester là », avait-elle ajouté après un silence, lui lançant un regard qui brillait de satisfaction. Elle semblait croire qu'il n'attendait pas d'autre réponse que celle-là.

« T'en fais pas, j'avais compris, dit-il, pour ne pas embarrasser Joy.

— Où est… ?

— Dans le coffre », admit Griffin en rougissant.

Joy le regarda comme s'il était devenu fou, et il s'aperçut qu'il n'était pas question des cendres de sa mère. « Ah, tu parlais de… Pardon, dit-il, virant à l'écarlate. Elle est restée à l'hôtel.

— Jack, vous auriez pu venir au dîner ensemble. »

Chose incroyable, il pensa une fois de plus qu'elle parlait de sa mère. Nom de Dieu ! Est-ce que toute la soirée allait être comme ça ? Allait-il tout comprendre de travers ? « Elle s'est dit que ce serait plus simple pour tout le monde si elle sautait la répétition générale du dîner. »

Joy lui lança un coup d'œil sceptique. « Ça va aller ?

— Bien sûr, dit-il, en sentant poindre le malaise.

— Bon, une ou deux précisions avant qu'on entre.

— Je t'écoute.

— Papa se déplace en fauteuil roulant, maintenant.

— Je ne savais pas.

— Il est tombé le mois dernier. Il dit que c'est temporaire, mais Dot affirme le contraire.

— Dot ?

— Jack… Il s'est remarié. Tu le sais.

— J'ai dû oublier. » Mais tout lui revint d'un coup. Les sœurs de Joy avaient été furieuses. Se remarier ? À son âge ? C'était grotesque. Joy avait dû les convaincre de ne pas boycotter la cérémonie.

« Et puis il perd un peu la tête.

— Ça tombe bien, moi aussi. » La preuve.

« Avec la famille autour, il se débrouille, mais…

— Je ferai attention.

— Je voulais que tu saches – en ce qui nous concerne – que j'ai demandé aux uns et aux autres de bien se tenir. Ils ont promis de le faire. »

À l'automne, quand sa famille avait appris qu'ils étaient séparés et qu'ils allaient sans doute divorcer, le choc avait été rude. Jared et Jason avaient juré de régler son compte à Griffin la prochaine fois qu'ils le verraient. L'un d'eux (leurs voix aussi étaient identiques) se procura son numéro de portable, et, pris de boisson, appela Griffin en pleine nuit. « J'ai toujours su que t'étais un salopard ! lança-t-il sans se donner la peine de s'identifier.

— Manquait plus que ça... » soupira Griffin, qui, à trois heures du matin, regardait un vieux film à la télé. À cette époque, il avait déjà quitté l'appartement de Tommy pour un studio minuscule. La plupart du temps, il ne prenait même pas la peine de déplier le canapé-lit. « Si tu l'as toujours su, il fallait me le dire.

— J'espère pour toi que j'aurai jamais à te recroiser », continua l'autre sur un fond sonore de salle de bar où se mêlaient musique et rires gras.

Griffin n'arrivait pas à définir s'il s'agissait de Jared ou de Jason. « Je l'espère aussi, Jason, dit-il, tentant le tout pour le tout.

— C'est pas Jason, c'est Jared.

— Même combat. »

L'autre resta muet pendant une minute. « Qu'est-ce qu'elle t'a fait, ma sœur ? Pourquoi tu la traites comme ça ?

— Écoute, Jared...

— Tu la mérites pas, bordel !

— Je suis d'accord.

— Ouais ben... j'espère pour toi que j'aurai pas à te recroiser », répéta-t-il. Désarçonné d'entendre Griffin partager son avis, il tentait de reprendre le dessus.

« Tu es où, en ce moment ? Que je sache où ne pas mettre les pieds.

— Je suis stationné à Honolulu.

— Très bien, dans ce cas, aucun risque.

— J'ai une perm, je pourrai faire un détour par L.A. pour te casser la gueule, qu'est-ce que t'en dis ?

— Je vais raccrocher, maintenant, Jared.

— T'imagines que je ne sais pas où tu crèches, mais je peux trouver. Te crois pas à l'abri.

— Bellwood Terrace. Résidence du Caprice. Appartement E-217.

— J'ai mes propres méthodes.

— Bonne nuit, Jared. »

Griffin n'avait plus entendu parler de lui, mais il était rassuré de savoir qu'il avait accepté une trêve le temps du mariage.

« Je leur ai dit de se calmer, ou je ne les autorisais pas à venir. Ils ont juré tous les deux. Il n'y a plus qu'à croiser les doigts pour que tu les différencies, ça les énerve qu'on les confonde. Surtout maintenant que Jason a quitté l'armée et qu'il a n'a plus la boule à zéro.

— J'essaierai de m'en souvenir.

— Il y aura beaucoup d'enfants. Fais en sorte de ne pas avoir l'air de les détester. »

Oui, par pitié, fais semblant, reprit sa mère, ce qui le fit sursauter.

La ferme, maman.

« Ah, et je te rappelle qu'il y aura une cérémonie religieuse, alors ne le prends pas pour toi, mais Dieu risque d'être mentionné.

— Dieu ? Lequel ? »

Celui des protestants, le dieu des résidences sécurisées et de la théorie des dominos. Doux Jésus. Avec un J, comme tous les noms de cette tribu.

« Fais comme si tu ne l'entendais pas », s'ordonna Griffin. Même de son vivant, il ne servait à rien de lui demander de se taire. « Ne t'inquiète pas pour moi, Joy. Je me tiendrai bien.

— Je sais, c'est juste…

— Quoi ?

— Je regrette qu'on n'ait pas trouvé un moyen de…

— Rester ensemble encore un an ?

— Mais ça n'a pas été le cas.

— C'est de ma faute, pas de la tienne. »

Les larmes aux yeux, elle regarda dans le vague avant de se reprendre. « Je dois te poser une question.

— Je t'écoute. »

Elle lui prit délicatement la main. « Tu es sûr, tu vas pouvoir tout payer ?

— J'ai promis. » En vérité, il était un peu soucieux. Il avait retiré vingt-cinq mille dollars de son fonds de retraite en espérant que ça suffirait, et tenté de ne pas paniquer en voyant s'allonger la liste des invités. Par précaution, il avait sorti dix mille dollars supplémentaires la semaine précédente.

« Tu disais que tu n'avais pas de travail en ce moment. »

En fait, il lui avait simplement expliqué que les propositions se faisaient plus rares depuis que Tommy et lui avaient été virés par Ruby Hand, les ennuis de santé de sa mère étant venus s'ajouter au reste. Après la première attaque, il avait tâché de retourner dans l'Indiana à chaque transition importante : l'hôpital, la maison de repos, la résidence médicalisée, le service de gériatrie, et enfin les soins palliatifs.

Depuis janvier, Griffin était chargé de cours dans une école de cinéma. Malgré le salaire minable, c'était mieux que rien. Il avait pris le même agent que Tommy, mais elle ne lui avait dégoté qu'une réécriture de dialogues dont il s'était acquitté tout seul. Il voyait moins son ami, maintenant qu'il ne vivait plus chez lui. Ils sortaient boire un verre de temps en temps, mais Tommy trouvait toujours une excuse pour s'éclipser au plus vite. Griffin savait que son ancien partenaire ne comprenait pas pourquoi il ne rentrait pas la queue entre les jambes en suppliant Joy de lui pardonner ainsi que l'aurait fait, dans les mêmes circonstances, n'importe quel mari avec un peu de jugeote. « Tu veux absolument finir tout seul ? demanda-t-il un soir. C'est ça ? » Ce n'était pas ça, mais Griffin n'arrivait pas à formuler ce qu'il ressentait.

« Je ne veux pas mettre Laura dans l'embarras, dit Joy. Je peux te dépanner si…

— Non, ça devrait aller. Maman a laissé de l'argent. » Encore une fausse vérité. Son assurance avait tout juste couvert les frais d'hospitalisation, de la maison de repos et de la crémation. Il avait vendu une partie de ses livres et donné le reste de ses affaires. L'ordinateur, l'imprimante et quelques meubles avaient rapporté deux mille dollars à tout casser. Son père avait quitté ce monde à peu près dans les mêmes conditions financières. Tout ça pour ça, pensa Griffin, même si cela aurait plu à Thoreau. Simplicité, simplicité, simplicité.

« Tu as pu récupérer les cendres de papa à mon bureau ?

— Oui, mais est-ce qu'on pourrait s'occuper de ça plus tard ?

— Bien sûr. »

Laura attendait à l'entrée de l'hôtel, l'air comblé, Andy à ses côtés. Le jeune homme affichait une franche perplexité, ce que Griffin ne comprit pas jusqu'au moment où il s'aperçut qu'il avait traversé le parking en tenant la main de Joy dans la sienne.

« *Papa* », dit sa fille en s'étouffant à moitié sous le coup de l'émotion, et Griffin fut heureux de ne pas savoir quoi dire, car il aurait été incapable de prononcer le moindre mot.

« J'ai une confiance aveugle en ce garçon », lui assura Laura tandis qu'ils pénétraient dans le labyrinthe.

Andy et elle venaient de se séparer comme s'ils étaient voués à ne jamais se revoir, et Laura se retourna pour agiter la main dans un dernier adieu pendant que son fiancé et sa mère disparaissaient hors de leur vue. Ni Joy ni Andy n'avaient semblé surpris à l'idée que Laura emmène son père pour une petite promenade dans le labyrinthe, ce qui avait tout pour inquiéter Griffin. Avaient-ils changé d'avis quant à sa présence au mariage ? Laura avait-elle prévu de le congédier au milieu des ifs, loin de tout témoin potentiel, au cas où il refuserait la sentence ou fondrait en larmes ? Il préféra respirer un grand coup, s'obligeant à garder son calme. Que Laura ait besoin d'un tête-à-tête avec son père n'avait rien à voir avec lui ni avec tout ce qu'il leur avait fait subir depuis le mariage de Kelsey. Elle allait se marier, et le programme du jour prévoyait une séance de réconfort paternel. « Profites-en », s'ordonna-t-il. Il n'était pas sûr qu'on réclame sa présence de sitôt.

« Andy est formidable, ma chérie, dit-il en lui passant un bras autour des épaules, et il lui fut reconnaissant de se laisser étreindre ainsi. Difficile d'imaginer quelqu'un de plus dingue de toi, à part ton vieux père, évidemment. » Il cherchait à provoquer un sourire, mais la remarque sembla la rendre plus pensive encore, et pendant un moment, ils n'échangèrent pas un mot. Ils prirent d'abord à gauche, puis à droite, et de nouveau à gauche, jusqu'à se perdre pour de bon.

« En fait, c'est plutôt moi qui m'inquiète, déclara-t-elle. Et si je finissais par lui faire du mal ?

— Pourquoi voudrais-tu lui en faire ? » demanda Griffin, à nouveau submergé par la culpabilité. Sa fille aurait-elle douté de la sorte un an plus tôt, ou était-il responsable de ses craintes ?

Un banc avait été judicieusement placé dans ce qui devait être le cœur du labyrinthe, d'après les estimations de Griffin, et ils s'assirent. Il faisait sombre au milieu de toute cette végétation, et le peu de lumière filtrant entre les branches éveilla en lui la peur irrationnelle et puérile de ne pas retrouver la sortie. Laura manquerait son mariage, et ce serait sa faute, là aussi. Il lui prit la main, sans savoir s'il voulait offrir du réconfort ou en recevoir.

« Ça t'est déjà arrivé, demanda-t-elle, d'avoir l'impression de ne pas correspondre à l'idée que les gens se font de toi ? Comme si tu faisais semblant d'être cette personne que tout le monde adore ? Et le pire, que les gens croient à cette image ?

— Tous les jours, avoua-t-il. Si je ne m'abuse, ça fait partie du péché originel. Il n'y a que les psychopathes qui sont épargnés. Mais si tu y penses trop, tu te prives de tout, y compris du bonheur, par crainte de faire du mal aux autres.

— Je devrais ne pas y penser ?

— Oui, comme tout le monde. »

Elle semblait à moitié convaincue. « Je pense beaucoup à grand-mère en ce moment », dit-elle.

Surpris, il marqua un temps d'arrêt avant de répondre, s'attendant presque à ce que sa mère, qui se trouvait juste de l'autre côté de la haie et donc à portée de voix, fasse un commentaire de son cru. Mais peut-être le labyrinthe l'avait-elle perturbée.

« Tu sais pourquoi ? »

Elle haussa les épaules. « J'imagine que c'est de l'avoir vue dans cet état en décembre dernier. Tous ces tubes, et l'oxygène. Elle avait l'air tellement minuscule et décharnée. »

Il s'en souvenait comme si c'était hier. Laura était passée deux semaines avant la fin. Émotionnellement et mentalement fourbu, Griffin s'était installé dans un motel à proximité de l'hôpital. Les médecins l'avaient prévenu que certains patients vivaient encore des mois après avoir été mis sous morphine, mais lui avait l'impression que sa mère mourrait comme elle avait vécu, calée sur le calendrier universitaire. Il doutait fort qu'elle entamerait un nouveau semestre.

Le jour de cette visite inattendue avait été particulièrement éprouvant. Sa mère avait été réveillée plusieurs fois dans la nuit par les infirmières, qui venaient vérifier ses fonctions vitales ou discuter bruyamment dans le couloir devant sa chambre. Elle avait donc été d'humeur irritable toute la matinée, persuadée qu'on ne lui avait pas donné sa morphine alors que les fiches de l'infirmière-chef prouvaient le contraire. À midi, Griffin avait fait un saut au motel pour se doucher et manger un morceau. De retour à l'hôpital, il avait appris que sa mère avait une visite, sa première en dehors de lui. Assise au bord du lit étroit, dos à la porte, une femme lui tenait la main. Joy, pensa-t-il, et, à cette éventualité, il sentit la glace qui s'était formée autour de son cœur se craqueler. En novembre, elle l'avait appelé pour lui dire qu'elle devait se rendre à Sacramento la semaine suivante et qu'elle pouvait faire un arrêt dans l'Indiana à l'aller ou au retour, si jamais il avait besoin d'elle. Il aurait voulu dire oui de toute son âme, mais il s'était entendu répondre non, que la situation était sous contrôle. Quand il avait demandé si tout allait bien en Californie, elle avait répliqué que oui, juste une histoire de famille à régler, sous-entendant clairement que cette famille ne le concernait plus. Celle-là, il ne l'avait pas volée.

Il crut d'abord qu'elle avait décidé de venir quand même, mais bien sûr, ce n'était pas le style de Joy. Sa mère n'aurait jamais permis à sa bru de lui tenir la main. « Regarde qui est là », dit-elle. Il fallut que Laura se tourne vers lui pour qu'il la reconnaisse. « Tu voudrais bien me laisser profiter seule de ce petit bonheur ? demanda sa mère quand il eut embrassé Laura. Ma petite-fille a fait un long voyage pour me voir et elle n'a qu'une heure devant elle.

— Ça va, papa, dit Laura lorsqu'il tenta de s'y opposer.

— Allez, ouste ! » exulta sa mère, visiblement ravie de l'obliger à sortir et qu'il n'ait pas réussi à empêcher cette visite.

Petite, Laura n'avait quasiment jamais vu ses grands-parents paternels. Mary était venue deux mois après sa naissance « pour donner un coup de main », mais quand Joy lui avait tendu le bébé, elle l'avait pris avec dégoût comme un torchon sale. Laura, fascinée par sa grand-mère, avait souri avant de vomir sur elle un lait jaune à l'odeur aigre. Mary avait aussitôt rendu le bébé à Joy et consacré un quart d'heure à nettoyer son chemisier. Au lieu de rester une semaine comme prévu, elle n'attendit pas d'avoir au moins une fois changé les couches de sa petite-fille pour s'inventer une excuse, au bout de deux jours, et regagner l'Indiana. « Je me demande bien qui a pu te changer, toi, quand tu étais bébé », avait dit Joy à Griffin. Cet épisode l'avait amusée, elle, tandis que lui, était au bord du meurtre.

Les trois mille kilomètres de distance avaient formé une zone tampon idéale durant la jeunesse de Laura. Mais même après leur déménagement dans le Connecticut, les choses n'avaient pas beaucoup évolué. Mary ne s'était de nouveau manifestée qu'au moment où Laura, en terminale, réfléchissait aux universités qui pourraient lui plaire. D'après elle, sa petite-fille devait aller à Yale et oublier les facs moins cotées de sciences humaines qui l'attiraient tant, ces mêmes facs où ses deux grands-parents avaient pourtant espéré en vain trouver un poste. Aujourd'hui, elle les appelait des « facs de repli ». « Grands dieux, pas Williams ! s'exclama-t-elle un jour. Tu sais quel genre de parents envoient leur progéniture à Williams ? Des riches. Des privilégiés. Des républicains. Des Blancs. Ou, pire encore, des gens qui aspirent à être tout ça à la fois. » Donc pas si différents de tes autres grands-parents, insinuait-elle. « Leurs rejetons ne sont pas assez brillants pour être pris dans une université de l'Ivy League, et comme il faut bien les envoyer quelque part, Dieu a créé Williams. » Cela dépassait Griffin, mais Laura avait apparemment aimé discuter de ces questions avec sa grand-mère qui qualifiait de *brainstorming* leurs conversations parfois longues de trois quarts d'heure, voire une heure. Il était condamné à rester planté devant la porte verrouillée de la chambre de sa fille, ce qu'il avait bien cherché. « Ta grand-mère a un avis sur tout, avait prévenu Griffin. Ça ne veut pas dire qu'elle ait forcément raison. » En fait, il tentait d'aller à la pêche aux informations, curieux de découvrir ce qu'elle racontait à sa petite-fille. « Oui, peut-être, répondait Laura sans s'engager. Mais elle a de bonnes idées. » Elle ne disait pas lesquelles.

Joy conseillait à Griffin de ne pas trop insister. Laura était assez grande et intelligente pour faire le tri, et il avait tort de traiter sa mère comme un serpent venimeux. Il avait cédé à contrecœur, mais quand Mary avait proposé d'accompagner Laura pour ce qu'ils appelaient tous la Tournée des grandes facs (Yale, Columbia et Cornell), il était intervenu. « Désolé, maman, lui avait-il dit, échouant à cacher sa colère alors qu'il essayait de ne pas hausser le ton, mais il n'est pas question que tu contamines ma fille avec ton snobisme et ton amertume. On arrête tout. »

Des mots d'une grande cruauté, pleins de cette amertume qu'il reprochait tant à sa mère. Il les avait regrettés aussitôt prononcés, mais impossible de les retirer, et il n'avait pas non plus trouvé la force de s'excuser.

« Tu dois la rappeler », avait dit Joy lorsqu'il lui avait avoué ce qui s'était passé.

Il ne le fit jamais. Il ne revint pas sur sa décision et géra seul le trio d'universités. L'épisode ne fut jamais plus mentionné, mais il connaissait trop bien sa mère pour croire qu'elle mettrait son mouchoir par-dessus. Elle voyait sans doute dans la visite de sa petite-fille un moyen de se venger, du moins c'est ainsi qu'il prit les choses, banni dans la salle des infirmières où il tenta, par la pensée, d'accélérer le passage du temps sur la grosse horloge murale. À sa sortie, une heure plus tard, Laura semblait bien, ce qui le soulagea, mais dès qu'ils prirent place dans la voiture, sa fille fondit en larmes et ne cessa de sangloter jusqu'à l'aéroport. L'intensité de son chagrin déstabilisa Griffin. Elle devait affronter l'idée qu'elle ne reverrait peut-être jamais sa grand-mère, mais il semblait y avoir autre chose, comme si elle faisait le deuil d'une personne restée une étrangère alors qu'elle aurait dû jouer un rôle important dans sa vie. À qui la faute ? Mary, qui avait attendu le dernier moment pour exprimer un peu d'intérêt ? Griffin était tenté de tout lui mettre sur le dos, mais au fond de lui, il savait que même si elle s'était manifestée plus tôt, il se serait interposé. S'il l'avait traitée comme un serpent venimeux, c'était tout bonnement parce qu'il la considérait comme tel.

« Je pensais qu'elle voudrait tout savoir de mon futur mari, expliquait à présent Laura, les larmes aux yeux, en se remémorant cette heure passée à l'hôpital, son dernier souvenir de sa grand-mère, mais quand j'ai essayé de parler de lui… »

Griffin attendit un instant, puis voyant que Laura ne pouvait continuer, il demanda : « Elle n'a pas été très curieuse ?

— Je ne sais pas, admit-elle, en séchant ses larmes du revers de la main. Mes amis disent que dès que je parle d'Andy, ils doivent se retenir pour ne pas hurler, tellement on a l'air amoureux.

— Ma chérie, le bonheur est un sport très ennuyeux pour ceux qui le regardent.

— J'imagine. Bref, j'avais à peine dit deux mots qu'elle m'a coupée en me conseillant de devenir plus forte. Je lui ai demandé pourquoi, elle a répondu que le mariage était un combat. On blesse ou on est blessé. Il y a un bourreau et une victime.

— Tu sais qu'elle était sous morphine, non ?

— Ce n'est pas tant ce qu'elle disait qui m'a dérangée. C'était sa façon de me regarder, comme si elle lisait en moi que je pouvais être cruelle, et que si quelqu'un allait souffrir, ce serait Andy.

— Chérie, je doute qu'elle ait pu lire quoi que ce soit en toi. Ta grand-mère était narcissique. Les gens comme elle ne sont pas tournés vers les autres. Pour eux, le monde ne fait que refléter leur réalité intérieure. Elle voyait l'amour comme un piège. Elle voulait que tu penses la même chose. »

Laura se redressa. « Tout ce que je sais, c'est que je ne veux pas lui faire de mal.

— Ça n'arrivera pas.

— Promis ?

— Juré. »

S'il avait été l'auteur de ce scénario, la scène ne se serait pas arrêtée là. Sa fille fictionnelle aurait posé les questions attendues. Comment pouvait-il promettre qu'elle ne reproduirait pas ce que lui faisait subir à sa femme ? N'était-elle pas sa fille ? Mais ce n'était pas un scénario et la vraie Laura était trop gentille pour dire tout haut ce qu'elle pensait très fort. Peut-être était-elle même trop gentille pour le penser tout court.

« De mon côté, je me demande si tu me pardonneras un jour.

— C'est déjà fait », répondit-elle en lui donnant pour plaisanter un grand coup d'épaule avant de se lever. Manifestement, la partie « retrouvailles » du programme touchait à sa fin. « Mais bon, je t'en veux encore pas mal.

— Je sais, dit-il en se levant à son tour. Je m'en veux aussi.

— Grand-mère m'a raconté quelque chose sur toi, ajouta-t-elle alors qu'ils émergeaient du labyrinthe.

— Ah bon, quoi donc ? fit-il sans être sûr de vouloir l'entendre.

— Que tu ne voudrais jamais l'admettre, mais que tu étais comme elle. »

Ça c'est bien vrai ! s'exclama sa mère, toujours d'accord avec elle-même.

Comme prévu, la courtoisie semblait de mise. Griffin s'était à peine versé un verre de vin que Jared – son identité ne faisait presque aucun doute grâce au crâne rasé – vint le trouver et lui tendit une main qu'il ne vit aucune raison de ne pas serrer. Peu importe son nom, il avait la tête de l'emploi : c'était un marine aux joues creuses, au cou de taureau et à la musculature invraisemblable. « Alors, fit-il en réduisant la main de Griffin en bouillie, sans rancune ? »

Jared, donc. À retenir : Jared, boule à zéro ; Jason : cheveux. « Non non, sans rancune », répondit Griffin.

Les jumeaux constituaient l'énigme de la famille. Ils étaient nés presque dix ans après Joy (Jane et June, qui avaient deux ans d'écart, étaient les aînées) et avaient un tempérament très différent de celui de leurs sœurs. Harve et Jill s'étaient fait beaucoup de mouron pour eux quand ils étaient petits, car ils se tapaient dessus sans arrêt et sans jamais chercher l'arbitrage de leurs parents. Ils se battaient jusqu'au sang, et au-delà. Un beau jour, ça s'est arrêté. Au lieu de s'entre-tuer, ils ont assuré les arrières l'un de l'autre. L'énergie gagnée fut investie dans le culturisme et les moqueries, parfois un peu brutales, à l'encontre de leur père, d'abord dans son dos puis devant lui. Ils ne s'étaient pas mariés. À quarante ans passés, ils aimaient encore le heavy metal, les clubs de strip-tease et le genre de femmes qu'on y croise.

« Chacun voit midi à sa porte, j'imagine, dit Jared, un petit ver s'agitant au niveau d'une de ses tempes, preuve de l'effort que lui coûtait tant de magnanimité. J'ai peut-être abusé, mais c'est normal que je prenne le parti de ma sœur.

— J'aurais aussi tendance à prendre son parti », dit Griffin, puisque c'était vrai et qu'il lui paraissait judicieux de suggérer à Jared de s'arrêter avant qu'« abuser » se transforme en « brutaliser ». Son frère, Jason (ses cheveux se résumant à une brosse), les observait depuis l'autre bout de la pièce, et Griffin nota qu'il afficha une expression meurtrière, même si le mot était peut-être un peu fort. « J'ai cru comprendre que ton frère avait quitté l'armée », s'aventura Griffin, sincèrement étonné qu'un des jumeaux commette un acte aussi individualiste.

Jared grogna en jetant un coup d'œil par-dessus son épaule, et dit, en haussant la voix pour être sûr d'être entendu : « Ouais, Jason a toujours été une femmelette.

— Attends un peu, J.J. », rétorqua son frère. J.J. correspondait à Jared le Jarhead, surnom qu'il avait choisi en intégrant les marines, comme s'il n'y avait pas assez de J dans la famille. « On verra ça. »

Le père de Joy se tenait dans son fauteuil roulant à l'autre bout de la pièce. Une femme dégingandée qui devait être Dot jouait les sentinelles à côté de lui, et quand Griffin s'approcha, elle se plia en deux pour murmurer quelque chose à l'oreille de Harve comme un conseiller à un politicien. Lui rappelait-elle qui était Griffin ? Que Joy et lui étaient séparés ?

« Quoi ? » aboya Harve. Et quand elle eut répété : « Mais bon sang de bonsoir, je sais bien qui c'est. » Il tendit une main décharnée pleine de taches et Griffin, à sa grande surprise, éprouva de la pitié. Son beau-père n'était plus l'homme robuste qu'il avait connu. Ses yeux bleu pâle étaient humides, le bord des paupières rouge vif, comme dessiné au crayon.

« Alors, Jack, on pense à garder la tête baissée ?

— Le tir sera raté si je la lève, répondit Griffin. Ça fait plaisir de vous voir, Harve. »

L'homme acquiesça. « Tu sais que ma femme est morte ?

— Oui. » Il avait bien évidemment assisté à l'enterrement de Jill. Il faillit le lui rappeler, mais se tut. « Je sais.

— Il sait, renchérit Dot.

— Une horreur, reprit Harve qui n'en avait pas terminé avec ce sujet. J'espère que tu n'auras jamais à traverser ça.

— Moi aussi », confia-t-il, en s'apercevant que malgré les avertissements de Joy, il avait surestimé les fonctions cognitives de son beau-père. Il avait manifestement oublié que Griffin et elle étaient séparés. Ou alors quelqu'un lui avait dit qu'il venait accompagné, et il lui souhaitait donc de ne pas assister à l'agonie de cette autre femme.

« J'espère que tu n'auras jamais à découvrir ton épouse effondrée par terre.

— Harvey, tu te fais du mal, intervint Dot.

— Parce que ça n'a rien de drôle, laisse-moi te le dire, continua-t-il sans lui prêter la moindre attention. Une femme comme ça, il n'y en a pas deux. »

Dot soupira, les yeux dans le vague. Elle connaissait cette rengaine par cœur, apparemment.

« Ce que tu ne sais sûrement pas, c'est qu'elle écrivait un roman pistolaire quand elle est morte. »

Griffin regarda Dot, qui leva les yeux au ciel. « Un western ? demanda Griffin.

— Non, un roman pistolaire. Tu sais pas ce que c'est ? »

Il avoua que non.

« Eh ben, elle en écrivait un. Ta Joy adorée ressemble beaucoup à sa mère. »

Tiens, pensa Griffin, Joy est donc toujours mienne. Harve a vraiment perdu les pédales.

« Mes trois filles tiennent de leur mère, bien sûr, mais Joy est celle qui ressemble le plus à Jilly. Depuis toujours.

— Et Laura est comme sa mère », ajouta Griffin en espérant que Harve trouverait un certain réconfort dans cette continuité féminine.

Harve se contenta de cligner des yeux, l'air de se demander qui pouvait bien être cette Laura.

« La mariée, l'informa Dot dans un murmure. On est ici pour son mariage.

— Bah bien sûr, répliqua Harve. Tu crois que je ne connais pas ma propre petite-fille ? » Il se tourna vers Griffin. « Elle pense que j'ai mauvaise mémoire, mais c'est faux. C'est comme toi. Je me souviens très bien que t'étais infoutu de garder la tête baissée. Et je parie que c'est toujours le cas.

— Vous avez raison, Harve, j'ai toujours autant la tête en l'air. »

Harve acquiesça tristement, comme pour confirmer que les humains étaient des créatures bien faibles. Impossible de leur apprendre les rudiments de quoi que ce soit, alors une activité aussi complexe que le golf, n'en parlons pas. « Garde la tête en l'air, dit-il en fixant ses yeux bleus humides sur Griffin, et t'es assuré de rater ton coup. »

Puis son regard se détacha de lui pour suivre la trajectoire de ce tir fantôme qui partit dans les bois, hors de vue, la balle ricochant contre les troncs d'arbres.

« Je me rends compte que ce n'est ni le lieu ni le moment », dit Brian Fynch, patron de Joy et directeur du service des inscriptions à l'université. Le dîner prenait fin, et on avait encouragé les uns et les autres à changer de table. Jusque-là, Griffin avait été placé avec la famille d'Andy, un groupe assez restreint dont les membres semblaient intimidés par la taille de la famille de Joy et par le niveau de décibels qu'elle produisait (Jane et June étaient du genre braillard). Pour sa part, Griffin avait été soulagé qu'on le mette avec eux.

Fynch, qui était très grand, portait un costume coûteux taillé sur mesure. Il semblait à l'aise dedans, comme le sont les hommes quotidiennement en costume. Sa coupe de cheveux remontait aux débuts des Beatles : de longues mèches qui lui tombaient juste au-dessus des sourcils. Ridicule, ne put s'empêcher de penser Griffin, surtout pour quelqu'un de son âge, c'est-à-dire à peine plus jeune que Joy. Il le surnomma tout de suite Ringo. Joy l'avait présenté comme son « ami » (Laura avait employé le même substantif au téléphone quand elle lui avait dit que sa mère viendrait également accompagnée). Pour Fynch, il était « Jack », comme dans *Jack, dont le nom hante mes phrases, mes pleurs et mes colères. Allez, Griff*, s'admonesta-t-il, *ressaisis-toi.* Joy n'avait sans doute rien proféré de tel. *Au contraire, tu devrais te réjouir.* Elle aurait pu le présenter comme son futur ex-mari, ce qui aurait été pire que tout. Il s'aperçut qu'il avait presque souhaité être désigné comme son mari (ce qu'il était toujours), mais elle s'était abstenue.

Bref, cet « ami » et lui papotaient gentiment depuis dix minutes. Ringo affirmait qu'ils s'étaient rencontrés au printemps précédent (« Aucune raison de vous en souvenir »), quand il était arrivé à bord. *À bord ?* avait grogné la mère de Griffin. *Il se prend pour un pirate ou quoi ?* (Silencieuse au moment où Laura et lui étaient dans le labyrinthe ainsi qu'au cours du dîner, elle jacassait de nouveau et semblait encore plus assommée que son fils par Brian Fynch. En d'autres circonstances, son opinion n'aurait pas compté, mais en matière universitaire, elle s'y connaissait.) Ringo continuait d'expliquer qu'il adorait la fac, comme si quelqu'un avait répandu d'horribles rumeurs affirmant le contraire. Il espérait que ce poste serait le dernier d'un « long voyage universitaire ». *Long et vain, peut-être. Universitaire, sûrement pas.* Ce travail était une opportunité fantastique comme il ne s'en présente qu'une fois dans une vie. Son « équipe » était la meilleure, même si, « entre nous », Joy sortait du lot. (*Mais quel gros lèche-cul !* s'écrièrent mère et fils – intérieurement – de concert.) En fait, Ringo aurait voulu en avoir une demi-douzaine comme celle-là. Il lâcha cette remarque des plus ambiguës avec une telle conviction innocente que Griffin se demanda s'il ne se pouvait pas qu'effectivement Joy et lui soient simplement amis. Il lui avait montré beaucoup d'égards au cours de la soirée, mais cela ne signifiait pas qu'ils étaient intimes, même si Joy n'aurait jamais toléré la moindre familiarité au mariage de sa fille.

« Croyez bien que je ne voulais pas en parler, mais le doyen Zabian a su que je vous verrais ce week-end, et je lui ai promis de vous demander quels étaient vos projets pour l'année prochaine. »

Peut-être les choses s'étaient-elles déroulées comme le racontait Fynch. Le doyen avait bien pu lui demander de se renseigner. Mais dans un scénario plus vraisemblable, Fynch était un fouineur de première, il avait devancé la question du doyen. Griffin comprenait que Zabian commence à s'impatienter, mais si tel était le cas, il aurait sûrement interrogé Joy plutôt que Ringo. Et s'il voulait vraiment obtenir une réponse, rien ne l'empêchait de contacter directement Griffin.

« Tout le monde espère vous revoir à l'automne, disait Fynch, mais si vous ne pouvez pas…

— Je comprends. Vous direz à Carroll qu'il sera bientôt fixé.

— Non pas qu'on ait à se plaindre de votre remplaçante, poursuivit Fynch, insensible au fait qu'on l'avait autorisé à mettre un terme à cette conversation. Le département peut s'en arranger encore un ou deux semestres, mais selon la formule du doyen Zabian : "En cours, elle n'a pas l'envergure d'un Jack Griffin." »

Ce dernier sourit, désormais certain d'avoir (tout comme sa mère) correctement cerné la personnalité de Ringo. L'omniscience implicite, la trop grande familiarité, la flatterie… quel connard. Il repensa à cette vieille dame à qui il avait parlé à Truro l'année précédente, et qui cherchait une bonne occasion d'employer l'expression « enculeur de mes deux ». Il venait d'en trouver une.

Il repéra avec soulagement un jeune homme portant l'insigne de l'hôtel sur la poche de son blazer en train de s'entretenir avec Joy, qui pivota pour le désigner. « Si vous voulez bien m'excuser », dit-il en faisant montre de sortir son chéquier. Ringo tourna aussitôt les talons, apparemment convaincu d'avoir rempli sa mission.

« Monsieur Griffin ? fit le jeune homme, tenant à la main un papier qui avait tout l'air d'une facture.

Si vous voulez bien me suivre dans un endroit un peu plus privé… »

Griffin hocha la tête, et laissa retomber son chéquier dans la poche intérieure de sa veste. « Qu'allons-nous y faire ? »

Virant au cramoisi, le gamin lui apparut soudain encore plus jeune, et clairement gay.

De retour dans la salle à manger après avoir réglé la note, il vit le personnel, des adolescents pour la plupart, débarrasser les restes du dessert et jeter les nappes tachées dans des paniers avec plus d'énergie et d'enthousiasme qu'ils n'en avaient mis plus tôt à faire le service. Une fête les attendait sans doute. Difficile de croire que Laura avait dépassé tout ça, l'excitation d'une nuit encore jeune et pleine de promesses. Les invités s'étaient regroupés sur la terrasse dominant la pelouse où se disputait un match de volley éméché, la lune éclairant à peine la partie. La famille d'Andy, dont beaucoup avaient fait un long voyage pour venir, était partie se coucher. Ne restait que celle de Joy.

Harve, que la fatigue rendait agité, était installé sur la terrasse, en haut de la longue rampe d'accès pour fauteuils roulants. Il avait piqué du nez durant les dernières étapes du dîner, bien qu'il eût refusé de l'admettre, même après avoir été réveillé brusquement par ses propres ronflements, événement que Jared et Jason s'étaient empressés de rejouer pour l'édification des enfants, qui, à leur tour, s'étaient amusés à tomber de leur chaise après un réveil en sursaut. Le vieil homme se démenait à présent pour s'extirper de son fauteuil, apparemment résolu à ce qu'on ne l'oblige pas à descendre la rampe en le poussant. Griffin compatissait, mais pas Dot. Avec l'aide de Jane, elle le força à se rasseoir, et lui dit, à moins que Griffin ait mal compris, de se tenir correctement. La réponse de Harve sans doute bien sentie lui fit tourner les talons en direction des toilettes, laissant à Jane le soin de raisonner son père.

Joy était à l'autre bout de la terrasse en train de parler avec June et son mari, mais Griffin voyait qu'elle gardait un œil sur son père. Laura lui avait expliqué que la famille – Harve, Dot, sa mère, Jane, June et leur entourage respectif, ainsi que Jason et Jared – occupait la grande bâtisse au bord de l'eau qui dépendait de l'hôtel. Sa façade sombre percée de fenêtres d'où sortait une lumière d'un beau jaune ressortait sur le ciel nocturne. Cela devait rappeler à Joy la maison qu'ils louaient quand elle était petite. Jane et June avaient sans doute pensé à emporter des jeux de société, et quand Harve et les petits seraient couchés, le reste des adultes se lancerait dans des parties de Monopoly ou de Cluedo en échangeant de vieilles histoires de famille pleines de nostalgie. Griffin avait beau les avoir entendues jusqu'à l'écœurement, il éprouva un pincement de regret (allez, avoue) à se voir soudain exclu du cercle familial. Ce gros balourd de Ringo serait-il invité à leur table ce soir-là ? Lui donnerait-on le pion du Professeur Violet – un dé à coudre en argent – généralement dévolu à Griffin ? Fynch avait tenu à lui dire qu'il dormait à l'hôtel, mais peut-être était-ce seulement pour préserver les apparences. Il se joignit à Joy, et lorsque Griffin le vit lui caresser le bas du dos, il se dit qu'ayant rempli sa principale mission pour la soirée il pouvait s'éclipser discrètement, qu'il ne manquerait à personne.

Mais pourquoi traînait-il ainsi les pieds ? Figé sur la terrasse, il tentait de résoudre ce mystère quand sa mère intervint : *Tu sais à qui tu me fais penser, là ?* Griffin devina que la question était rhétorique. *N'as-tu pas dit à Laura que c'était à toi que je ressemblais ?* riposta-t-il. Il avait dû toucher juste, car elle n'ajouta rien. Il repéra sur la droite une alcôve à l'abri des regards, d'où il pouvait observer la terrasse ainsi que le match de volley. On y avait déposé une Thermos de café : exactement ce qu'il lui fallait avant de reprendre la route pour rejoindre le nord de la péninsule. Il se versa une tasse et ferma la porte derrière lui, histoire de dissuader quiconque de venir lui tenir compagnie.

À l'exception de Kelsey, qui était enceinte, tous les invités avaient été réquisitionnés pour le match de volley. Les plus petits, impatients de participer, couraient en tous sens agitant haut les bras alors que le jeu se tenait dans des sphères bien trop élevées pour eux. Laura et Andy étaient sur la ligne de fond, et la balle atterrit à leurs pieds à la seconde où ils s'arrêtaient pour s'embrasser, ce qui provoqua une grimace chez leurs coéquipiers. Jared et Jason, séparés par le filet, se bousculaient dès que l'un d'eux violait la zone neutre. « Tu vas en bouffer, J.J. », prévint Jason, envoyant un smash violent en direction de son frère, mais le coup partit sur le côté et manqua de justesse Kelsey, qui croyait pourtant s'être placée à une distance raisonnable, la main sur son ventre.

« Hé ho, on se calme ! Faites attention aux petits ! » hurla June depuis la terrasse, en vain.

Tu ne vas quand même pas me dire que tu apprécies ces gens, dit la mère de Griffin. Il avait espéré l'avoir laissée dehors en fermant la porte, mais c'eût été trop beau. *Tu oublies que je te connais par cœur. Tu peux bien le nier, mais tu as toujours voulu être débarrassé d'eux et maintenant, c'est fait. Cette soudaine sensiblerie ne te ressemble pas du tout.*

Je ne t'écoute pas, maman, répliqua-t-il en se concentrant sur un petit garçon qui faisait une comédie en contrebas. Furieux de ne pas être au centre de l'attention, il s'était assis au milieu du terrain, la lèvre boudeuse, le visage menaçant.

Quel petit monstre, celui-là, remarqua sa mère.

Non, maman, c'est un enfant, rectifia Griffin, même si elle n'avait peut-être pas tort.

Andy, qui semblait craindre qu'on piétine le gamin, le hissa sur ses épaules et lorsque la balle vint vers eux, il se plaça de façon à ce qu'il puisse la frapper. Elle atterrit dans le filet, mais le môme exulta et leva les bras en signe de triomphe comme il avait dû voir les sportifs le faire à la télé. Tout le monde l'applaudit.

Tu détestes les enfants, tu détestes le volley-ball et tu ne peux pas souffrir les imbéciles heureux.

Peut-être que tu ne me connais pas si bien que ça, après tout.

D'accord. Fais ta mauvaise tête.

Changeons de sujet, tu veux bien ?

C'est ça, parlons d'autre chose. De la météo, si tu préfères. Tu te souviens de cette tempête de neige qui s'est abattue pendant que j'agonisais ?

Comment aurait-il oublié ? La poudreuse tombait en quantités énormes et était montée aux deux tiers de la fenêtre de sa chambre d'hôpital. L'avion de Laura avait été un des derniers à décoller avant la fermeture de l'aéroport, qui n'avait réouvert que pour le réveillon de Noël. Par deux fois, Griffin avait dû faire presque deux kilomètres à pied pour regagner son hôtel, parce que les routes étaient impraticables et sa voiture ensevelie.

Sa mère était devenue de plus en plus agitée durant les jours qui avaient suivi la visite impromptue de Laura. La morphine calmait sa respiration, mais de toute évidence, quelque chose la troublait au sujet de sa petite-fille sans que Griffin devine quoi. « Elle est tellement… » dit-elle à plusieurs reprises, perdant le fil de sa pensée comme si elle l'avait malgré tout sur le bout de la langue. L'oxygène lui asséchait la bouche, Griffin lui donna des glaçons à sucer, mais cela n'aida pas. « Elle est tellement…

— Quoi donc, maman ? »

Elle s'était endormie, peinant toujours à s'exprimer. Griffin avait somnolé à son tour, et s'était réveillé au son de sa voix.

« Elle est tellement… *gentille*, non ? »

Gentille ? Était-ce bien le mot qui lui avait coûté tant d'efforts ? À croire que ce concept était fabuleusement exotique, une idée sur laquelle elle avait beaucoup lu sans l'avoir jamais croisée dans la réalité. À moins qu'elle ait fait un rapide bilan génétique et n'en ait trouvé aucun antécédent dans la famille.

« Oui, dit-il, la gorge serrée de fierté. Elle est gentille.

— Elle me fait presque me sentir… » Elle butait de nouveau, et Griffin avait deviné que sa mère tâtonnait pour formuler un autre de ces concepts qui, jusqu'à ce jour, lui avaient été étrangers « … honteuse ».

Le lendemain, toutefois, elle était redevenue elle-même. « Elle n'a pas inventé la poudre, n'est-ce pas ? » dit-elle en fixant le vide. Ils étaient assis en silence depuis une heure, chacun perdu dans ses pensées. « Je doute qu'elle reprenne ses études.

— Laura est brillante, s'énerva Griffin. Et elle est heureuse, c'est l'essentiel. Elle va épouser un garçon qui l'aime et qu'elle aime.

— Heureuse, répéta-t-elle, en regardant son fils droit dans les yeux. Il n'y a que les imbéciles pour être heureux. »

Griffin se souvint d'avoir pensé : à peine quelques heures. C'était tout ce qu'il avait fallu à sa mère pour réfléchir à la bonté en général et plus précisément à celle de sa petite-fille avant de l'exclure des vertus cardinales.

Il ne fut plus question de Laura par la suite, mais Griffin continua de sentir le résidu fantôme de sa visite, et, sauf erreur de sa part, sa mère aussi. Son déclin sembla s'accélérer, même si au cours des longues journées qui suivirent, elle reprit des forces par moments, ainsi que les médecins l'avaient prédit. Ces pics de santé ne montaient pas bien haut, et les vallées se faisaient toujours plus encaissées. Les doses de morphine qui l'aidaient à respirer augmentaient, donnant des résultats de plus en plus étranges. Dès qu'on lui en administrait une, sa respiration se faisait moins laborieuse, plus calme, mais elle ne s'en trouvait pas pacifiée pour autant.

« Elle se bat contre quelque chose, remarqua une infirmière. Ce n'est pas rare à ce stade. On ne sait jamais ce qui se passe. »

Quand Mary l'y autorisait, il lui faisait la lecture ou bien ils regardaient mollement la télévision jusqu'à ce que la morphine agisse. Il avait apporté *L'Été des Browning* et y travaillait pendant qu'elle dormait. Un je-ne-sais-quoi dans la fragilité de sa mère, associé aux petits bruits rythmiques de l'hôpital, rendait l'histoire plus accessible qu'elle ne l'avait été au cap. Un jour, cependant, elle s'était réveillée et lui avait demandé sur quoi il travaillait avec tant de sérieux. « Ah, ceux-là », avait-elle grogné, clairement déçue par le choix de son sujet. Pensant lui faire plaisir, Griffin avait précisé qu'elle lui avait bien rendu service. « En juin dernier, tu m'as raconté que la petite sœur souffrait d'asthme et que Peter était mort au Vietnam. » Mais elle avait fait semblant de n'avoir aucun souvenir de la conversation. « Comment est-ce que je saurais ce qui est arrivé à ces gens ? » avait-elle répondu lorsqu'il avait insisté. Il n'avait su quoi penser. Sa mère l'avait habitué à feindre de savoir ce qu'elle ignorait, au lieu d'avouer son ignorance.

Plus Noël s'approchait, plus l'épuisement, les insomnies et la nourriture de la cafétéria abîmaient Griffin, qui commença à perdre le contact, déjà ténu, avec la réalité, comme si lui aussi était sous morphine. Bientôt, il cala son sommeil sur le sien, dormant par à-coups, l'histoire des Browning sur les genoux. En se réveillant, il découvrait les yeux de sa mère posés sur lui, un sourire énigmatique peint sur les lèvres. « Tu n'es pas le seul à avoir une histoire à raconter, déclara-t-elle un après-midi.

— Je veux bien le croire. » Il n'avait pas la moindre envie d'être le récipiendaire de révélations sous morphine, et les infirmières lui avaient conseillé d'éviter tout sujet de discorde. Il espérait qu'elle oublierait, mais un moment plus tard, elle ajouta : « Je parie que tu ne savais pas que ton père et moi sommes restés amants jusqu'au bout. »

Cette phrase se révéla n'être qu'un lever de rideau, le coup de semonce de ce qu'il appellerait par la suite le *Récit stupéfiant*. À cause de son essoufflement chronique, elle le scinda en épisodes très courts, comme les feuilletons télé à l'ancienne.

Après chaque épisode, elle fermait les yeux et dormait, ou faisait semblant, pour lui laisser le temps d'encaisser ce qu'elle venait de dire et qu'il y réfléchisse.

Si Claudia avait quitté son père, lui expliqua-t-elle, c'était parce qu'elle avait découvert qu'ils couchaient encore ensemble. En effet, elle lui rendait visite de temps en temps à cette époque, en racontant à Bartleby (à qui il était facile de mentir, puisque de toute façon il préférait ne pas savoir) qu'elle allait à des conférences. Elle affirma que Griffin avait même failli les surprendre quand il était passé voir son père à Amherst. Elle comptait partir bien avant son arrivée, mais sa voiture, garée en évidence devant la maison, avait refusé de démarrer. Elle avait réussi à lancer le moteur juste à temps. Ils s'étaient croisés dans la rue, mais Griffin, toujours dans sa bulle, ne l'avait pas remarquée. Le premier acte s'arrêta là, et quand son fils lui demanda pourquoi elle se donnait tant de mal, elle répondit : « Pour que tu saches. Tu crois tout savoir sur nous, mais c'est faux.

— Pourquoi est-ce si important ? » Elle sourit et s'endormit. Insinuait-elle qu'il perdait son temps à écrire sur les Browning alors qu'il pourrait écrire sur eux ? Qu'un écrivain doué d'une véritable imagination serait « sorti de sa bulle » pour s'intéresser à la leur ?

Le sexe, lui dit-elle avec un sourire perfide (venu de loin ou de circonstance ?), était encore mieux qu'au temps de leur mariage. Le sentiment de tromper leurs partenaires respectifs plutôt que de se tromper eux-mêmes ajoutait du piment. Son père et Claudia avaient quitté Amherst, et l'histoire avait continué. La grosse vache avait fini par lancer un ultimatum : c'était elle ou son ex-femme, n'imaginant pas une seconde que les dés étaient déjà jetés (le sourire perfide s'élargit).

Chaque fois qu'elle piquait du nez, Griffin était persuadé qu'elle aurait tout oublié en se réveillant ou qu'elle n'aurait pas la force de poursuivre, mais il se trompait. Ce récit semblait satisfaire un besoin aussi fondamental que celui de respirer. « Laissez-la faire, conseilla une infirmière.

— Mais ce qu'elle raconte est faux. Elle s'épuise à élaborer un tissu de mensonges auquel aucun de nous deux ne croit. C'est des conneries, tout ça. »

Mots qui lui valurent un regard sévère. « Pas pour elle. Votre mère était enseignante, non ? Elle vous fait la leçon. Elle s'arrêtera quand elle sera prête, ou quand elle ne pourra plus continuer. »

Dès qu'elle reprenait le fil de son récit, le cœur de Griffin se serrait et il se disait *C'est reparti*, mais peu à peu, alors que la neige s'accumulait devant la fenêtre, la curiosité l'emporta, et cette histoire qui peinait à naître tandis que sa conteuse lâchait prise finit par le fasciner.

Un jour, un des enfants de Bartleby avait découvert le pot aux roses, ce qui expliquait pourquoi, à la mort de leur père, cette bande de petits merdeux avait tout fait pour que Mary n'hérite de rien. Ça lui était bien égal, d'ailleurs. Rien de ce que Bartleby avait à offrir ne l'intéressait (autre sourire perfide pour faire comprendre à Griffin qu'elle ne parlait pas de biens matériels). Elle prétendit aussi avoir rejoint, quoique plus rarement, son ex-mari dans les différentes universités où il avait enseigné. Ils étaient restés amants jusqu'à ce que le physique ne suive plus, et même après, ils n'avaient jamais vraiment perdu contact.

Cela se pouvait-il ? Griffin n'arrivait pas à se décider. L'histoire semblait dérailler à plusieurs endroits. Afin d'essayer de trouver une cohérence au milieu de toutes ces pistes divergentes, il se mit à comparer point par point le *Récit stupéfiant* et ce que lui avait raconté sa mère plusieurs années auparavant. Un détail au moins de la version sous morphine était factuellement inexact. Griffin n'étant jamais allé voir son père à Amherst, soit sa mère le confondait avec la personne qui avait vraiment failli les surprendre (Claudia, de retour de Charleston ?), soit elle avait tout inventé. Le problème était que peu d'écarts flagrants séparaient les deux versions, et résoudre ces petites incohérences n'aidait en rien. La structure générale était plus ou moins la même, ce qui réduisait la question à un simple problème de vraisemblance, de logique interne à chaque histoire.

Même si cela ne plaisait pas à Griffin, le *Récit stupéfiant* était légèrement plus crédible. Dans la première histoire, sa mère lui avait raconté, non sans joie, l'année désastreuse passée par son père à Amherst ; à quoi Griffin – lui, le vétéran ayant survécu à des milliers de notes de production – avait rétorqué qu'elle ne pouvait pas le savoir. Ils ne vivaient pas au même endroit, et malgré son vaste réseau d'espions, ce qu'elle racontait n'était qu'un patchwork de témoignages de seconde main. L'état d'esprit de son père en ébauchant le plan de thèse de Claudia, puis en composant l'introduction et en rédigeant finalement le texte au mépris de toute précaution, était un secret que lui seul pouvait révéler, et il n'aurait en aucun cas choisi son ex-femme comme confidente. Mais à en croire le *Récit stupéfiant*, sa mère avait été présente, au moins par intermittence.

S'ils étaient amants, l'histoire se fondait sur ses propres observations, aussi sporadiques fussent-elles. Il n'était donc pas illogique que son ex-mari lui ait fait des révélations aussi intimes. Toutefois, si elle lui avait régulièrement rendu visite, son père aurait moins souffert de la solitude. Et s'il n'en avait pas souffert, la disparition de Claudia ne l'aurait pas chamboulé. Dans ces conditions, pourquoi lui écrire sa thèse ? Et d'ailleurs, l'avait-il vraiment écrite ?

Pour tout le reste ou presque, le récit initial de sa mère était beaucoup plus crédible. L'idée maîtresse – *Regarde jusqu'où s'abaisse ton père quand je ne suis pas là pour m'occuper de lui* – était parfaitement dans le ton du personnage. N'importe quelle femme, elle comprise, aurait réagi de la sorte après avoir été ainsi maquignonnée. L'histoire tenait debout, et une preuve tangible venait la corroborer. Si Griffin n'avait pas vu son père à cette époque, il lui avait néanmoins rendu visite après son départ d'Amherst et se souvenait fort bien de son piètre état physique et émotionnel, de sa santé chancelante et de ses nerfs à vif. Émacié, malade, épuisé, il avait tout d'un homme seul qui avait craqué. Évidemment, c'était ce que le compte rendu exalté de sa mère l'avait préparé à voir, mais tout de même ! D'après le *Récit stupéfiant,* si ses parents n'avaient jamais pris autant de plaisir de leur vie, alors à quoi son père devait-il cet air hagard et affolé ? À des douleurs au canal carpien, peut-être ? Et si son ex-femme et lui vivaient une telle passion, pourquoi abandonner un confortable poste de titulaire pour une série de boulots sans intérêt ? Et pourquoi mentir à son fils ?

C'est à cette dernière question que répondait le second récit. *Tu ne nous connais pas. Tu crois que si, mais tu as tort. Nous avons vécu dans le plus grand secret une histoire fantastique, dont toi-même ignorais l'existence.* On touchait là au cœur du problème. Le plus fascinant dans le *Récit stupéfiant* était le besoin qu'éprouvait sa mère de le raconter. Arrivée à un stade où d'autres souhaitent se délester de leurs fardeaux, pourquoi désirait-elle à ce point brouiller les pistes ? Il lui restait si peu de temps, pourquoi investir ses dernières forces dans une fable aussi élaborée ? Cela changerait-il vraiment la vision qu'avait Griffin du mariage de ses parents ? Non, tout cela était ridicule, et ce pour une bonne raison : si le *Récit stupéfiant* était vrai (totalement ou partiellement), alors pourquoi sa mère avait-elle exigé, avant même de tomber malade, que les cendres de son mari soient dispersées à un bout du cap et les siennes à l'autre ? S'ils étaient liés à ce point, ne voudrait-elle pas que leurs cendres soient mêlées ?

Cependant, plus elle approchait de la fin – du *Récit stupéfiant* comme de sa vie –, plus il voulait croire sinon à l'histoire elle-même, du moins au fait qu'elle n'était pas entièrement due à la morphine. Il espérait qu'un détail essentiel viendrait soutenir la structure bancale de la narration ou étayer les motivations trop souvent chimériques de ses personnages. Si sa mère lui avait raconté, par exemple, qu'elle se trouvait avec son ex-mari sur l'aire d'autoroute au moment de sa mort, qu'ils avaient décidé de faire ensemble un dernier tour au cap dans l'espoir d'y trouver un petit bungalow, il l'aurait crue, et pas seulement parce qu'il ne lui avait jamais révélé qu'on avait retrouvé son père sur le siège passager, ni parce qu'il avait toujours été persuadé qu'une femme était avec lui ce jour-là. D'accord, le doute aurait subsisté (car si sa mère était la mystérieuse conductrice, pourquoi s'enfuir ?), mais il aurait eu une raison d'y croire, une raison d'écrivain peut-être. À sa façon, cette fin aurait été parfaite, la boucle aurait été bouclée. Une histoire d'amour, ni plus ni moins.

Le plus étrange fut sans doute de voir combien sa mère avait semblé satisfaite une fois le dernier mot prononcé. Sa volonté frénétique de raconter l'histoire fit brusquement place à une sorte d'apaisement. Que son fils la croie ou pas semblait désormais la laisser indifférente et bientôt elle sombra dans un mutisme qui durerait les trois derniers jours de sa vie. « C'est quand, Noël ? » demanda-t-elle à un moment donné, et il dut réfléchir pour lui répondre. Ces derniers temps, il avait mesuré le temps à l'aune du récit maternel, et de la neige qui obstruait presque toute la fenêtre, rendant la chambre sombre même en pleine journée.

« Après-demain.

— Tu vas rentrer chez toi, alors.

— Non, je vais passer Noël ici. Tu croyais vraiment que j'allais te laisser seule ?

— Crois-tu que je sois moins seule parce que tu restes assis là jour après jour ? » avait-elle demandé d'une voix neutre.

À cet instant, il avait pensé partir, rentrer chez lui. Il l'aurait fait s'il avait su où était son toit, mais ce n'était pas le cas, ou plus le cas, alors il n'avait pas bougé. Le matin de Noël, elle lui demanda s'il se souvenait combien il aimait se glisser sous le sapin, quand il était petit, pour regarder briller les lumières. Puis, dans l'après-midi : « Alors… ton mariage n'a pas tenu », et il répondit qu'en effet on pouvait dire que c'était fini. Après ça, il se rappelait une ultime phrase : « Il serait ici, lui assura-t-elle en souriant, s'il n'était pas mort. »

Contrairement à tant de ses sourires, celui-ci n'était ni ironique ni obscène, mais plutôt béat. C'est pourquoi il répondit : « Je sais, maman. Je sais. »

Elle n'avait pas tort sur un point : ce sale gosse était un vrai monstre.

Fatigué de jouer en portant un enfant sur ses épaules, Andy l'avait rendu à sa mère indigne, mais le morveux ne l'entendait pas de cette oreille. Manifestement, il aimait se prendre pour une star et adorait les applaudissements, si bien qu'il retourna sur le terrain à la suite d'Andy, les bras de nouveau en l'air. Les parents des autres enfants avaient déjà récupéré leur progéniture pour la mettre au lit. Plusieurs petits s'étaient endormis tandis que d'autres se frottaient les yeux.

Voyant le môme réapparaître, Andy l'attrapa par le poignet et tenta de le repousser doucement derrière la ligne, mais en vain. Le moutard se dégagea et lui donna un coup de poing furibard à l'entrejambe.

Au lieu de se précipiter et de l'embarquer de force, sa mère se mit à genoux et l'appela : « Allez Justin, viens voir maman. Tu empêches les autres de jouer, tu sais ? Et tu as fait mal à ce gentil garçon. Allez, mon bonhomme, viens ici. » Mais Justin avait d'autres idées en tête. Sa stratégie ayant fonctionné la première fois, il ne voyait pas pourquoi ça ne marcherait pas de nouveau. Il ne prêta aucune attention à sa mère, et s'assit au milieu du terrain, avec une moue renfrognée.

Cinq dollars qu'elle le laisse faire, paria la mère de Griffin et effectivement, la femme se replongea dans sa conversation. *Ne me dis pas que tu n'as pas envie de lui botter les fesses.*

Je rentre, maman. Tu n'as qu'à rester ici si ça t'amuse à ce point.

Le jeu reprit, non sans difficulté, les joueurs s'efforçant de contourner le gamin boudeur. Andy inspirait profondément, appuyé sur sa promise, qui, au vu des récents événements, s'inquiétait pour sa nuit de noces. Griffin sortit sur la terrasse au moment où les parents encore présents incitaient leurs enfants adolescents à quitter le terrain, et la partie de volley amorça un début de fin. Le sale môme n'ayant plus aucune raison de faire la gueule, il se leva et courut vers sa mère en hurlant. Griffin pressentit ce qui allait arriver. Immobile, le gosse avait été en sécurité, visible aussi bien des joueurs à l'arrière que de ceux qui dansaient autour du filet. Mais à présent, la balle était en l'air, et le gamin avait disparu de son poste. Jason, espérant sans doute clouer son frère sur place avec un dernier smash, fit un pas sur la droite et, en prenant de l'élan pour sauter, donna un coup de genou au gamin en plein dans la mâchoire, lui projetant la tête en arrière. L'instant d'après, il était allongé sur le dos, inerte. *Bien fait !* s'exclama la mère de Griffin avant qu'il puisse l'empêcher de se manifester. Il n'était pas impossible, cependant, que ce cri du cœur exprime son propre sentiment.

Jane et June poussèrent un hurlement simultané, suivi de glapissements, et tous ceux qui étaient sur la terrasse coururent vers la pelouse où un cercle se forma autour du gosse qui ouvrait la bouche comme un poisson sans qu'aucun son en sorte. Griffin, resté seul, tout honteux (pour lui ou pour sa mère ?), aperçut le visage ensanglanté du petit merdeux. Quand ce dernier eut enfin repris son souffle, il se mit à vagir, et sa mère le serra contre son opulente poitrine. « Pauvre chou, mon pauvre chéri ! Qu'est-ce qui s'est passé ? Les grandes personnes ont joué trop brutalement ? »

Jason semblait sur le point d'émettre une objection, mais comme il était responsable de l'état du morveux, il adopta une autre tactique. « Mais il va bien. Hein, gamin ? Tout va bien, dit-il en lui ébouriffant les cheveux. C'est un dur à cuire, ce petit ! » Alors l'affreux Justin s'arracha à sa mère et tenta de frapper Jason au même endroit qu'Andy. Mais cette fois, il s'attaquait à un marine entraîné à esquiver tous les assauts, y compris ceux des gamins de sept ans les plus diaboliques. En tout cas, l'intention du môme était claire, et la stratégie de l'entrejambe sa botte secrète.

« Justin ! aboya sa mère en le prenant par les épaules pour le faire pivoter vers elle. Est-ce que maman ne t'a pas déjà dit qu'on ne tapait pas les gens à cet endroit-là ? Ce n'est pas gentil ! » En réponse, il lui offrit un échantillon de son coup bas préféré.

Griffin avait souhaité dire bonne nuit à Joy et à Laura, mais en les voyant engagées dans la comédie qui se jouait sur la pelouse, il changea d'avis. Puisqu'il en était tout près, il pourrait s'éclipser par la rampe d'accès réservée aux handicapés et rejoindre le parking caché par la haie. Il allait mettre son plan à exécution quand sa mémoire immédiate le retint, comme si quelque chose n'était pas raccord (la chemise du protagoniste n'était-elle pas ouverte dans la séquence précédente ?), même s'il lui fallut commencer à descendre pour s'apercevoir que la rambarde était cassée à l'endroit où la rampe formait un coude et que Harve, s'agitant dans son fauteuil, avait disparu.

Griffin l'entendit grogner. Le bois pourri, de toute évidence, avait cédé au moment de l'impact. À cet endroit, la pente était forte, et la terrasse dominait la pelouse de trois mètres au moins et la haie d'environ cinquante centimètres. L'if tremblait encore quand Griffin alla y voir de plus près. « Harve ? Ça va ? »

La voix qui lui répondit ressemblait à celle d'un enfant plus qu'à celle d'un adulte. « Suis… coincé », disait-elle.

La chronologie des événements n'était pas difficile à reconstituer. Quand le gamin avait pris le coup de genou, Harve avait été laissé seul et, trop pressé pour attendre de l'aide, avait essayé de manœuvrer son fauteuil dont il avait alors perdu le contrôle. Il était planté la tête la première dans la haie, encore assis dans sa chaise dont les roues continuaient de tourner. Non, ce dernier détail ne collait pas. Les roues tournaient parce que Harve, invisible mais toujours en selle, poussait dessus comme un damné pour tenter de s'extraire de ce mauvais pas sans se rendre compte qu'il était tombé à la renverse dans un arbre, suspendu à trois mètres au-dessus du sol.

Griffin s'agenouilla et se pencha le plus possible, frôlant les roues du bout des doigts. Un hurlement se fit entendre derrière lui, et il devina sans se retourner que Dot était réapparue, sidérée de ne pas trouver son mari là où elle l'avait laissé. Pour une femme de son âge, elle avait encore un sacré coffre. « *Noooon ! Il est mooooort ?* »

« Harve, dit Griffin, arrêtez de faire tourner ces satanées roues ! » En équilibre comme il l'était – un homme massif encore alourdi par le poids du fauteuil –, il pouvait facilement casser une branche et s'empaler dessus.

« Suis coincé… bon sang », grognait toujours le vieil homme invisible, obsédé par son impossible stratégie de repli.

Par-dessus les hurlements de Dot, Griffin entendit qu'on accourait en masse sur la rampe étroite. « *Papa !* » cria une voix affolée qu'il prit pour celle de Joy, avant de comprendre qu'elle appartenait à une des sœurs de celle-ci.

Il se releva à contrecœur. Hélas, le fauteuil était hors de portée et de toute façon, l'attraper par les roues n'était pas une bonne idée. Il aurait dû le comprendre depuis le début : mieux valait tenter d'extraire Harve par le bas. Toutefois, l'envie de contempler la haie tremblotante était la plus forte, comme en attestait la foule réunie sur la rampe.

Jared arriva parmi les premiers et s'agenouilla à son tour pour essayer d'agripper une roue inaccessible pour lui aussi.

« Ça ne fonctionnera pas, lui dit Griffin en lui posant une main sur l'épaule. Peut-être que Jason, toi et moi pourrions le sortir par en bas. »

Jared sembla réfléchir à la proposition. Puis, en se relevant, il comprit qui venait de parler et son expression se mua aussitôt en rage. Comme si sa seule présence ne suffisait pas, Jason apparut à ses côtés avec le même regard de haine.

Franchement, jeta sa mère. *Regarde-moi ces deux débiles profonds !*

On aurait dit qu'ils l'avaient entendue.

« Sale fils de pute ! » gueula Jared, le petit ver sur sa tempe redevenu tout frétillant. Avant que Griffin puisse dire quoi que ce soit, un poing (celui de Jared ou celui de Jason ?) lui frappa la pommette, propulsant son corps en arc de cercle au-dessus de la haie. Il vit le sol se rapprocher dangereusement, mais juste avant la collision, il entendit, ou crut entendre, un violent craquement suivi de cris stridents. *Putain de… !* amorça-t-il sans parvenir à aller au bout de sa pensée.

Dis bonne nuit, lui conseilla sa mère juste avant le fondu au noir.

X

Pistolaire

Le craquement qui accompagna le vol plané de Griffin avait été produit par la rambarde s'effondrant sous le poids de cinquante convives repus. Ceux qui se tenaient au bord atterrirent dans la haie, certains sur Harve, ce qui l'enfonça encore davantage dans l'arbre, et lui arracha des braillements pitoyables. En tombant, Joy se coinça le majeur dans les rayons du fauteuil et son doigt se brisa comme une brindille. Elle aurait dû être la première à partir aux urgences – les autres souffraient surtout de coupures et d'écorchures – mais elle refusa qu'on l'embarque tant que son père ne serait pas sorti d'affaire. Le reste des invités forma un demi-cercle autour de Jason et Jared pour les regarder tenter de libérer Harve en secouant l'if. Mais la haie était beaucoup trop dense, et ses branches semblaient conçues pour entraîner des victimes vers son cœur ténébreux. Les jumeaux mirent un certain temps à comprendre que leurs efforts aggravaient la situation. Ils cassaient à l'intérieur de la haie des branches qui soutenaient leur père, branches dont les pointes acérées rentraient dans sa chair molle, le faisant hurler de douleur jusqu'à ce que sa voix se brise. Le gérant de l'hôtel appela au calme, le temps d'aller chercher le jardinier qui détenait la clé de l'appentis où était rangée la tronçonneuse.

Pendant un moment, personne ne prêta attention à Griffin dont les pieds dépassaient de sous la haie où il gisait inanimé, croyant peut-être qu'il faisait la conversation à Harve. Il revint à lui par paliers, comme après une sieste longue et profonde, recouvrant ses sens un à un en commençant par l'odorat. Il était allongé sur le dos, et le sol empestait l'engrais fraîchement répandu. Ses yeux étaient grands ouverts, sur rien. Ou presque. En plissant les paupières, il discernait une sorte de dessin à l'encre, sauf que ses lignes complexes et dansantes allaient se perdre dans un épais brouillard. Wellfleet, songea-t-il. Sans qu'il sache comment, il avait atterri dans la capitale mondiale du brouillard, où il lui faudrait cette fois, coûte que coûte, disperser les cendres de son père. Seulement, ce n'était pas lui qui détenait les cendres mais Joy, il n'avait pas eu le temps de les récupérer. Puis le son revint par le biais d'une enceinte crachotante, diffusant des voix proches, multiples, hurlant les unes par-dessus les autres. Pourquoi n'arrivait-il pas à distinguer à qui elles appartenaient ? Il essayait de désembrouiller ces conversations simultanées quand on l'attrapa par les chevilles pour le ramener sur terre.

Et quelle terre ! Pendant les dix minutes suivantes, il se tint debout (vacilla, pour être exact), s'efforçant de mettre de l'ordre dans son esprit, s'accrochant à ce qu'il croyait être la réalité, dans l'espoir que des faits remonteraient à la surface, pareils à des bulles de gaz crevant la vase de sa conscience. Il n'était pas à Wellfleet, mais dans le Maine. Il avait amené une femme qui n'était pas la sienne au mariage de sa fille. À ce mariage, son épouse, elle, était accompagnée d'un homme qui n'était pas lui. Son œil gauche était tuméfié parce qu'il avait été frappé (pourquoi ?) par un de ses beaux-frères (lequel ?). Son beau-père, tel un personnage de conte de fées, s'était engouffré dans un arbre. Tout cela était farfelu certes, mais véridique. Il ne s'agissait pas d'un point de vue ; aucune alternative n'avait été proposée. Griffin aurait aimé en parler à quelqu'un, or même sa mère semblait l'avoir abandonné.

Minute… Il avait bel et bien parlé à quelqu'un après qu'on l'avait arraché à la haie, non ? Mais à qui ? Et de quoi ? Cela ne devait pas remonter à plus de cinq minutes, mais le souvenir s'était déjà évaporé. Il envisagea de rejoindre la foule autour de la haie. Joy et Laura se trouvaient là-bas, mais aussi Andy et Ringo, ce qui rendait sa présence super… quel était le mot ? Inutile, en somme. Les jumeaux étaient là également, et s'il s'avançait sans y avoir été invité, ils risquaient de le frapper à nouveau. Il en doutait, mais sait-on jamais… S'il ne comprenait toujours pas pourquoi ils l'avaient attaqué la première fois, leurs raisons étaient peut-être encore d'actualité. Super… ?

Peu à peu, le brouillard de Wellfleet qui lui encombrait l'esprit se leva et il remarqua la femme assise sur un banc face à l'océan. Sa mine renfrognée et ses bras croisés dans une attitude de défi suggéraient qu'elle se moquait comme d'une guigne de la haie et de la foule agglutinée tout autour. Griffin savait qu'il était censé connaître cette femme, et il s'efforça de se concentrer jusqu'à ce qu'il l'identifie : Dot, la seconde épouse de Harve. Tout content de l'avoir reconnue et pressé de tester sa capacité à s'exprimer, il décida de la rejoindre. À peine s'était-il assis qu'elle l'envoya promener sans même lui accorder un regard.

Encore chancelant après ses premiers pas sur terre, il n'eut pas le courage de tourner les talons avant d'avoir compris ce qu'elle fabriquait là, à maudire l'océan qui ne lui avait rien fait alors qu'un arbre venait d'avaler tout rond son mari. Une ébauche d'explication lui traversa l'esprit : « Pas facile, cette tribu… » Il fut incapable de continuer, sa voix devenant presque inaudible dans la chambre d'écho qui lui servait de crâne.

Elle se retourna et le dévisagea, les yeux plissés, l'air de se demander si elle souhaitait un peu de compassion ou si la compagnie de son propre malheur lui suffisait. « Voilà, dit-elle en pointant vers l'œil de Griffin un index à l'ongle aussi effilé qu'un poignard, ce que je ressens quand je suis avec ces gens-là. J'ai l'impression d'être rouée de coups, frappée, cognée, tabassée. »

Griffin la comprenait, même s'il trouvait la formulation un tantinet excessive. Cela étant, après tous les efforts qu'il avait déployés pour construire une phrase de quatre mots, il envia son aptitude à enchaîner autant de synonymes violents. De toute évidence, personne ne l'avait mise K-O récemment. Ils se retournèrent pour mieux surveiller ce qui se tramait autour de l'if. On aurait dit que les gens se relayaient pour lui parler. Si le buisson avait été en feu, la scène aurait pris un tour follement biblique.

« Il n'en a que pour cette femme, se plaignit Dot comme si elle pouvait voir Harve à travers les branches. Je voudrais lui hurler : *Elle est morte, elle est morte, elle est morte !* » L'amplitude sonore fit le Yo-Yo dans le cerveau de Griffin. Apparemment, le courant n'était pas encore rétabli partout.

« Ils ont été mariés très longtemps », hasarda-t-il avec le plus de tact possible.

Elle fit volte-face et le toisa. « Alors pourquoi m'épouser moi ? »

Il eut beau se creuser les méninges, Griffin ne voyait en effet aucune raison pour que Harve – ou n'importe quel autre homme – épouse Dot. Elle dut le lire sur son visage, car elle bondit sur ses pieds, les poings serrés. Seigneur, pensa-t-il, est-ce qu'elle aussi va me frapper ? Il la connaissait à peine. « Superflu », lâcha-t-il soudain. C'était le mot qu'il avait cherché un peu plus tôt.

« Allez vous… »

Quand elle se tut, l'esprit de Griffin s'empressa d'ajouter *faire foutre*, même si bien sûr, une femme de soixante-dix ans ne s'exprime pas en ces termes.

« … faire foutre », conclut-elle avant dc partir en direction du parking.

Il la regarda s'éloigner, puis observa l'emplacement où elle était assise pour essayer de savoir si elle avait vraiment été là et s'ils avaient vraiment eu cette conversation. Deux minutes plus tard, sa fille, l'air épuisé et morose, vint s'asseoir à côté de lui et posa la tête sur son épaule. Un geste doux. « Où est Andy ? » demanda-t-il tout en espérant qu'il ne reviendrait pas de sitôt.

« Parti chercher la voiture », répondit-elle, ou crut-il comprendre. Elle était assise tout près, mais il l'entendait à peine.

« Tu es prêt à y aller ?

— Où ça ? »

Elle se redressa. « À l'hôpital, voyons.

— Est-ce qu'on ne devrait pas attendre d'estrai, d'excrai, d'extrai…

— Extraire ?

— Harve de la haie ?

— Papa, dit-elle avec le même sérieux que sa mère, on en a déjà discuté.

— Quand ça ?

— Il y a dix minutes. Tu étais censé m'attendre devant l'arbre.

— Ah bon ?

— Regarde-moi. » Elle lui prit le menton. Ce n'était pas aussi agréable que d'avoir sa tête posée sur son épaule. « Tu as les pupilles dilatées. Tu t'es fait mal au crâne, en tombant ? »

Il ne se souvenait même pas d'être tombé, mais il ne voulait surtout pas qu'elle s'inquiète pour lui. « Je vais bien. J'aimerais seulement qu'on arrête de me donner des coups et de me dire d'aller me faire foutre, sinon… » Incapable de terminer la phrase, il fut tout de même impressionné par le nombre de mots qu'il avait alignés.

Derrière eux, une tronçonneuse démarra dans un rugissement, et, bizarrement, le vacarme reconnecta certains de ses circuits cérébraux. La gamme variée des sons produits par le monde lui arrivait de nouveau à un volume normal. Dans le même temps, la conversation qu'il avait eue plus tôt avec sa fille, celle où il promettait de l'attendre, lui revint en entier. C'était Andy et elle qui l'avaient sorti de sous l'arbre.

« Je suis allergique aux aoûtats, on dirait, déclara Laura en se grattant les avant-bras.

— À moi ? »

Elle cessa de se gratter et le dévisagea.

« Oh, aoûtats ! Pardon, ça y est, j'ai compris. »

Griffin observa ses bras qu'il trouva en effet affreusement gonflés.

« Il te faut à tout prix un médecin. Tu es commotionné.

— Ils auront du Zyrtec », la rassura-t-il. Les choses se remettaient peu à peu en place, même s'il avait encore un train de retard.

« C'est ça, le Zyrtec va tout arranger, dit-elle en accompagnant ces mots d'un geste qui englobait l'hôtel entier.

— Écoute, ça aurait pu être pire. »

Elle attendit patiemment, une minute, puis deux, qu'il lui explique en quoi la situation n'était pas si grave. Une femme enceinte se tenait avec la foule près de la haie. Comment s'appelait-elle, déjà ? Puis la mémoire lui revint d'un coup. « Kelsey aurait pu tomber avec les autres », déclara-t-il, fier de dire quelque chose qui, si on y réfléchissait, n'était pas si incongru. « Le choc aurait pu provoquer l'accouchement.

— C'est vrai ça, je n'y avais pas pensé ! s'exclama-t-elle avec emphase. Un serveur mécontent aurait aussi pu assaisonner notre repas à l'arsenic et à l'heure qu'il est, on serait à la morgue plutôt qu'en route pour les urgences.

— Pardon. J'essayais de te remonter le moral. »

En regardant les avant-bras de Popeye de sa fille, il se rendit compte qu'elle pleurait.

« Papa, je me marie demain et je vais être affreuse. »

La tronçonneuse pétarada, puis se tut. Profitant du silence, il dit d'une voix douce : « Tu seras magnifique. Tout va bien se passer. »

Andy arriva à cet instant-là, et ils montèrent en voiture, Laura à côté de son fiancé, Griffin à l'arrière. Le véhicule était identique à celui qu'il avait loué, jusqu'à la couleur et aux options. Il y avait un exemplaire du même magazine littéraire sur le tableau de bord. Il fouilla ses poches de pantalon à la recherche des clés, mais ne les trouva pas. Elles étaient peut-être encore sur le contact. « C'est ma voiture, en fait ? » Les deux jeunes se retournèrent, abasourdis.

« Oui, papa, c'est ta voiture. Tu as donné les clés à Andy. Tu me fais peur, là. »

En partant, ils assistèrent à une dernière scène incongrue : Jared et Jason secouant ce qui restait de la haie tailladée jusqu'à ce que ses entrailles recrachent un vieillard en fauteuil roulant. Harve retomba sur ses roues, et tout le monde hurla de joie.

« Il est sorti, remarqua Andy en saisissant la main de sa promise. Tu vois ? Tout va bien se passer. »

Elle lui adressa un sourire sur lequel Griffin lut la confiance qu'elle plaçait en lui. Il avait eu les mêmes mots qu'Andy, mais ce n'était plus auprès de lui que sa fille cherchait le réconfort. Il ne lui restait plus qu'à se détendre à l'arrière, là où l'on met ceux qu'on n'est pas obligé d'écouter, même si c'est *leur* voiture.

Le minuscule hôpital local ressemblait plus à une clinique, et ses urgences, d'habitude calmes hors saison, venaient d'être prises d'assaut par une première vague de blessés, qui n'avaient d'ailleurs pas tous été examinés quand Laura, Andy et Griffin arrivèrent, ouvrant la route à l'ambulance qui transportait Joy et son père, suivie de près par une flottille de voitures. Harve, enfin désincarcéré de son fauteuil, était allongé sur un brancard. Griffin l'aperçut entre deux ambulanciers. Il avait les joues salement quadrillées d'éraflures, et une entaille impressionnante qui allait du cou à l'épaule. À part ça, il n'avait pas l'air trop amoché. La visière de sa casquette de base-ball lui avait protégé les yeux. Jane et June, qui se tenaient de part et d'autre du brancard après avoir confié, non sans réticences, leur père à des professionnels, s'occupaient désormais du commentaire audio : « Tu vois, papa ? On est déjà arrivés à l'hôpital. Regarde toutes ces infirmières. Tu aimes bien les infirmières, n'est-ce pas ? Elles vont te soigner… »

Harve résuma son état en un croassement rauque : « Mal. »

Soucieux d'évaluer ses propres blessures, Griffin pénétra dans les toilettes du couloir principal. Ce qu'il vit dans le miroir qui couvrait tout le mur lui causa un choc. Son œil tuméfié était repoussant, comme s'il avait sauté hors de son orbite et qu'on l'avait remplacé par une balle de tennis. La paupière, elle, semblait distendue, cousue par-dessus. Il avait une trace de sang séché sous la narine gauche, une coupure profonde au front et des brindilles plein les cheveux. Seigneur, comment allait-il pouvoir conduire sa fille à l'autel avec cette tête ? Des lunettes de soleil dissimuleraient-elles une horreur pareille, à supposer qu'il en trouve une paire ? Il sentit une autre question pressante se former dans son esprit encore bien embrouillé, mais un des jumeaux surgit dans les toilettes avant qu'il puisse y répondre. Celui avec la brosse. Soit…

Le jumeau, peu importe lequel, ouvrit sa braguette en s'avançant vers le seul urinoir des lieux. « Bon, j'ai besoin de ton arbitrage, dit-il en examinant Griffin dans la glace, son jet d'urine arrosant la faïence avec une force qui rendit ce dernier jaloux. Jared affirme qu'on est une famille de cinglés. Moi je prétends que non. »

Griffin devina que son interlocuteur était Jason, à moins qu'il parle de lui-même à la troisième personne, puis il désigna l'état grotesque de son œil.

« T'aurais pas dû nous traiter de débiles profonds.

— Je n'ai jamais fait ça. » Cette remarque n'avait-elle pas été énoncée par sa mère, dans l'intimité de son cerveau ?

« On t'a entendu, mon frère et moi. On était là.

— Ah, lâcha Griffin inquiet à l'idée qu'une femme morte ait pu, même brièvement, prendre le contrôle de son larynx.

— Et puis, on croyait que tu avais poussé papa dans la haie.

— Pourquoi est-ce que j'aurais fait une chose pareille, Jason ?

— Tu ne nous as jamais aimés, répondit-il comme s'il rapportait un fait avéré. Et puis ça pouvait être que toi. T'étais là, avec ton sourire de gros connard sur la tronche. Comme maintenant. »

Griffin s'examina dans la glace. Ce qu'il vit était une grimace hideuse, pas un sourire. Peut-être même un œdème cher payé.

« À croire que ça te faisait plaisir. Jared a eu la même impression.

— Jason, que vous soyez arrivés à la même conclusion n'est pas une preuve suffisante. Demande à quelqu'un qui n'a pas le même ADN, la prochaine fois. » Griffin s'attendait à une autre explosion de violence, qui ne vint pas.

« C'est vrai, glousse Jason. On a presque un cerveau pour deux. Ç'a toujours été comme ça. Mais c'est pas une raison pour nous traiter de débiles profonds. » Il se secoua et remonta sa braguette avant de s'approcher du lavabo.

Griffin s'écarta pour que Jason puisse se laver les mains. Son beau-frère avait les avant-bras égratignés, mais pas gonflés comme ceux de Laura. « Si je vous ai traités de débiles profonds, je te présente mes excuses.

— Comment ça, *si* ?

— Et puis la situation ne me faisait nullement plaisir, ajouta-t-il pour bien clarifier les choses.

— C'est l'impression que tu nous donnais. On va dire qu'on s'est mal compris. Enfin, y a pas eu mort d'homme, et demain est un autre jour. » Il se rinça les mains avec vigueur puis arracha une serviette en papier du distributeur. « Si tu trouves que ce mariage est un enfer, va faire un tour en Irak.

— D'accord, mais un mariage en Nouvelle-Angleterre n'est pas censé susciter ce genre de comparaison, répliqua Griffin, fier d'avoir retrouvé presque sans effort son fameux sens de la nuance.

— C'est histoire de parler », dit Jason en haussant les épaules avant de jeter son essuie-mains trempé dans la poubelle. Il ne semblait pas vouloir expliquer de quelle histoire il s'agissait.

« Dis à ton frère que toutes les familles sont cinglées. Ça ne mérite pas un arbitrage.

— Ça, c'est hyper-tordu. Tu sais comment on finit avec ce genre d'idée ?

— Non, comment ?

— Comme toi. Avec un œil esquinté et des brindilles en plus de je ne sais quelle merde plein les cheveux. »

Griffin ne put retenir un sourire qui lui fit un mal de chien.

« Désolé de t'avoir frappé, en tout cas, s'excusa Jason, pensif. J'ai réfléchi et en fait, je crois que c'était pas juste parce que tu m'as insulté ou que t'as balancé papa dans la haie. Ce que je pense, inconsciemment... » Il désigna son front du doigt, sans doute pour suggérer qu'il s'agissait du réceptacle de ses pensées hautement subtiles. « Inconsciemment, je continuais à t'en vouloir de te comporter comme un salaud avec ma sœur. Tu crois que c'est possible ? »

Griffin le croyait, consciemment.

Au bureau des infirmières, on lui indiqua que sa femme se trouvait en salle 2B, où il fut témoin d'une scène réjouissante : Brian Fynch, l'œil vitreux, en train d'être évacué de la pièce sur un lit à roulettes. Une bosse de la taille d'un œuf émergeait sous ses mèches à la Ringo. Griffin était presque sûr qu'il ne comptait pas parmi les victimes de l'effondrement de la rampe, alors... ? Se serait-il blessé à l'hôpital ?

Dans la salle, il trouva Joy en blouse bleu pâle, assise sur la table d'examen, l'air ébranlé. « Qu'est-il arrivé à... » Il faillit dire « Ringo » mais s'arrêta à temps.

Joy soupira profondément. « Je lui avais recommandé de regarder ailleurs. » Elle leva son doigt plié selon un angle impossible. « Mais j'imagine qu'il n'a pas pu s'en empêcher. Il est devenu blême et puis... » Elle indiqua ensuite un creux dans le plâtre du mur de la même taille qu'un front de doyen d'université. Griffin tourna la tête pour épargner à Joy ce sourire de gros connard que lui reprochait Jason un peu plus tôt. Mais quand il leva de nouveau les yeux vers sa femme, elle aussi souriait. C'était un sourire coupable, qu'elle essayait d'effacer, mais un sourire tout de même. « Tu sais, quand un melon bien mûr s'écrase sur du carrelage ? C'est le bruit que ça a fait.

— Le pauvre », s'exclama Griffin, pris d'une pitié sincère. En outre, le doigt de sa femme était vraiment affreux à voir, du moins assez pour impressionner un homme délicat, et, comme son père avant lui, Griffin était délicat.

« Tu ne vas pas tourner de l'œil, toi aussi ? » demanda-t-elle en glissant la main sous sa blouse.

Alors qu'il se nettoyait le visage aux toilettes, Griffin s'était félicité que le flou et la confusion dont il avait fait les frais après son séjour sous la haie se soient pratiquement dissipés, mais en observant sa femme, il commençait à en douter. « Dis-moi une chose, quel besoin avais-tu de te déshabiller pour qu'on te remette le doigt en place ? » Et comment avait-elle pu retirer ses vêtements avec une main dans cet état ?

« Il n'y a pas que mon doigt. » Elle souleva un pan de la blouse : une estafilade d'au moins sept centimètres barrait son flanc gauche jusqu'à la naissance du sein. La blessure saignait à peine mais semblait profonde. « On va me faire des points de suture. »

Labyrinthes, ifs carnivores, rambardes vermoulues, fantômes de parents qui se servent des vivants comme de ventriloques, la journée n'en était pas à une bizarrerie près, mais là, se dit Griffin, c'est la totale. Il avait passé la majeure partie de sa vie avec cette femme. Certes, il avait perdu le droit d'admirer son corps, un corps qui suscitait toujours – soyons franc ! – du désir chez lui. N'était-ce pas incroyable et absurde d'être incapable de la prendre dans ses bras, ne serait-ce que pour tenter de la réconforter, tout en se réconfortant lui-même ? Qu'est-ce qui le retenait ? Comment expliquer ça ? Une ou deux réponses lui vinrent à l'esprit. Primo, une autre femme l'attendait patiemment au Bed & Breakfast. Il n'en était peut-être pas amoureux – soyons franc jusqu'au bout – mais il éprouvait pour elle une grande tendresse et s'en voudrait de serrer Joy contre lui d'une façon pas tout à fait innocente. Secundo, Ringo et son œuf de pigeon n'apprécieraient sans doute pas l'embrassade ni l'érection qui irait avec.

« Autant que tu me dises ce que tu penses de lui », suggéra Joy comme si elle avait lu dans ses pensées. Quelque chose dans son ton sous-entendait qu'elle-même se posait des questions, qu'elle avait des réserves confirmées par son évanouissement.

Griffin haussa les épaules. « Il me paraît plutôt gentil. Un poil exalté, peut-être.

— C'est son boulot », rétorqua Joy, et il comprit sur-le-champ qu'il n'avait pas trouvé les mots justes. « Il est chargé des relations publiques de la fac. Ce genre de poste requiert un certain degré d'optimisme.

— Oui, et puis ça te change, ajouta Griffin avec une amertume qu'il ne put dissimuler, lui chez qui le malheur était congénital ainsi qu'elle le lui avait asséné l'été précédent.

— Ça j'en conviens. »

Elle venait de lui couper l'herbe sous le pied. Tout s'embruma de nouveau et Griffin s'affala sur une chaise pliante. « Je sais que c'est dingue, dit-il, mais je ne peux pas m'empêcher de penser que tout est de ma faute. » Il ne faisait pas seulement allusion à son comportement de l'année précédente qui avait conduit à leur séparation, mais également au fiasco de cette soirée – le bois pourri de la rambarde, les blessures de Harve, superficielles ou non, le doigt cassé de

Joy, l'œuf de pigeon qui poussait sur le front de Ringo, les bras de Popeye de sa fille –, même s'il ne viendrait à l'idée d'aucune personne sensée de l'en tenir pour responsable. Et ce n'était pas tout. Il se sentait déjà coupable de ce qui ne manquerait pas d'arriver. Quand toute une rangée de dominos tombe, on n'accuse pas ceux du milieu.

Dans le couloir, Harve, qui avait retrouvé sa voix, hurlait : « Non ! » puis de nouveau, un instant plus tard : « Non, bordel de Dieu ! » comme s'il avait entendu les confessions de son gendre et qu'il se sentait obligé, tel un chœur antique, d'offrir un vigoureux démenti. Griffin esquissa un sourire, soulagé d'avoir quelqu'un de son côté, du moins en apparence.

« Ce n'est pas si dingue que ça, dit Joy.

— Tu crois ? » demanda-t-il, stupéfait. Son exercice d'autoflagellation consistait à prendre toutes les responsabilités sur lui, mais il ne s'attendait pas à ce que sa femme abonde dans son sens.

« Où est Dot ? beugla Harve. Où est-elle ?

— J'entends par là que c'est notre faute à tous les deux, expliqua Joy. Pas seulement la tienne.

— Ça ne sert à rien de te dire que je suis désolé, c'est pourtant vrai. Et… » Il hésita à poursuivre, mais il devait bien ça à Joy.

« Et ?

— Et si ce Brian Fynch te rend heureuse… »

« Non ! vociféra Harve, refusant d'accréditer de tels propos. Où est Dot, bordel de Dieu ! Aïe ! Ça serre ! Dot ! »

Sacerdote ?

Ils échangèrent un regard, et Griffin vit que Joy aussi était sur le point d'éclater de rire. Il sentit son cœur bondir dans sa poitrine en retrouvant l'espièglerie qu'il avait tant aimée chez elle au début de leur mariage et qui, avec les années, avait totalement disparu. L'avait-il étouffée ?

« Vous avez vu Dot ? » lança une voix qui les fit sursauter. Jared venait de passer son crâne rasé par la porte.

Ils répondirent que non.

« Il veut Dot, sacredieu ! dit-il en imitant comme toujours son père à la perfection. Et sinon, il se passe quoi par ici ? » Il parlait sans doute de leur tête-à-tête.

« Rien », répondirent-ils en chœur.

Jared acquiesça, prenant bonne note de leur dénégation, mais continua de les observer d'un air étrange, la mâchoire légèrement décrochée. Griffin songea qu'en tant que membre de la police militaire il devait poser toutes sortes de questions aux gens – *Combien de verres avez-vous bus ce soir ? C'est vous qui avez fait un œil au beurre noir à la demoiselle ?* –, et leur adresser ce même regard quand il les soupçonnait de mentir. « Jason ! » lança-t-il par-dessus son épaule. Alors il y eut deux têtes à l'entrée de la salle, ou plutôt deux fois la même tête, la seconde coiffée en brosse : « Ils disent qu'il ne se passe rien de spécial par ici. T'en penses quoi ? »

Jason ne répondit pas tout de suite, puis sa mâchoire se desserra elle aussi d'un cran. « Du pipeau.

— Jared, soupira Joy. Jason…

— Il se passe quelque chose, insista Jason en plissant les yeux comme pour mieux les observer.

— Oui, mais quoi ?

— J'en sais rien, dit Jason au bout d'un instant. M'en fous. Vous avez vu Dot ?

— L'ont pas vue, répondit Jared à leur place.

— Il veut Dot, bordel de Dieu !
— Ils sont au courant.
— Amène-toi, on va lui retrouver sa poule. »
Ils vidèrent les lieux, et Joy baissa la tête jusqu'à ce que son menton touche sa poitrine.

« Est-ce qu'il est normal que depuis un an, tu me manques, chaque fois que je suis en famille ?

— Pas vraiment », reconnut-il. Pourquoi regretterait-elle les commentaires acerbes et récurrents qu'il faisait sur ses proches ?

« Brian les adore. » Griffin ne sut si ces mots plaidaient en faveur de Ringo ou pas. « En décembre dernier, reprit-elle, c'est là que tu m'as le plus manqué. »

Il s'efforça d'entendre dans cette phrase l'aveu d'une indéfectible tendresse, tout en se doutant bien que Joy voulait exprimer quelque chose de très différent, peut-être même le contraire. Elle ne faisait qu'évoquer un moment où elle avait eu vraiment *besoin* de lui. Où il aurait dû être là pour elle. « Tu m'avais parlé d'un problème familial. »

Elle acquiesça en regardant ses genoux comme si elle pouvait voir son doigt cassé à travers la blouse. « Ç'a été atroce. C'est Dot qui les a trouvées. »

Griffin attendit qu'elle poursuive sans être sûr qu'elle le ferait.

« Elle aidait papa à trier les affaires de maman. Ça l'énervait qu'il ne veuille rien jeter. Il y avait une boîte.

— Qu'elle a ouverte.

— Avec des lettres dedans. » Les larmes roulaient sur ses joues. Elle croisa le regard de Griffin.

« Une liaison ? »

Elle fit oui de la tête.

« Et Dot les a montrées à Harve ?

— Il m'a téléphoné pour savoir ce que ça voulait dirc. » Elle fit une pause pour s'essuyer les yeux. « J'ai répondu qu'il n'y avait rien à comprendre.

— Tu as bien fait.

— Mais il savait, Jack. Il se retenait, si tu savais, il sanglotait. Mon père ! Je ne l'avais jamais entendu pleurer de ma vie. Il répétait "Jilly-Billy", encore et encore. "Jilly-Billy". Ça m'a mise tellement… en colère. J'aurais voulu lui hurler d'arrêter, s'il te plaît, arrête de lui donner ce nom ridicule. Il m'avait appelée au milieu de la nuit, le cœur brisé, pour pleurer dans mon giron et tout ce que je voulais, c'était crier que si maman avait fait quoi que ce soit, c'est parce que c'était un… qu'il était tellement… » Elle se tut, incapable de continuer, puis elle finit par ajouter : « J'étais contente, contente qu'elle ait eu quelqu'un.

— Et tu as eu envie de le dire à ton père. »

Elle secoua la tête pour tenter de se défaire du souvenir. « Quel genre de personne…

— Voyons, Joy. C'était une réaction naturelle.

— Tu ne devineras jamais qui a tout arrangé. June. La princesse Grace de Monte-Cristo. Elle lui a expliqué que maman écrivait un roman épistolaire. D'où les lettres. Son roman pistolaire, comme il l'appelle.

— Ah, dit Griffin, comprenant enfin. C'est donc ça.

— Tu as toujours dit qu'on était une bande de cinglés.

— Toi exceptée, rectifia-t-il, mais elle ne l'écoutait que d'une oreille.

— Et voilà où on en est. On se retrouve ici tous les deux et on bousille le mariage de notre fille. La seule chose qu'on n'avait pas encore ratée.

— Rien n'est raté.

— Comment tu appellerais ça, un accident de parcours ?

— Ça va bien se passer. »

Il y mit toute sa conviction, mais son apparence grotesque offrait un argument de poids en faveur du contraire, faisant dangereusement pencher la balance. « Tu sais à quoi je pense ? demanda-t-elle. Aux photos du mariage.

— J'ai déjà eu meilleure mine ? C'est ça que tu veux dire ?

— On croirait que tu vas t'effondrer.

— C'est pas faux », reconnut-il, les membres soudain engourdis et la tête de plus en plus lourde. Mais il ne voulait pas que cette conversation, cet instant, prenne fin, pas tout de suite.

« Tu vas faire examiner cet œil ?

— Non, j'ai juste besoin de dormir. Ça et un petit "nuit aux réflexes". » Leur blague pour Nureflex. Elle lui était venue spontanément, sans réfléchir, comme il avait pris la main de Joy plus tôt dans la soirée.

Il se leva pour sortir. « En fait, ce que j'essaie de dire, c'est que je te dois des excuses, déclara Joy.

— À quel sujet ?

— Ta mère. Je n'aurais jamais dû te laisser gérer ça tout seul. Je me répétais que c'était ton choix, toi qui retournais t'enfermer dans cette pièce, celle où je n'étais jamais admise. J'avais décidé d'attendre que tu me le demandes, pour venir. C'était un tort. Et si ça peut te rassurer, sache que ta fille m'en veut autant qu'à toi.

— Je lui parlerai.

— Inutile. Elle nous aime tous les deux. Je crois qu'elle a voulu nous détester, mais ça a échoué.

— La digne fille de sa mère.

— Avant de partir, ouvre-moi ça, tu veux ? » lui demanda-t-elle en lui tendant son sac à main. Puis elle se mit à fouiller à l'intérieur avec sa main valide jusqu'à ce qu'elle trouve ses clés de voiture. « L'urne de ton père est sur la banquette arrière. Laisse-les dans le porte-gobelet. »

Griffin prit les clés.

Quand il fut à la porte, elle ajouta : « Tu voulais savoir si Brian me rend heureuse ? »

Il n'était plus aussi sûr que ça l'intéresse, mais acquiesça, à tout hasard.

Elle amorça une phrase, puis s'arrêta, et quand elle reprit la parole, il eut la vive impression qu'elle ne lui disait pas ce qu'elle avait vraiment sur le cœur. « Il ne me rend pas malheureuse.

— Bien, dit-il le cœur chaviré, c'est déjà ça, j'imagine. »

Est-ce qu'elle le rappela une fois la porte refermée ? Il se figea dans le couloir mais n'entendit pas de bruit venant de la pièce. À cet instant, le monde entier était silencieux.

Il croisa Laura et Andy dans le hall, qui sortaient d'une autre salle et refusèrent qu'il prenne le volant. Il les rassura, affirma qu'il était juste fatigué et proposa même de les raccompagner à l'hôtel, mais Laura voulait attendre sa mère. Il alla chercher l'urne dans le 4 × 4 de Joy et laissa les clés dans le porte-gobelet comme convenu. Après avoir ouvert le coffre de sa voiture de location, il fit une pause, prêt à encaisser une réflexion désobligeante de sa mère, mais la journée avait été longue et même les fantômes avaient apparemment besoin de sommeil, si bien qu'il glissa son père auprès de sa mère. Il monta en voiture, baissa la vitre et resta là sans bouger. Le magazine qui avait publié *L'Été des Browning* était toujours sur le tableau de bord. Il n'avait pas trouvé le moment opportun au cours de la soirée pour le donner à Joy, et il se doutait qu'il ne le trouverait pas non plus le lendemain. L'autre solution aurait été de le lui laisser dans son 4 × 4, mais il renonça. Il était soudain trop épuisé pour retraverser tout le parking.

L'air nocturne était chargé d'iode. Il prit une profonde inspiration en imaginant combien il serait agréable de s'endormir là. Une fois de plus, il se dit que le Maine était bien différent du cap. Que serait-il arrivé si Joy et lui avaient passé leur lune de miel ici, comme elle l'avait souhaité, plutôt qu'à Truro ? Leur pacte en aurait-il été modifié ? Il s'était assoupi quand des cris lui parvinrent de l'hôpital. *Qu'est-ce qu'il se passe encore, bon sang ?* Ce n'était que ces idiots de jumeaux, toujours à la recherche de leur belle-mère. Imitant la voix de celui qu'ils prenaient encore pour leur père, ils hurlèrent en chœur, à la manière des marines : « Où es-tu, Dot, bordel de Dieu ! »

De retour au Bed & Breakfast, il vit que le réveil sur la table de nuit indiquait minuit sept. Il se déshabilla dans le noir et se glissa entre les draps aussi doucement que possible pour ne pas réveiller la femme qui partageait son lit. Ils vivaient ensemble depuis plusieurs mois, mais il ne s'habituait pas – cette nuit-là encore moins – à ce que cette femme ne soit pas Joy. Elle remua un peu, et il crut qu'elle allait lui demander comment s'était déroulé le dîner, si elle avait raté quelque chose, mais elle n'en fit rien et sa respiration redevint régulière. Une minute plus tard, il sombrait à son tour dans le sommeil.

Puis il se réveilla brusquement, aux aguets, sans comprendre pourquoi. Il n'était qu'une heure du matin. La fenêtre près du lit était entrouverte, et dans la nuit étrangement calme du Maine, il entendit ouvrir le coffre d'une voiture. On lui volait ses urnes, pensa-t-il dans un instant de délire complet.

Il s'obligea à se lever, s'avança pieds nus jusqu'à la fenêtre et vit un taxi stationné sur l'allée. Le chauffeur sortit une valise du coffre et la tendit à son client, un jeune homme bien habillé qui régla la course. Surpris par sa générosité, le conducteur s'exclama : « Merci, l'ami ! » Le jeune homme se tourna vers l'hôtel et Griffin sourit en reconnaissant Sunny Kim.

La femme bougea derrière lui. « Tout va bien, Jack ? » demanda-t-elle, sa voix rauque paraissant d'autant plus intime dans le noir.

Oui, répondit-il, tout allait bien.

« Tant mieux », fit Marguerite.

XI

D'aplomb, ou presque

La nuit qui suivit le mariage de sa fille, Griffin fit un rêve des plus pénétrants (sans doute à cause d'un excès d'alcool et d'angoisse). Il traversait le Sagamore sous une pluie battante qui rendait le revêtement de la route glissant et dangereux. Griffin était seul sur le pont qui n'en finissait plus. Harve, bizarrement installé, se trouvait à l'arrière, lui faisait la leçon. *On n'est jamais trop vieux pour apprendre à conduire*, dit-il sur le ton qu'il employait pour parler du golf. *Suffit de garder les deux mains sur le volant et les deux yeux sur la route*.

Griffin lui expliqua qu'il avait déjà son permis, mais Harve ne lui prêta aucune attention.

C'est pas compliqué, poursuivit-il. *Deux choses à retenir : les mains sur le volant, les yeux sur la route. Bon Dieu, j'ai appris à conduire à mes trois filles et à mes deux fils. Et si ces deux-là peuvent y arriver, alors toi aussi.*

Harve, répéta Griffin, *écoutez-moi. J'ai déjà…*

Voiture ! hurla son beau-père, en montrant le danger du doigt. Griffin enfonça la pédale de frein. L'arrière du véhicule se détacha et vint se placer à l'avant, si bien que dans l'étrange logique du rêve, il faisait désormais face à Harve, toujours assis sur sa banquette et qui continuait à lui seriner : *Les deux mains sur le volant.* Griffin se prépara à heurter le parapet du pont, mais l'impact ne fut pas plus violent que celui d'un bateau se rangeant le long d'un ponton.

C'était histoire de tester tes réflexes, déclara Harve. *L'accident est inévitable sans de bons réflexes.*

Griffin descendit de voiture pour inspecter les dégâts. Le coffre s'était ouvert, et il vit que le couvercle des urnes avait sauté, déversant des quantités anormales de cendres qui se transformaient en boue à cause de la pluie.

C'est du propre, lâcha Harve qui s'était matérialisé à côté de lui. *Comment tu vas faire pour savoir qui est qui, maintenant ?*

Au lieu de chercher une solution, Griffin se réveilla.

Il pleuvait dehors, mais moins fort que dans son rêve. La collision tout en douceur avait, dans la réalité, été provoquée par Marguerite qui s'était levée. Pas encore prêt à affronter une nouvelle journée, il referma les yeux et fit semblant de dormir. Marguerite raffolait des mariages, et après celui-ci, il subodorait, non sans crainte, qu'elle serait d'une de ces humeurs radieuses dont elle avait le secret et qu'il n'était pas sûr de pouvoir supporter. Il la sentit l'observer, flairant quelque chose de louche, mais la porte de la salle de bains finit par se refermer sur elle. En entendant couler la douche un instant plus tard, il s'aperçut qu'il retenait sa respiration.

« Eh bien moi, j'ai trouvé ce mariage très réussi », annonça Marguerite un quart d'heure après. Ce furent ses premiers mots de la journée, comme si Griffin avait exprimé une opinion contraire dans son sommeil. Sans la moindre pudeur, elle se séchait debout au pied du lit. Elle était si différente de Joy, si sûre d'elle, y compris quand elle était dans le plus simple appareil et trempée. Même habillée, elle donnait l'impression d'attendre patiemment qu'on lui propose d'aller faire trempette en tenue d'Ève. Son corps n'était peut-être plus ce qu'il avait été, mais elle ne doutait pas qu'il existait des hommes pour le désirer pendant quelque temps encore. « Tu vas prendre ta douche ou tu avais autre chose en tête ? » Il y avait cette « autre chose », aussi. Marguerite aimait le sexe passionnément, comme tout ce dont on a été privé dans sa jeunesse et qu'on savoure à l'âge adulte.

« Douche », dit-il, parce qu'une longue route les attendait avec, au bout, une tâche à accomplir (disperser une bonne fois pour toutes les cendres de ses parents), désagréable au point de hanter ses rêves. « On se rattrapera ce soir ? »

Elle avait raison, pensa Griffin en se plaçant sous le jet d'eau chaude. C'était un beau mariage – et, comme tous les événements qui exigent des mois d'intense préparation, il avait passé à une vitesse folle. Tout s'était déroulé sans plus de mélodrame, un répit bien mérité de l'avis général, après l'apocalyptique répétition générale. Malgré ses bras couverts de griffures, Laura était d'une beauté renversante, ainsi que Griffin le lui avait prédit. Puisant dans une réserve d'optimisme qui lui avait manqué la veille au soir, elle s'était abandonnée à sa joie. Elle n'avait laissé transparaître ses craintes qu'une seule fois, quelques minutes avant le début de la cérémonie. Les demoiselles et les garçons d'honneur s'étaient alignés au bout du couloir pour accueillir la procession tandis que Laura et Griffin étaient cloîtrés dans un petit vestibule. Il la rassura sur son apparence, lui fit part de sa fierté, de celle de Joy, et Laura lui fit remarquer qu'il avait un look très L.A. (il avait déniché une paire de lunettes de soleil opaques qui cachaient son œil gauche, toujours aussi effrayant même s'il avait un peu dégonflé). Mais lorsque retentirent les premières notes du Canon de Pachelbel, elle inspira profondément, prit son père par le bras et déclara : « Je ne veux pas que vous vieillissiez, maman et toi. »

Son ancienne peur – que Joy et lui divorcent – avait donc subi une mutation. À moins que la vue de Harve et des diverses humiliations liées au grand âge l'aient fait réfléchir.

Après bien des négociations, le grand-père, en piteux état mais insoumis, avait été autorisé à assister au mariage. Ses médecins étaient contre, à juste titre. Les blessures de Harve avaient beau être superficielles, le traumatisme, lui, ne devait pas être négligé, surtout à son âge. À l'hôpital, il avait montré des signes de confusion et d'agitation, même si d'après ses enfants, les premiers étaient normaux, et les seconds, occasionnés par l'inquiétude qu'on ne cède pas à ses exigences. Les médecins finirent par céder à condition que quelqu'un le garde à l'œil.

Ce quelqu'un était la formidable Dot (sacerdote !), débusquée à Portland dans un motel proche de l'aéroport, où elle s'était réfugiée en attendant le premier vol pour la Californie. Toute la famille avait défilé au téléphone pour la supplier de revenir, y compris Harve, qui lui affirma que ce mariage ne pourrait pas se faire sans elle, un mensonge éhonté d'après Griffin. Apparemment, c'était ce qu'elle voulait entendre et on envoya les jumeaux la récupérer. Elle sembla de bonne humeur durant la cérémonie, et Griffin crut pendant un bon moment qu'elle s'excuserait de l'avoir envoyé paître, d'autant plus qu'il avait été le seul à lui avoir témoigné un peu de gentillesse et de considération au cours de ce qu'il appelait déjà le *Supplice de la haie*, mais elle garda ostensiblement ses distances, comme pour sous-entendre qu'en mettant des mots sur son malheur et en montrant de la compassion il en avait endossé la responsabilité.

La cérémonie fut célébrée par un pasteur unitarien, un ami de la famille d'Andy, et Joy n'aurait pas dû s'angoisser pour ce qui était des références à Dieu, car cet homme ne s'encombrait pas particulièrement des obligations liturgiques. Il se prenait clairement pour un comique et se servit de passages qui auraient pu être consacrés à la prière pour rejouer quelques moments clés du dîner de la veille, auquel il n'avait pas assisté mais qu'on lui avait de toute évidence raconté. Même si les petits rires nerveux qu'occasionnèrent ses tentatives humoristiques n'étaient pas encourageants, il persévéra, sa foi dans son talent comique étant aussi inébranlable que celle qu'il avait placée en son Dieu Tout-Puissant. Quand il raconta, au profit des absents au repas, que le grand-père de la mariée avait dû être extirpé d'une haie croqueuse d'hommes à coups de tronçonneuse, Harve, entendant qu'on parlait de lui, demanda tout haut, d'une voix encore rauque à cause de ses récents beuglements : « Mais par tous les diables, c'est qui celui-là ? »

Le devoir paternel obligea Griffin à rester concentré tout au long de la cérémonie, mais la fête, exigeant pourtant moins de lui, s'avéra un défi de tous les instants. Laura choisit d'ouvrir le bal en dansant avec lui sur *Teach Your Children Well* qu'il espéra être un clin d'œil ironique. Ils furent rejoints par Andy et sa mère qui, ayant apparemment oublié l'existence de cette tradition, était presque tétanisée. Puis la piste fut vite prise d'assaut par une foule comprenant un pourcentage anormalement élevé d'estropiés couverts de pansements. Plus le vin coulait, plus les invités se détendaient, s'amusaient, et plus Griffin se sentait isolé. Joy et lui avaient décidé d'un commun accord de ne pas danser ensemble de peur que cela provoque une crise de larmes chez leur fille. Joy, dont le majeur était devenu obscène à cause d'une énorme attelle en acier, avait prétexté que ses points de suture la faisaient souffrir, mais Griffin la soupçonnait de ne pas vouloir non plus danser avec Ringo au mariage de sa fille. Peut-être y avait-il une autre raison. Ils semblaient moins à l'aise l'un avec l'autre, et Griffin se demanda s'ils s'étaient disputés. Cette possibilité l'aurait réjoui si le fossé entre Joy et lui ne s'était pas également creusé, comme si leur bref tête-à-tête aux urgences l'avait suffisamment échaudée pour la convaincre de garder ses distances.

Ce matin-là, il avait suggéré à Marguerite qu'ils devraient éviter de se montrer trop intimes. Sachant combien elle aimait danser, il lui accorda les morceaux rapides, mais refusa tous ceux qui impliquaient d'être collés l'un à l'autre. Cela ne la démonta pas outre mesure. Elle émit un couinement de plaisir en apercevant Sunny Kim, qu'elle traîna immédiatement sur la piste de danse et ne relâcha qu'une fois le quart d'heure américain terminé. Ensuite, elle dansa avec Andy, puis enchaîna avec les garçons d'honneur et avec Ringo, un vrai bout de bois – pour le plus grand plaisir de Griffin –, et dont le front s'ornait d'un hématome impressionnant. Quand elle eut épuisé tous ses partenaires, elle se jeta sur le comique unitarien dont l'expression suggérait qu'il avait pris l'habit exprès pour échapper à ce genre d'obligation sociale. Les contorsions qu'il dut faire pour ne pas regarder les seins de Marguerite lui valurent le succès qu'il avait vainement cherché à obtenir tout au long de la cérémonie. Entre deux danses, cette dernière trouvait refuge à la table présidée par Kelsey et son mari (« Tante Rita ? Mais qu'est-ce que tu fais là ? ») pour recueillir les impressions de leur première année de bonheur.

Ses papillonnages laissèrent Griffin trop souvent seul (il l'avait cherché) à la table des mariés. Laura dépêcha manu militari (cela sautait aux yeux) ses demoiselles d'honneur pour danser avec lui, et un même sens du devoir le conduisit à inviter la mère d'Andy qui vraiment, non, ne pouvait pas accepter, comme si elle avait sacrifié son unique ticket d'entrée à son fils. Aucune obligation du côté des sœurs de Joy qui avaient leurs maris respectifs sur les bras et, de toute façon, ne l'aimaient pas. Quant à Joy, elle passait d'une table à l'autre pour s'assurer que les gens ne manquaient de rien et qu'ils s'amusaient, tâche qu'il lui envia jusqu'à ce qu'il s'aperçoive qu'il se devait de la partager. Il commença par l'autre bout de la pièce, retardant au maximum le moment de regagner la table d'honneur quasiment désertée.

L'impression que quelque chose clochait s'intensifia au cours de la soirée, bien qu'il ne pût dire quoi. Tout le monde avait l'air de prendre du bon temps, surtout les jeunes, les amis de fac de Laura et Andy, ce qui était dans l'ordre des choses. Le seul plus déconnecté de l'événement que lui était ce pauvre Harve. Après avoir bataillé pour qu'on l'autorise à assister au mariage, il avait somnolé durant le consentement mutuel et s'était carrément endormi au cours du repas, même si à un moment donné, il avait fini par se lever pour faire un tour de piste avec la plus gracieuse des demoiselles d'honneur, déclenchant les applaudissements de tous sauf Dot, laquelle le remit sans ménagement dans son fauteuil. Le gamin qui avait frappé Andy (et sa propre mère) au bas-ventre la nuit précédente – Griffin ne savait toujours pas d'où venait ce morveux – reconnut Jason et tenta une fois de plus sa botte secrète, mais le marine l'ayant vu venir, il lui colla la paume de sa main sur le front et le laissa donner des coups dans le vide, ce que l'assemblée parut trouver également cocasse.

Griffin comprit qu'en fait il attendait un instant de grâce comme celui de l'année précédente lorsque Laura avait invité Sunny Kim à danser. Il l'avait frôlé la veille aux urgences avec Joy, mais les jumeaux avaient tout gâché, même si sur le coup, il ne s'en était pas inquiété. Une autre occasion se présenterait, à condition de ne pas forcer le destin. Elle surviendrait peut-être même avec cette fameuse chanson de Bon Jovi. Comment s'appelait-elle, déjà ? *Livin' on a Prayer* ? Il interrogea le DJ qui lui dit qu'elle figurait évidemment sur la *playlist*, mais lorsque les parents d'enfants en bas âge commencèrent à prendre congé des mariés, il comprit que c'était fichu.

Sentant ses émotions remonter dangereusement à la surface, il quitta la tente du mariage en murmurant à l'oreille de Marguerite qu'il avait besoin d'aller aux toilettes. À l'intérieur de l'hôtel, il trouva Sunny Kim assis tout seul au petit bar plongé dans l'obscurité, buvant un verre dans le seul endroit où l'alcool était payant.

« Vous aimez le single malt ? » demanda-t-il quand Griffin prit place à ses côtés.

Malgré la pénombre, il remarqua que le jeune homme avait les larmes aux yeux. « Oui », dit-il, bien qu'un alcool fort fût sans doute la dernière chose dont il avait besoin à ce moment-là.

Sunny lui en commanda un, très cher. « J'adore le bon whisky, précisa-t-il, mais je ne peux pas en boire sans penser à mon père. » Griffin se demanda si c'était la raison de sa tristesse. « Qu'aurait-il pensé d'une telle dépense ? Il avait horreur des excès.

— Tu es sûr ? Ne pas avoir les moyens de s'offrir quelque chose ne signifie pas qu'on le désapprouve.

— C'est vrai. Et il est vrai aussi que je ne l'ai jamais réellement compris.

— Il aurait été fier de toi, assura Griffin, qui n'avait pas voulu mettre en cause l'amour paternel. Tu n'as qu'à voir, je suis fier de toi alors que je ne suis pas ton père. »

De toute évidence, la remarque fit plaisir au jeune homme, même si son sourire disparut aussi vite qu'il était apparu, laissant place à une certaine perplexité. « Dites-moi, les oncles de Laura ? Jason et… Jared, c'est ça ? »

Griffin gloussa. Au cours de la soirée, il avait remarqué que les jumeaux s'étaient pris d'affection pour Sunny et l'avaient présenté à toutes les jolies filles, qu'eux-mêmes ne connaissaient pas pour la plupart.

« Eux se moquent de leur père. »

Sunny était absent la veille, mais Griffin se doutait que, même s'il avait été témoin de l'effondrement de la rampe et du *Supplice de la haie* qui s'était ensuivi, cela ne l'aurait pas plus choqué que la manière dont les jumeaux traitaient Harve. « Ils ont du mal à exprimer leurs sentiments, expliqua-t-il. Comme beaucoup d'hommes. Eux sont idiots, par-dessus le marché. »

Sunny acquiesça avec sérieux.

« Mais ce ne sont pas de mauvais bougres. En cas de bagarre, mieux vaut les avoir dans son camp. Même si… (il désigna son œil) à traîner en leur compagnie, la bagarre est assurée.

— J'ai commis l'erreur de leur dire que je ne rentrais pas à Washington avant lundi, reprit Sunny. Ils aimeraient que je les accompagne à Bar Harbor demain. Vous me conseillez de me défiler ?

— Non, peut-être pas. Mais souviens-toi qu'ils agissent d'abord, qu'ils réfléchissent ensuite, et que quand ils le font, ça ne vole pas très haut. Tu as déjà songé à te faire faire un tatouage, Sunny ?

— Pardon ?

— Parce que si tu pars en virée avec eux, il se pourrait que tu te réveilles tatoué. » Un tatouage au nom de « Laura », pensa Griffin.

Sunny dut lire dans ses pensées car au bout d'un moment, il dit : « Moi aussi, je vais me marier cette année.

— Vraiment ? Félicitations ! » Ils trinquèrent maladroitement. « Tu veux me parler de ta fiancée ?

— Oui. » Mais il garda le silence un instant. « Elle est coréenne, dit-il enfin. D'une bonne famille. Elle a attendu patiemment que je la demande en mariage.

— Vous allez vous marier ici ?

— Non, à Séoul. J'ai invité Laura et… Andrew, mais je comprendrais qu'ils ne viennent pas. Le voyage est long et très cher. Sinon, j'espère les voir après. Andrew ne connaît pas Washington.

— Tu vas rester vivre aux États-Unis ?

— Oui, bien sûr. Ma mère et mes frères sont ici. Mon travail compte aussi beaucoup.

— Évidemment. »

Sunny semblait heureux d'obtenir cet aval, mais paraissait néanmoins troublé. « Pourquoi un pays riche comme le nôtre accuse-t-il de tous ses maux ceux qui n'ont rien ?

— Bonne question. Le débat ne date pas de Lou Dobbs[1] et ne concerne sans doute pas seulement les États-Unis.

— Certes, mais nous ne sommes pas responsables de ce qui se passe dans les autres pays.

— La question est de savoir si chacun de nous porte la responsabilité de ce qui se passe dans celui-ci. N'est-ce pas beaucoup demander ?

— Si, et pourtant j'ai la conviction que nous en sommes effectivement responsables. »

Griffin acquiesça, surpris de découvrir qu'en dépit de la question soulevée il était de l'avis de Sunny. Surpris aussi d'avoir déjà vidé son verre.

1. Ancien présentateur vedette de CNN engagé en politique, pourfendeur, entre autres, de l'immigration clandestine. (*N.d.T.*)

« Elle est très heureuse », conclut Sunny, comme s'il était naturel de sauter d'une interrogation politico-philosophique à des considérations d'ordre intime.

L'amour, pensa Griffin en souriant. Seul l'amour permettait d'accomplir de tels sauts. Seul l'amour pouvait servir de lien entre les choses, justifiait qu'on mette tous ses œufs dans le même panier – la stratégie économique et émotionnelle la plus risquée, mais aussi la plus exaltante et la plus courageuse. « J'en ai bien l'impression », dit-il en s'excusant presque. Sa fille était heureuse et elle le méritait. Pourtant, dans l'obscurité tranquille de ce bar, en compagnie de Sunny, Griffin ne put s'empêcher de se demander si le ver n'était pas déjà dans le fruit. Dans dix ans ou plus, Laura en viendrait-elle à voir Sunny sous un jour différent ? Griffin ne connaissait pas de cœur plus généreux ni plus honnête, mais on ne contrôle pas toujours ses élans, Joy en était l'exemple même. Un événement inattendu surviendrait-il dans l'existence de sa fille, qui la rendrait fière et folle de joie tout en lui faisant comprendre que l'homme avec qui elle rêvait de partager la nouvelle n'était pas celui qu'elle venait d'épouser, mais celui qui l'aimait depuis l'enfance, celui qui avait autrefois osé, à la faveur d'une nuit, lui raconter le déshonneur de sa famille ? Comprendrait-elle qu'il découle (forcément) des conséquences et des obligations d'une confiance et d'une proximité pareilles ? Comprendrait-elle ce qu'elle n'avait pas soupçonné à l'époque, qu'en invitant Sunny Kim à danser pendant ce moment de bonheur, lors du mariage de Kelsey, ce geste plein de bonté était aussi l'aveu inconscient d'un désir caché ?

Et Andy ? Aurait-il un jour, en surprenant sa femme en pleurs, l'intime conviction qu'il y avait quelqu'un d'autre, à l'instar de Griffin, qui avait tout fait pour ne pas y penser ? Mesurant les dégâts peut-être irréparables que pouvait entraîner la jalousie, Andy, à l'instar de Griffin, s'y déroberait-il avant même de savoir de quoi il retournait ? Et plus tard, quand Laura aurait payé le prix fort pour étouffer ce qui, par nature, ne pouvait l'être, son mari lui en voudrait-il parce que sa propre blessure, jamais découverte ni pansée, serait restée béante ?

Griffin ne voulait pas croire qu'une telle chose se produirait. Il s'y refusait catégoriquement.

« Merci, dit Sunny en terminant son single malt.

— De quoi ?

— De votre franchise. Ça se fait rare.

— Merci à toi, pour le verre. Un scotch comme on en boit rarement.

— Ça ne me regarde pas, mais est-ce que vous allez vous réconcilier avec votre femme ? »

Griffin lut de l'inquiétude sur le visage de Sunny, presque une expression de frayeur. Il ne posait pas cette question par simple curiosité ni même par affection. Jusque-là, Griffin n'avait pas imaginé que Laura ne fût pas la seule à avoir joué un rôle important dans la vie de Sunny. Joy et lui aussi. Sunny avait étudié à Stanford, puis à Georgetown, mais bien avant cela, il avait traversé Shoreham Drive pour passer du quartier d'immigrés où vivaient ses parents à celui des Griffin et de la famille de Kelsey. D'un point de vue géographique, cela représentait quelques rues à peine, mais pour tout le reste, cela faisait beaucoup plus. Griffin revoyait Sunny à treize ans, qui s'était fait beau pour l'anniversaire de Laura, attendant au croisement de Shoreham Drive que le feu passe au rouge. Oui, dans leur « ravissante maison », il était tombé amoureux de Laura (s'il ne l'était pas déjà), mais également de ses parents qui ne faisaient pas porter à leur fille un fardeau trop lourd pour elle, qui riaient et se regardaient d'une façon inconnue chez lui. N'était-ce pas Kelsey qui avait fait remarquer que Joy et Griffin, de toute évidence, couchaient encore ensemble ? Sunny avait dû le sentir lui aussi. Ses yeux d'adolescent affamé l'avaient forcément décelé. Joy n'avait jamais été aussi belle qu'à l'approche de la quarantaine, et quand Sunny comparait les parents de Laura à sa mère si soucieuse des apparences et à son père souffreteux, il avait dû être partagé entre l'envie et la honte. Griffin comprit que Sunny était tombé amoureux d'eux comme lui était tombé amoureux des Browning au cap Cod : profondément et sans réserve. Le pays avait-il sa part dans cette fascination ? L'Amérique avait-elle joué le même rôle que le cap, ce lieu où il fait meilleur vivre, avec ses myriades de promesses et de cadeaux à venir, le plus beau étant le droit de rêver ? Qui mieux que Sunny Kim pouvait demander pourquoi l'Amérique fait porter la faute aux derniers rêveurs arrivés, légalement ou pas ? Les années passant, songea Griffin, il avait dû finir par se rendre compte que ces rêves renferment un paradoxe, qu'ils sont, comme l'amour, à la fois réels et chimériques.

« Je ne sais pas si nous nous retrouverons ou pas », répondit enfin Griffin, gêné par l'investissement personnel de Sunny dans leur couple et par les grandes questions que soulevait tout mariage – une institution publique, après tout –, quel que soit le contexte. Et encore plus gêné par sa propre passivité. Il avait laissé passer l'instant de grâce l'année précédente et là, il se sentait trahi parce que l'instant ne se représentait pas. « Je ne sais pas si elle en a envie. Je ne sais même pas comment le lui demander. Elle s'est très bien passée de moi, cette année.

— Pardon, mais vous ne seriez pas en train de vous apitoyer sur votre sort ?

— Si, certainement, reconnut Griffin, légèrement décontenancé par la sincérité de Sunny, même s'il ne pouvait guère s'offusquer d'être si bien compris. C'est une habitude. Sans parler de la nostalgie et toutes ces émotions à la noix.

— Alors permettez-moi de vous dire que tout finira par s'arranger. »

Griffin gloussa. « On se connaît depuis longtemps, Sunny, déclara-t-il en se levant, et c'est la première fois que je t'entends dire une idiotie. »

En portant les affaires de Marguerite et les siennes jusqu'à la voiture sous une pluie battante, Griffin retrouva son inertie de la veille – de l'apitoiement pur et simple, ainsi que Sunny l'avait très bien diagnostiqué –, accompagnée cette fois d'une terrifiante lucidité. Sa passivité au cours du mariage de sa fille était due en partie à son intime conviction que quelque chose s'y produirait forcément ; le tout était de guetter patiemment l'instant. Mais il venait de le comprendre : les choses ne surviennent que si on les provoque. Ces quelques minutes d'intimité douce-amère partagées avec Joy à l'hôpital semblaient être une promesse, mais il était clair à présent qu'il n'obtiendrait rien de plus, parce qu'il ne méritait pas plus. Ces deux séries d'événements qui s'achevaient par le mariage de sa fille et la dissolution du sien s'étaient déroulées en parallèle. Elles s'étaient enclenchées simultanément l'année précédente, puis enchaînées à une telle vitesse qu'il avait été impossible de les arrêter. Même le fiasco de la répétition générale n'avait pas réussi à saboter le mariage, ce dont il était heureux, mais apparemment, la destruction d'un mariage obéissait à la même logique imparable. C'était comme le troisième acte (les vingt dernières minutes) d'un scénario bien ficelé, où les dés sont jetés, et où il ne reste plus que le poids de l'action et ses conséquences.

Joy connaissait-elle aussi cette impression déprimante d'inexorabilité ? Était-ce pour cette raison qu'elle s'était montrée distante durant la fête ? Il aurait bien aimé lui poser la question. En se glissant derrière le volant, Griffin remarqua la revue sur le tableau de bord. S'il tenait à lui montrer la nouvelle, c'est qu'il en était fier, mais aussi, il le savait à présent, qu'elle constituait une preuve… de quoi ? Qu'il avait essayé de comprendre et de dépasser sa rancune quasi pathologique à l'égard de ses parents disparus ? Qu'il était peut-être en progrès ? Les faits semblaient plutôt suggérer le contraire. L'année précédente, il avait un parent dans son coffre, à présent il avait les deux. Loin de résoudre quoi que ce soit, *L'Été des Browning* ne faisait qu'expliquer comment il avait fini par devenir le mari et le père qu'il était plutôt que celui qu'il aurait souhaité être. À moins qu'il n'ait voulu montrer son histoire à Joy pour des raisons encore plus égoïstes ? Tommy, pourtant perplexe devant la première version, avait été surpris et impressionné par la seconde. « La vache, Griff ! C'est vraiment… il se dégage une putain de vérité, là ! » Peut-être désirait-il que Joy le félicite à son tour ?

Il examina la couverture du magazine où son nom se trouvait avec huit ou dix autres, tous inconnus, et mesura le caractère limité de sa réussite. Bien sûr, il pouvait l'utiliser comme un prétexte pour repasser par l'hôtel des Haies. Une fois sur place, prenant son courage à deux mains, il pourrait demander à Joy si tout était vraiment fini entre eux, si c'était vraiment son souhait. Mais ne connaissait-il pas déjà la réponse ? Elle lui avait dit à l'hôpital que Brian Fynch ne la rendait pas malheureuse, et de son point de vue, c'était déjà un pas dans la bonne direction, étant donné les dernières années de son mariage. Sans compter, pensa-t-il en jetant le magazine sur la plage arrière, qu'il faudrait expliquer à Marguerite pourquoi il était plus pratique de retraverser la péninsule pour le remettre à Joy que de l'envoyer par courrier depuis L.A.

Nom d'un chien, combien de temps lui faut-il pour régler la note ? Il aurait pu aller voir ce qui la retenait, mais préféra rester au sec. Après tout, ils n'étaient pas pressés. Cette vague impatience qui l'étreignait n'était sans doute qu'un vestige du mariage désormais derrière eux. Laura et Andy, à bord d'une limousine, roulaient vers Boston, où ils prendraient un avion pour Paris. Avaient-ils choisi cette destination pour leur lune de miel d'un commun accord ? Laura avait passé une année de lycée en France et parlait sans cesse d'y retourner. Mais était-ce aussi le choix d'Andy ou le premier grincement de dents de leur union ? Avait-il fallu le convaincre ? Griffin écarta cette idée. Ce mariage serait le leur et non une répétition du sien.

Il tombe vraiment des cordes, pensa-t-il. La pluie s'arrêterait-elle avant qu'ils arrivent au cap, ou le déluge redoublerait-il, retardant une fois de plus la dispersion des cendres ? L'espérait-il, se cherchait-il un nouveau prétexte ? Comment se faisait-il qu'il ait tant de difficulté à définir simplement ce qu'il voulait ? Il faillit démarrer, au moins pour mettre les essuie-glaces et l'anti-buée en marche, mais se résolut à rester dans sa grotte humide, des trombes d'eau dégoulinant sur les vitres. Quand son portable sonna et qu'il vit Les Haies inscrit sur l'écran, son cœur se mit à battre la chamade. Il crut que Joy l'appelait pour lui proposer de passer le temps d'un débriefing rapide, en tête à tête, sans Ringo ni Marguerite, de partager un moment complice sur le thème « C'était pas gagné mais on y est arrivés ». Ils se devaient bien ça, non ?

Apparemment non. Ce n'était que le gérant de l'hôtel qui espérait que l'organisation avait été à la hauteur (ça, oui !), si ce n'est plus, des attentes de M. Griffin. Le budget effectif dépassait légèrement le devis initial (la mutilation de l'if ?) mais il serait incorrect de sa part d'exiger la différence. Naturellement, la direction prendrait les dépassements à sa charge. Le gérant était navré de l'effondrement de la rambarde et des blessures qu'elle avait entraînées. Il espérait que M. Griffin comprenait que ces structures n'étaient pas conçues pour accueillir tant de monde se déplaçant dans la même direction en même temps, mais c'est sûr, il ne pouvait pas s'empêcher de se sentir responsable, si ce n'est d'un point de vue légal… « D'un point de vue moral ? » lui souffla Griffin. Eh bien oui, quelque chose comme ça. Griffin lui dit qu'il ne pouvait pas se prononcer pour les autres, mais connaissant la plupart des invités, il doutait qu'il y aurait des poursuites judiciaires.

Il raccrocha, et une seconde après, Marguerite vint s'affaler sur le siège passager, trempée jusqu'aux os mais gaie comme un pinson.

« Qu'est-ce qui t'a pris si longtemps ?

— Je disais au revoir à Sunny. Il est dans la salle à manger. Tu veux aller le voir ? Je crois que tu devrais. Tu en auras pour une minute.

— On s'est dit au revoir hier soir. » Il aimait beaucoup le jeune homme mais n'avait aucun désir d'être confronté, ce matin encore, à son courage et à son optimisme. Après avoir démarré, il mit en marche le chauffage ainsi que l'anti-buée et attendit que les essuie-glaces lui permettent d'y voir plus clair. Il sentit que Marguerite l'observait. Mais lorsqu'il se tourna vers elle, elle regardait à travers le pare-brise. « Je crois que ça va s'éclaircir. »

Utilisation du pronom ambiguë, chantonna sa mère depuis l'arrière, formulant sa première critique de la journée. *Elle parle du temps ou du pare-brise ?*

« Ce n'est pas ce que dit la météo. »

Marguerite se pencha pour lui donner un baiser sur la joue. « Non, c'est ce que je dis moi. »

Oh, franchement !

Griffin brancha la radio, qui faisait parfois taire sa mère. Il s'avança dans l'allée et donna un coup de frein devant le Bed & Breakfast. Jared et Jason, insensibles à la pluie, étaient sortis pour hurler en direction du deuxième étage : « Suhniiii, Suhniii, Suhniii ! »

Griffin repartit avant qu'ils ne le repèrent.

« Tu y vois quelque chose ? demanda Marguerite.

— Suffisamment. »

Fonce, fit la voix maternelle sur un ton pressant, comme s'ils venaient de braquer une banque et qu'ils prenaient la fuite dans une voiture volée. *Vas-y, fonce !*

Il monta le son de la radio.

Sa mère papota au rythme des essuie-glaces jusque dans le New Hampshire, où la pluie s'arrêta de tomber aussi brusquement qu'un robinet que l'on ferme. Vingt minutes plus tard, en vue du Massachusetts, le ciel s'éclaircit. « Et voilà ! » s'écria Marguerite, en français dans le texte, à croire qu'elle venait de lui jouer un sacré tour.

Mon Dieu, fit sa mère, *en plus elle est bilingue*.

Après avoir échappé aux jumeaux, il regrettait presque de ne pas les avoir à ses côtés. L'un des deux aurait pu le frapper de nouveau et lui sortir sa mère de la tête. S'il devait être mis K-O pour y parvenir, tant pis.

Marguerite éteignit la radio. « Bon, parle-moi de ta mère. » Pour un peu, il aurait cru qu'elle aussi avait subi les commentaires de la voix d'outre-tombe tandis qu'ils longeaient la côte, et qu'elle avait décidé qu'il était grand temps de confondre la vieille folle. « Je veux également tout savoir de ton père. »

Elle avait décidé d'établir le profil de chacun afin de disperser les cendres au bon endroit – une idée idiote d'après Griffin, qui céda tout de même. Après tout, il n'était pas si attaché à son propre plan. De plus, le coffre était désormais silencieux, comme si sa mère était curieuse d'entendre ce qu'il dirait sur eux (son père aussi, qui sait ?). Marguerite lança une série de questions. La couleur préférée de sa mère ? Le vert. Celle de son père ? Le bleu. Où étaient-ils nés ? Buffalo (papa). Rochester (maman). Leur plat préféré ? Lui, les pinces de crabe. Elle, les côtelettes de porc grillées. Hobbies ? Lui collectionnait les éditions originales de P.G. Wodehouse, les badges de campagnes politiques et la pornographie victorienne ; elle, une fois à la retraite, s'était mise à faire des puzzles monochromes de mille pièces, et jurait comme un charretier devant la télévision dès que George W. Bush y apparaissait.

La curiosité de Marguerite était à ce point inoffensive et pleine de bonne volonté que Griffin en devint expansif. Leur moment de la journée préféré ? Lève-tôt, son père était debout des heures avant son fils ou sa femme, surtout pendant les vacances. Il aimait sortir acheter les journaux et des viennoiseries. « Tu as raté un sacré lever de soleil », disait-il à son épouse quand elle arrivait enfin sur la terrasse en traînant les pieds pour prendre son petit déjeuner avec Al Fresco. (« Qui ça ? ») « Je n'en doute pas », répondait-elle. Le moment préféré de sa mère était l'heure de l'apéritif. Elle aimait le tintement des glaçons dans son verre, le rire provoqué par le jazz et le gin, les gens qui parlent tous en même temps. Tellement mieux, d'après elle, que d'avoir à subir les opinions idiotes des uns et des autres au détour d'une conversation. Il raconta à Marguerite la propension de son père à se faire violemment emboutir dans les parkings, le discours de sa mère à son repas de départ à la retraite, et même quelques épisodes du *Récit stupéfiant*. Quand elle lui demanda de but en blanc un souvenir de Noël, il lui parla des recherches qu'ils entreprenaient chaque année pour trouver le sapin idéal.

Ils avaient beau prétendre détester cette période à cause de son hypocrisie, de ces conneries inventées de toutes pièces sur « l'amitié entre les peuples », ils n'en voulaient pas moins un grand sapin de Noël. En dénicher un prenait des jours, parfois des semaines. Ils faisaient le tour des vendeurs dans un rayon de quinze kilomètres et passaient au crible chaque arbre de plus de deux mètres. Les vendeurs allaient du sourire à l'exaspération en passant par le froncement de sourcils, et finissaient gagnés par des envies de meurtre. Les autres acheteurs faisaient la queue puis repartaient, voyant les grands sapins sortir un à un du lot pour une inspection générale. Quelquefois, alors que la vente semblait imminente, la mère de Griffin lâchait dans un soupir : « Non, il est dégarni. » Alors son mari demandait où, et elle désignait le défaut du doigt. Il penchait la tête sur le côté et concédait : « Tu as raison. » La plupart des vendeurs, ne connaissant pas ses parents, tentaient d'expliquer qu'ils pouvaient aisément tourner la partie dégarnie contre le mur, après quoi sa mère disait dans un autre soupir : « On va ailleurs. » Griffin se rappelait un vieux type qui avait remarqué, après que ses parents eurent rejeté une douzaine d'arbres : « Madame, vous ne comprenez pas. Ce que vous appelez dégarni, c'est juste l'espace entre les foutues branches. Sans ça, ce serait du putain de bois massif. » Il avait eu un geste large, englobant le parking. « Tous les arbres ont des trous entre les branches. C'est à ça qu'on reconnaît un arbre. Alors, vous le voulez ou pas ? »

D'autres, malgré la fatigue et la frustration, tentaient de les raisonner. « Vous avez quoi, comme hauteur sous plafond ? » demanda quelqu'un, histoire de procéder par élimination. Bien sûr, ses parents n'en avaient aucune idée. Ils exigeaient d'avoir de hauts plafonds dans toutes leurs maisons, mais en bons intellos, il ne leur serait jamais venu à l'idée de prendre des mesures. « Aucune importance, dit son père. On coupera, si besoin est. » L'homme rétorqua : « Ça fera bizarre, non ? » Alors sa mère tira sur un bout de branche pour en faire tomber les aiguilles et se plaignit : « Il a été coupé quand, cet arbre ? En août ? »

Griffin avait compris que le sapin parfait s'apparentait à la maison au cap, d'abord parce qu'il n'existait pas dans le monde réel ensuite parce que tous ces arbres imparfaits finissaient par être rangés dans deux catégories. La première était la célèbre On-me-le-donnerait… et la seconde ne s'appliquait qu'à un seul sapin : J'imagine-que-ça-fera-l'affaire. Griffin ne se souvenait pas avoir jamais émis un avis. La quête enfin terminée, son père tendait une longueur de vieille corde à linge grise au vendeur chanceux pour qu'il hisse l'arbre sur le toit de la voiture et l'attache par les vitres ouvertes. La ficelle se cassait parfois quand ils prenaient un virage trop serré, envoyant leur chargement dans le caniveau. Une année, ils n'eurent même pas le temps de sortir du parking. Son père, le nez collé au pare-brise pour pouvoir garder un œil sur le sapin, rentra dans un pick-up garé derrière eux, et l'arbre atterrit comme par miracle sur le plateau de l'autre véhicule.

De retour à la maison, ils découvraient invariablement, en essayant de le faire tenir debout, que le sapin était en effet trop grand. Son père le couchait alors par terre en poussant un juron. Il lui arrivait de le laisser des jours entiers au milieu du salon tandis qu'il faisait le tour de ses confrères du département d'anglais susceptibles de lui prêter une scie. Ces derniers savaient bien qu'il s'appropriait toujours ce qu'il empruntait, vu qu'il ne rendait jamais aucun outil. (La scie de l'année précédente devait encore être accrochée à un clou dans leur ancienne maison de location.) Quelqu'un finissait par accepter, et c'est là que commençait la magie.

La première taille n'était jamais suffisante – encore une fois, chez les Griffin, on ne mesurait rien – ni la deuxième. Il manquait à peine deux centimètres à la troisième, ça passait en forçant un peu (une manie chez eux), si bien que le sommet fraîchement coupé laissait une trace marron-vert de quinze centimètres sur le plafond blanc, au grand étonnement des propriétaires au moment de l'état des lieux. Le four cassé, la huitième chaise qui manque dans la salle à manger, les taches de vin rouge sur le tapis à longues franges – ça peut arriver, mais bordel, comment les Griffin avaient-ils trouvé le moyen de rayer leur putain de plafond ? ! Et bien sûr, l'arbre avait vraiment un drôle d'air, avec son sommet décapité. Griffin avait toujours l'impression qu'en fait on ne voyait que les deux tiers du sapin, et qu'il suffisait de monter à l'étage pour découvrir que la pointe avait traversé le plafond.

Une fois le sapin debout, son père faisait sauter le cadenas du placard où les propriétaires rangeaient ce qu'ils ne voulaient pas qu'on casse, pour voir ce qu'ils avaient comme décorations de Noël, et, selon les cas, les brocarder sur leur mauvais goût. Sa mère était d'avis qu'un beau sapin se décorait avec du blanc et quelques touches argentées pour le contraste, mais en son for intérieur, Griffin savait gré aux gens de leur manque de raffinement, car il aimait les explosions de bleu, de vert et de rouge. Sa mère détestait les guirlandes tandis que lui les adorait. Il avait le droit d'aider, mais il ne se souvenait pas avoir accroché une seule boule ou tout autre ornement qui n'ait été ensuite déplacé par sa mère. Une fois le sapin décoré, ce qu'il préférait, c'était de s'allonger dessous pour regarder à travers les branches et s'inventer des mondes où il pouvait rapetisser pour grimper entre les guirlandes clignotantes et les petits objets étincelants jusqu'à la cime d'où il dominerait le monde.

Une année – il devait avoir sept ou huit ans –, il se glissa sous le sapin pendant la traditionnelle fête bien arrosée que donnaient ses parents, et observa l'événement à travers ce kaléidoscope. Deux ou trois invités le remarquèrent et demandèrent à ses parents s'il allait bien. Ils répondirent que oui. Dans son souvenir, il se sentait bien, effectivement. Au fil de l'après-midi, son père oublia de mettre de côté pour Griffin un peu de lait de poule avant de le relever avec de l'alcool. Sa mère avait refusé qu'il en boive, pourtant son père, se sentant coupable de l'avoir négligé, lui en donna un grand verre avant l'arrivée des invités. Au cours de la fête, Griffin aurait aimé qu'on lui fasse passer une assiette de cookies, mais ce détail mis à part, il était heureux, au chaud et pompette dans son petit refuge. Il s'endormit, le regard perdu entre les branches magiques. On avait dû le sortir de sous le sapin car le lendemain, il s'était réveillé dans son lit, les draps pleins d'aiguilles. Il s'était demandé lequel de ses parents s'était souvenu de son existence.

« Ça va ? » demanda Marguerite en lui prenant la main, et à cet instant, il se rendit compte qu'il avait les joues baignées de larmes. Il était presque sûr de n'avoir jamais raconté cette histoire, pas même à Joy. Il attendit que le coffre émette un commentaire, mais rien ne vint.

Une fois calmé, il lança : « Bon, assez parlé de moi, à toi », mais Marguerite secoua la tête. « Disons que si tu connaissais mes parents, tu saurais comment j'ai pu finir avec un type comme Harold. »

C'était la première phrase amère qu'il l'entendait prononcer, ce qui entraînait une question évidente, qu'il ne voulait pas poser mais qu'il posa tout de même : « Et avec un type comme moi ?

— Personne ne m'a jamais aussi bien traitée que toi », le rassura-t-elle en serrant sa main dans la sienne. Il fut heureux qu'elle lui fasse autant confiance, jusqu'à ce qu'elle ajoute : « Ça va me manquer. »

Il allait lui demander des précisions quand le portable de Marguerite sonna. C'était Beth, l'employée de son magasin de fleurs, qui avait une question concernant l'inventaire. Quand elle raccrocha, ils étaient engagés sur le Sagamore. « Qu'est-ce que tu fredonnes ? » demanda-t-elle.

Lui, il *fredonnait* ?

Ils dispersèrent les cendres de son père dans un vallon encaissé près de Barnstable. Ce lieu respirait la sérénité, avec sa vue sur les marais qui suggérait des images de lever de soleil et de fleurs sauvages d'un bleu violacé. Pour sa mère, ils choisirent une anse à mi-cap s'ouvrant sur l'Atlantique. À moins de cinq cents mètres se trouvait l'énorme terrasse d'un restaurant chic. La brise portait les voix de gens fortunés, le bruit occasionnel d'un bouchon de champagne, et quand le vent tournait, on entendait le ressac. Un vieux couple qui se promenait par là vit Griffin déverser les cendres de sa mère, s'approcha de Marguerite qui pleurait en silence (comme elle venait de le faire pour son père), et lui exprima ses condoléances. « Prenez bien soin d'elle », dit la femme à Griffin-les-yeux-secs, comme si un regard lui avait suffi à comprendre qu'il n'était pas à la hauteur.

« Bon, je vais te faire une confidence, lui dit Marguerite en regagnant la voiture. Mon père s'est pendu quand j'étais petite. »

Ce fut au tour de Griffin de lui prendre la main. « C'est affreux. Je suis désolé.

— Ne t'en fais pas. Je ne me souviens presque pas de lui. Seulement de ce que ma mère m'a dit quand il est mort. »

Griffin ne tenait pas particulièrement à le savoir, mais ne pouvait en rester là.

« Elle m'a dit : "Voilà ! T'es contente, maintenant ?" »

Lorsqu'il suggéra qu'ils s'offrent un très bon restaurant à Chatham, Marguerite haussa les épaules : « J'ai une meilleure idée. On pourrait aller dans celui où on s'est rencontrés. »

Griffin ne comprit pas pourquoi elle tenait à retourner à l'Olde Cape Lounge – où il l'avait laissée seule et éplorée avec Harold l'année précédente – mais si c'était ce qu'elle désirait, cela lui convenait. De plus, passer la nuit dans le coin serait plus pratique pour rejoindre l'aéroport de Boston le lendemain matin.

Ne sachant plus exactement où se trouvait le restaurant, ils commencèrent par le chercher ne doutant pas de trouver une chambre à proximité. Griffin voulait éviter le Bed & Breakfast où Joy et lui avaient séjourné, à moins de un kilomètre du restaurant, si sa mémoire était bonne (elle l'était). Il crut (à tort) qu'ils trouveraient un motel en amont sur la Route 28. « Oh, comme ça a l'air joli ! » s'écria Marguerite quand ils passèrent devant le Bed & Breakfast. Griffin, ne souhaitant pas expliquer pourquoi il aurait préféré aller ailleurs, fit donc demi-tour. La réceptionniste était la même que l'année précédente, et si elle le prit pour un client régulier – ce qui était peu probable, étant donné les lunettes noires de Griffin – elle fit comme si de rien n'était. Elle les conduisit dans la chambre que Joy et lui avaient occupée. Il faillit en demander une autre, puis changea d'avis. Griffin était à l'âge où l'on n'est plus surpris par rien, et où pourtant rien ne se passe comme prévu.

Épuisés par les émotions de la journée et la longue route depuis le Maine, ils firent une sieste avant de dîner. Marguerite se réveilla fraîche et enjouée, tandis que lui émergea tout groggy et d'une humeur exécrable. Pourquoi, nom d'un chien ? Sa fille avait fait un beau mariage et s'était envolée pour Paris. Les chèques qu'il avait remplis n'étaient pas en bois, et, grâce à Marguerite, ses parents avaient enfin trouvé le repos éternel. Il aurait dû se réjouir. Couvait-il quelque chose ? Pas exclu. À l'instar de ses parents, il ne tombait malade que lorsqu'il pouvait se le permettre, à la fin d'un semestre, par exemple. Du temps où il était scénariste, il se mettait à éternuer à la seconde où il rendait un script à un producteur. Ceci expliquait peut-être cela.

Néanmoins, il se devait de faire bonne figure pour Marguerite. Dans la salle de bains, il avala deux Nureflex (qu'il jura de ne plus appeler « Nuit aux réflexes », même en son for intérieur) afin de juguler le mal de crâne qu'il sentait poindre derrière ses yeux, et prit une douche en espérant que cela le réveillerait.

« Habillons-nous un peu chic, suggéra Marguerite quand il revint dans la chambre.

— L'endroit ne s'y prête pas.

— Eh bien nous, si. »

Devinant qu'elle était sur le point de hausser les épaules, Griffin détourna le regard.

« Formidable, dit-elle vingt minutes plus tard quand ils se hissèrent sur leurs tabourets. Ils ont toujours cette drôle de pancarte. »

L'Olde Cape Lounge était aussi bondé que la fois précédente, et la serveuse les avait prévenus qu'ils n'auraient pas de table avant une bonne heure. Marguerite semblait très fière de sa tenue. Griffin ne la lui avait encore jamais vue, mais c'était tout à fait son style, avec un décolleté à faire transpirer un comique unitarien.

« Qu'est-ce que ça dit, déjà ? demanda-t-elle en plissant les yeux en direction du petit écriteau.

— Deux verres, et vous y verrez plus clair », affirma le barman en lui apportant son cosmo et le Martini de Griffin. La blague devait se transmettre de génération en génération, car le barman n'était plus le même. « Vous savez que les femmes qui battent leur mari sont passibles de poursuites dans cet État », fit-il en désignant Griffin qui avait baissé ses lunettes pour relire la pancarte.

« Ce n'est pas mon mari.

— Au temps pour moi. Dans ce cas, faites comme vous voulez.

— Je ne me rappelle plus comment ça se lit », dit Marguerite quand le barman fut parti.

Là, la mère de Griffin aurait dû sauter sur l'occasion pour envoyer une de ses piques, demandant où cette bimbo avait bien pu faire sa thèse, mais elle ne se manifesta pas. En fait, maintenant qu'il y pensait, elle n'avait pas dit un mot depuis leur départ de Chatham. La dispersion de ses cendres lui avait-elle fermé le clapet ? Pour toujours ? Cette éventualité, bien que mince, ne le rendit pas aussi heureux qu'elle aurait dû.

« Ne tiens pas compte des espaces entre les mots, conseilla-t-il en lui passant une main dans le dos, là où la peau était chaude, presque fiévreuse. Laisse-les se former tout seuls. » Il était plus résolu que jamais à offrir à cette femme généreuse les bons moments qu'elle méritait. Ce n'était d'ailleurs pas difficile de la contenter. Elle voulait juste s'amuser un peu. « Où trouve-ton une femme aussi merveilleuse ? » avait demandé Tommy après l'avoir rencontrée, et il avait raison. Malgré tant d'années passées avec Harold, Marguerite refusait la méchanceté, et la myriade de satisfactions perverses qu'elle procurait lui était aussi étrangère que le panneau qu'elle déchiffrait avec difficulté (« Venez… passer… une… »). S'ils étaient encore ensemble l'année suivante, et qu'ils revenaient au Olde Cape Lounge, Griffin serait obligé de lui réapprendre à décrypter ces quelques mots qui résumaient pourtant si parfaitement la philosophie de Marguerite.

Mais le lendemain, elle lui ferait franchir le Sagamore puis monter dans un avion pour L.A… et puis quoi ? Lorsqu'il tentait d'imaginer leur avenir, Griffin n'y parvenait pas, même si cela avait moins à voir avec elle qu'avec lui. Son avenir, avec ou sans elle, refusait de prendre forme. Grâce à son nouvel agent, il pourrait toujours partir à la chasse aux petits boulots de réécriture, donner quelques cours du soir et gagner de quoi vivoter. Mais cela ne faisait pas un avenir, encore moins une vie. Le seul travail de qualité qu'il avait produit à L.A. était *L'Été des Browning*, qu'on lui avait payé en exemplaires justificatifs. Pas même un chèque, alors un avenir… *Ça suffit*, s'ordonna-t-il. *Arrête de gamberger. Tu ne vas pas passer la soirée à te morfondre.*

« Soyez juste et bon et taisez tout emauv…

— Toute mauvaise.

— Ah oui. » Elle lui serra la main. « Pa-role.

— Un conseil à retenir, dit Griffin en s'interdisant de la corriger.

— Et cet idiot de Harold qui croyait que ça ne voulait rien dire. » Elle embrassa Griffin sur la joue, un baiser dont Harold aurait pu bénéficier, s'il ne s'y était pas pris comme un manche. Marguerite aimait les démonstrations publiques d'affection presque autant que l'affection elle-même. Encore une différence avec Joy, qui, après leur mariage, ne l'avait jamais embrassé qu'en privé. Il se souvenait encore de la déception qu'il avait éprouvée, des années plus tôt, lorsqu'il était devenu clair qu'elle ne l'embrasserait pas ni ne le prendrait dans ses bras devant ses parents. Marguerite était moins réservée. Elle aurait pu l'embrasser (lui ou Harold) devant le pape, longuement et voluptueusement. « Pourquoi est-ce que je me sens coupable de ne pas l'appeler alors que je suis ici ?

— Harold ? Ça, c'est un mystère. »

Elle haussa les épaules et revint à l'écriteau comme si sa lecture n'en avait pas révélé tous les secrets. « Quand je pense que ce garçon l'a déchiffré tout seul, dit-elle en se tournant vers Griffin. C'est si triste qu'il soit à ce point amoureux d'elle. »

Griffin était presque sûr de n'avoir jamais mentionné l'attachement indéfectible de Sunny Kim à Laura. Marguerite l'avait donc remarqué toute seule. « Il s'en sortira », dit-il en finissant son Martini et en essayant de paraître plus convaincu qu'il ne l'était. Il faillit lui parler du mariage de Sunny mais choisit de se taire, effrayé à l'idée que ses doutes transparaissent.

« Je sais, il est beau, intelligent et avocat. C'est tellement dommage de ne pas pouvoir dire oui à une personne sans dire non à une autre. »

Elle parle de Laura, pensa Griffin. Forcément. Sauf qu'il ne reconnaissait pas son expression, un mélange de tristesse et d'intuition qui lui donna envie de changer de sujet à tout prix et de l'empêcher de continuer sur sa lancée. « Je réfléchissais à ce que tu m'as dit tout à l'heure. Que ma gentillesse allait te manquer. Tu crois que je vais devenir aussi goujat que Harold, ou quoi ?

— Non. Ça va me manquer quand ce sera fini.

— Quoi donc ? » Mais il avait très bien compris, tout comme il savait qu'ils n'avaient pas vraiment changé de sujet.

« Nous deux. » Le cœur de Griffin se serra. « Toi et moi. » Alors elle releva les épaules, ce geste fétiche qui exprimait habituellement la joie ou le plaisir. « C'est pas grave, fit-elle, les larmes aux yeux. Je t'assure. Je l'ai su dès le début.

— Non », fit-il en secouant la tête avec véhémence comme un enfant qui ne veut pas entendre ce qu'on lui dit. S'il abondait dans son sens, cela signifierait qu'il n'aurait pas réussi à passer la soirée avec cette femme sans la faire pleurer et se serait donc encore plus mal comporté que Harold. La barre ne pouvait pas être placée plus bas, pourtant. C'était totalement déprimant. Il prit le visage de Marguerite entre ses mains, lui embrassa le front en pensant à ce jour si lointain, durant l'été des Browning, où, en regardant par la fenêtre, il avait vu son père attirer sa mère à lui, et lui jurer que l'autre femme ne comptait pas. Étant donné leur passif en matière d'infidélité, Griffin avait toujours cru qu'il mentait, mais il comprenait à présent qu'on ne ment pas à son épouse sans se mentir à soi-même. Comme il avait dû vouloir croire à ce qu'il lui disait ! Sa femme méritait au moins ça, et s'il parvenait à faire de son mensonge une vérité, alors il deviendrait meilleur qu'il ne l'était.

« Écoute, dit-il à Marguerite, encore une femme qui méritait mieux, le voyage n'a pas été de tout repos. Je n'aurais pas pu traverser cette épreuve sans toi. » Il ne parlait pas seulement d'aujourd'hui, ni d'hier, mais aussi des mois qui s'étaient écoulés depuis la mort de sa mère. « On va essayer de passer un bon moment et demain, on prendra l'avion pour rentrer à la maison. »

La maison. Il avait voulu faire simple, clair et juste, mais tout cela sonnait un peu faux, car bien sûr, Los Angeles n'était pas sa maison. « Tous les deux, d'accord ? continua-t-il, gagné par la panique. Pas de discussion. »

Mais sa voix le trahit car il savait aussi bien qu'elle les mots qui viendraient ensuite. S'il arrivait à les prononcer, il pourrait peut-être même la convaincre, comme son père autrefois. Il n'y avait pas de mensonge plus terrible que celui qui enferme l'interlocuteur dans son besoin de croire et joue avec lui jusqu'à l'écœurement. Griffin sentit un « Je t'aime » se former sur ses lèvres. L'aurait-il exprimé à voix haute si elle ne lui avait pas coupé la parole ?

« Tu vois ? fit-elle en se frottant les yeux pour sécher ses larmes, ce qui fit couler son maquillage. Voilà. C'est ça qui va me manquer. »

Il avait réussi à dormir. Il était neuf heures le lendemain quand il émergea, et comme il n'avait pas passé une nuit aussi longue et paisible depuis un an, dans le même lit, il crut d'abord que les douze derniers mois n'avaient été qu'un rêve. La porte donnant sur le balcon était entrouverte, comme le matin du mariage de Kelsey, et derrière, une femme parlait tout bas au téléphone. Encore dans les limbes du sommeil, il pensa qu'il s'agissait de Joy discutant d'Andy avec leur fille et d'un éventuel mariage l'année suivante. En fin de matinée – rien ne pressait – ils iraient à Truro à la recherche de l'hôtel où ils avaient passé leur lune de miel. Sa mère était donc toujours en vie, et il n'était pas installé à L.A. depuis neuf mois. De même, il était heureux en ménage, sa femme ne l'avait pas encore accusé du contraire et elle-même n'avait jamais douté de son bonheur. Une belle histoire, plausible et cohérente. Il sourit.

Il l'entendit dire au revoir, refermer son portable, et la porte du balcon s'ouvrit. Dans une fraction de seconde, Joy l'attirerait à lui. Mais bien sûr, Marguerite surgit à sa place, entraînant la cruelle réalité dans son sillage. Assise au bord du lit, elle lui toucha le front du revers de la main. « Tu es toujours coiffé bizarrement au réveil », fit-elle remarquer. Il faillit lui demander à qui elle téléphonait quand elle ajouta : « Tommy te remercie d'être si prévisible.

— Tommy », répéta-t-il. Pourquoi les femmes de sa vie finissaient-elles toujours par appeler le même homme en cachette ? « Prévisible, à quel niveau ? »

Elle lui passait les doigts dans les cheveux comme un peigne, sans doute pour qu'il ait l'air moins ridicule. « Nous avions fait un pari. J'avais bêtement imaginé qu'on s'arrêterait à Las Vegas pour se marier. Il a parié que tu te remettrais avec ta femme.

— Il gagne quoi ? »

Elle eut un sourire contrit. « Le droit de m'inviter à dîner. Il m'a dit que selon lui, d'une façon ou d'une autre, il y gagnerait une femme merveilleuse. Reste à savoir laquelle.

— Dis-lui que selon moi, il ne mérite pas une femme merveilleuse. » Comme si un homme en avait jamais mérité une…

« J'ai aussi appelé la compagnie aérienne et modifié mon billet.

— Pourquoi donc ? » demanda Griffin, soudain inquiet. Avait-il rêvé la proposition qu'elle lui avait faite la veille à l'Olde Cape Lounge et qu'il avait acceptée à contrecœur sachant qu'elle avait déjà pris sa décision ? Finalement, ils avaleraient un bon petit déjeuner au Bed & Breakfast, puis Griffin la conduirait à l'aéroport de Boston largement à temps pour le vol de L.A. Après quoi, il descendrait dans le Connecticut jusqu'à la maison qui avait été son foyer et qui le redeviendrait peut-être. Il tenterait de se réconcilier avec la femme qu'il aimait encore, de toute évidence. S'il n'y parvenait pas, s'il ne pouvait se racheter, il aurait toujours son billet pour L.A.

« Il paraît qu'il va faire très beau ici dans les jours à venir, expliqua Marguerite, et Beth m'a assuré que le magasin survivrait encore un peu sans moi, alors…

— Heu…

— Oh, pas d'inquiétude, tu n'es pas concerné.

— Je n'y suis plus.

— J'ai passé un autre coup de fil. »

La lumière se fit enfin dans l'esprit de Griffin, qui acquiesça. Inutile de lui demander qui elle avait appelé.

« J'espère pour toi que tu n'as pas joué au con avec elle », l'avertit Harold une heure plus tard. Il dévisageait Griffin et son œil vert-jaune encore tout gonflé. « Parce que si j'apprends que t'as pas été gentil, cet œil-là aura l'air normal à côté de l'autre. »

Il s'était garé dans l'allée au moment même où tous deux sortaient du Bed & Breakfast avec leurs bagages.

« Harold, dit Marguerite en lui tendant sa valise avant que Griffin puisse se justifier. Ça suffit. Il n'a pas été méchant. Ne l'écoute pas », ajouta-t-elle à l'intention de Griffin qui, depuis quelque temps, prêtait une attention particulière à tous ceux qui menaçaient son intégrité physique.

« Parce qu'elle et moi, ça remonte à loin, reprit Harold.

— Même dans son plus mauvais jour, il a été plus gentil que toi dans ton meilleur, lui asséna Marguerite.

— Et quand elle veut bien arrêter de me casser les burnes à bêler comme ça, je tiens drôlement à elle.

— Mets la valise dans le coffre, Harold, le temps qu'on puisse se dire au revoir. Tu seras gentil. »

Harold regarda sa montre. « Ça va pas être trop long, au moins ?

— On est pressés ?

— On va à Westerly, lui expliqua-t-il, passant Griffin à l'as. J'ai acheté un appart là-bas. Presque les pieds dans l'eau. Je me suis dit que ça te plairait de le visiter. Il y a une ou deux criques où on pcut se baigner à poil sans personne pour nous déranger. On pourra prendre des photos cochonnes avec nos portables. Ils font aussi de bons calamars frits au piment.

— D'accord, mais accorde-nous une minute. »

Harold s'exécuta en grommelant, puis, se souvenant tout à coup de Griffin, il s'arrêta net : « J'espère pour toi que t'as pas joué au con avec elle, je l'ai déjà dit ?

— Ne fais pas attention, conseilla Marguerite à Griffin quand Harold fut monté dans sa voiture. Il est comme ça. » Elle haussa les épaules et ils se serrèrent dans les bras l'un de l'autre une dernière fois.

« Écris un film avec un personnage qui me ressemble, suggéra-t-elle quand ils se séparèrent. Joué par Susan Sarandon. Elle serait parfaite. »

À Falmouth, il fit le plein dans un 7-Eleven et acheta un beignet ainsi qu'un café pour la route. Il n'avait pas eu d'appétit à l'hôtel mais après avoir quitté Marguerite, il avait soudain éprouvé une faim de loup, si bien qu'il dévora sa pâtisserie sur le parking. Il était dix heures et demie. Le plus logique aurait été de prendre la Route 20 et de traverser le Bourne Bridge, puis de suivre la 195 et la 95, mais avec cet itinéraire, il arriverait avant Joy. Le reste de sa famille s'envolait de Portland dans la matinée, et elle ne partirait pas avant de les avoir tous mis dans l'avion. S'il rentrait avant elle, il se trouverait face à un sérieux dilemme : l'attendre dans l'allée ou utiliser sa clé. Dans le premier cas, il se sentirait idiot, ce qu'il était, et le second n'était pas envisageable car il se voyait mal pénétrer sans invitation dans la demeure qu'il avait quittée depuis presque un an.

Il lui restait donc une ou deux heures à tuer, mais il avait trop la bougeotte pour rester là. S'il partait maintenant et traversait le Sagamore plutôt que le Bourne, il pourrait prendre la Route 3 en direction de Boston, puis revenir sur l'Autoroute 95. L'idée d'emprunter une dernière fois le pont de son enfance malheureuse était tentante. À présent qu'il avait dispersé les cendres de ses parents, il n'était pas sûr de revenir un jour au cap. Il en avait fini avec cet endroit et ses fausses promesses. Et puis, une fois sur le Sagamore, il verrait bien si sa mère avait décidé de ne plus le hanter ou si elle avait juste attendu le départ de Marguerite, son ange gardien. Quand il aurait la certitude que sa mère avait trouvé le repos éternel, il pourrait penser à ce qu'il dirait à son retour chez lui sans redouter ses commentaires sarcastiques.

Il s'essuya les doigts avec la serviette en papier, puis ajusta le rétroviseur, démarra et fit marche arrière. Il lui faudrait demander pardon pour tout ce qui s'était passé, mais il savait que les excuses n'intéressaient pas Joy. Elle avait raison depuis le début, c'était bien les parents de Griffin et non les siens qui s'étaient immiscés dans leur mariage, ce qui avait eu des conséquences désastreuses. Il devrait la convaincre que tout ça était derrière eux, qu'ils pouvaient repartir de zéro.

Repartir de zéro. Ces mots tournaient en boucle dans son esprit au moment de l'impact. Le bruit fut explosif : le premier choc, le bris de verre et le crissement du métal qui plie. Griffin se cogna le crâne contre l'appuie-tête. « Ouille ! » s'exclama-t-il en se massant la nuque comme il le faisait enfant après les mêmes accidents-surprises de son père. Un « Ouille » très puéril, prononcé d'une voix enfantine, pleine de douleur et de reproche. Il s'attendit presque à voir un gamin aux yeux ébahis dans le rétroviseur plutôt que le regard paternel, triste et résigné.

Le conducteur de l'autre véhicule, un ado au visage ravagé par l'acné, apparut à sa portière. « Ça va ? »

Griffin ne pouvait dire si le gamin lui demandait comment il allait ou pourquoi il riait. Il baissa la vitre et répondit que oui, tout allait bien, il était simplement surpris.

« Je ne vois pas ce qu'il y a de drôle, commenta l'ado, hésitant, comme s'il n'était pas sûr d'avoir le droit d'exprimer une opinion du fait de leur différence d'âge.

— Attends quelques années, tu comprendras », rétorqua Griffin en retirant sa ceinture de sécurité avant de sortir du véhicule.

L'autre voiture était une BMW dernier modèle. Le gamin avait fait sa marche arrière au même moment. Griffin regarda la place de parking qu'il venait de quitter et visionna l'arc parfait décrit dans l'espace et le temps pour se conclure par cette collision violente, les deux véhicules invisibles l'un pour l'autre jusqu'à l'instant de l'impact. Les deux coffres s'étaient ouverts sous l'effet du choc et dessinaient un angle droit. Griffin tenta de fermer le sien, mais comme le mécanisme avait été endommagé, il se rouvrit aussitôt. Les deux feux arrière étaient cassés, les pare-chocs froissés. Les réparations, qui auraient autrefois coûté quelques centaines de dollars à son père, seraient dix fois plus élevées aujourd'hui. À part ça, les deux voitures semblaient en état de rouler. « J'imagine qu'on devrait remplir un constat. »

Le gamin eut un mouvement de recul comme si cette nécessité revenait à admettre que oui, ils avaient eu un accident, événement auquel il espérait encore échapper.

Griffin lui tendit un stylo et un bout de papier.

« On pourrait pas juste… » commença le gamin avant de se taire.

Puisqu'il faudrait aussi prévenir la police, Griffin se mit à chercher son portable qui n'était plus dans le porte-gobelet. Il le localisa par terre sous le siège. Quand il essaya de l'allumer, l'écran resta noir. Il appuya sur plusieurs touches et alors qu'il allait abandonner, l'appareil revint à la vie pour lui signaler qu'il passait un appel à Joy. Avant qu'il puisse raccrocher, la voix fluette et lointaine de sa femme sortit du combiné.

« Joy ! » Il allait lui expliquer qu'il n'essayait pas de la joindre, mais comprit que l'instant de grâce se présentait enfin. « Je te dérange ?

— Je suis en voiture, avoua-t-elle. Ça me fait bizarre de t'entendre. Je te croyais en route pour L.A. »

Il prit un ton joyeux. « Non, je suis au cap. Je t'appelle pour t'annoncer officiellement que ça y est, je suis devenu mon père. Je viens d'encastrer ma voiture de location dans une BMW flambant neuve. On a dispersé ses cendres hier et c'est sans doute sa façon de me dire que je ne me débarrasserai pas de lui aussi facilement. » Elle ne répondit pas tout de suite, et il s'aperçut que sa joie avait dû sembler forcée. « On s'est occupés de maman, aussi, ajouta-t-il plus sérieusement. Vers Chatham, son coin préféré.

— Ça va ? Personne n'est blessé ?

— Non, non. » Un non par question.

Encore un silence. *Alors pourquoi tu me racontes ça ?* devait-elle se demander.

« Tu ne devineras pas le plus étrange, reprit-il, sans savoir s'il parlait pour la garder en ligne ou pour revenir, après bien des détours, à la question centrale. Depuis hier, mais il se peut que ça remonte à plus loin, je m'interroge... » Il s'arrêta, ignorant comment poursuivre alors que les choses ne pouvaient pas être plus simples. « Je ne suis pas certain d'avoir aimé mes parents. C'est fou, je sais, mais... Tu crois que c'est possible ?

— Jack, fit-elle sur le ton de celle qui se demande où il a bien pu faire sa thèse. Bien sûr que si. Qu'est-ce que tu crois que j'essayais de te dire ? »

Dans le rétroviseur, Griffin voyait le gamin, crayon en main, fixant bêtement le bout de papier comme s'il avait oublié sa propre identité.

« Jack ?

— Je suis là, répondit-il avant de s'entendre dire : Tu penses qu'on a encore une chance, tous les deux, ou est-ce que j'ai tué tout ce qui nous restait ? »

Elle ne répondit pas tout de suite. Il craignait ce long silence douloureux davantage que le verdict. « Tu n'es pas passé loin, admit-elle en reniflant. Mais non. Tu n'as tué que ce qui pouvait l'être. »

Ils parlèrent encore pendant une ou deux minutes, de logistique, surtout. Elle proposa de descendre à Falmouth, mais il lui dit que ce n'était pas nécessaire. Vu la taille de la ville, il finirait bien par mettre la main sur un bout de corde pour attacher le coffre, la solution miracle de son père ferait l'affaire. Il lui faudrait encore une heure ou deux pour les formalités et ensuite, si tout se passait bien, il reprendrait la route. Ils décidèrent de se retrouver au Sagamore. Ils iraient déjeuner et appelleraient le loueur de voitures pour savoir ce qu'ils devaient faire de l'épave, puis ils rentreraient chez eux ensemble.

Lorsqu'il raccrocha, sa mère lui demanda : *Eh bien voilà, c'était pas la mer à boire, si ?*

Si.

Il se prépara à une de ses répliques arrogantes, mais elle n'arriva pas, et un sentiment aussi plaisant qu'inédit l'envahit. Comment le décrire ? L'aplomb. Il avait retrouvé son aplomb. Bon, peut-être pas complètement, mais presque, à une demi-bulle près. C'était déjà formidable. Il se demanda si l'aplomb n'était pas un synonyme de bonheur.

En fait, je pense que ça va aller, maman, hasarda-t-il. Pas de réponse. *Je crois que j'ai accepté l'idée que tu sois morte. Et papa aussi. Vous deux. Si, si, vraiment*, ajouta-t-il, effrayé de ne pas avoir été assez clair. *J'insiste*.

L'ado shootait dans les bouts de verre brillants des feux arrière. Il avait consigné par écrit toutes les informations nécessaires. Il s'appelait Tony Loveli. Il avait seize ans. « Mon père arrive. Il va me tuer. J'ai eu mon permis la semaine dernière.

— Ne t'inquiète pas, on lui expliquera que c'est ma faute. »

Le gamin secoua la tête d'un air morose. « Vous comprenez pas. Ça comptera pas, votre avis. Il est avocat, spécialisé dans les divorces. C'est un connard de première.

— Pas un connard, non, dit Griffin même s'il n'avait jamais rencontré cet homme qui pouvait très bien en être un. Et sans doute pas de première. »

Une grosse mouette tournoya au-dessus d'eux en émettant une objection stridente. Griffin lui jeta un coup d'œil méfiant, mais ce n'était qu'un stupide oiseau, qui finit par s'éloigner, sans avoir causé de dégâts.

REMERCIEMENTS

Bon, je l'avoue. On m'a aidé. Mille mercis à mes agents, Nat Sobel, Judith Weber et Joel Gotler ; à mes éditeurs Gary Fisketjon et Alison Samuel ; à Emily Milder, Gabrielle Brooks, Meghan Wilson, Russell Perreault, Kate Runde, Victoria Gerken et toutes les bonnes âmes chez Knopf/Vintage qui se chargent de vendre mes livres ; à mes filles, Emily et Kate, dont les mariages m'ont inspiré toutes sortes de catastrophes imaginaires ; à ma femme Barbara qui en sait assez long sur le mariage pour écrire son propre livre mais qui a lu plusieurs fois le mien sans jamais se plaindre. Je voudrais aussi remercier les gérants du Silver Lounge au cap Cod pour m'avoir autorisé à reproduire ici leur petit écriteau. Enfin, toute ma gratitude va à ma mère, dont la disparition récente m'a fait réfléchir plus profondément au mot transmission et à tout ce qu'il implique. Sans parler de l'amour.

TABLE

PREMIÈRE PARTIE

Cap Cod

DEUXIÈME PARTIE

Sur les côtes du Maine

MIXTE
Papier issu de
sources responsables
FSC® C003309

10/18, une marque d'Univers Poche,
est un éditeur qui s'engage pour
la préservation de son environnement
et qui utilise du papier fabriqué à partir
de bois provenant de forêts gérées
de manière responsable.

Impression réalisée par

BRODARD & TAUPIN

La Flèche (Sarthe), 68554
Dépôt légal : juin 2012
X05349/01

Imprimé en France